Jenny Völker

Götterflüstern
Band 1: Gefundene Liebe

Götterflüstern – Saga

JENNY VÖLKER

GÖTTER
FLÜSTERN

GEFUNDENE LIEBE

© Jenny Völker 2022 – alle Rechte vorbehalten

info@jennyvoelker.com

www.jennyvoelker.com

Lektorat: Christoph Stephan

Korrektorat: Christiane Zaremba

Umschlag: Juliane Buser – Grafikdesign (jb-grafikdesign.de)

Amulettgrafik: Juliane Buser – Grafikdesign (jb-grafikdesign.de)

Herstellung und Verlag: BoD - Books on Demand, Norderstedt

ISBN: 978 - 3755 - 730521

Bibliografische Information der Deutschen Nationalbibliothek:

Die Deutsche Nationalbibliothek verzeichnet diese Publikation in der Deutschen Nationalbibliografie; detaillierte bibliografische Daten sind im Internet über dnb.dnb.de abrufbar.

Für Katharina,
die im rechten Augenblick
Weihrauch zur Hand hatte

EIN HERZ, ES ZU FINDEN
IM GÖTTLICHEN SCHEIN,
AUF EWIG GEBUNDEN
IN GLÄNZENDEM STEIN.
DER GÖTTER GESÄNGE,
DER MYTHEN KRAFT,
DIE ZEIT WIRD BRINGEN,
WAS DIE LIEBE ERSCHAFFT.

PROLOG DER GÖTTER

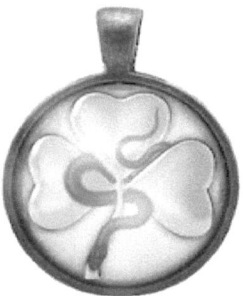

Aphrodite räkelte sich in ihren Kissen auf dem Olymp, das lange blonde Haar in Wellen bis auf ihre Hüften fallend. In der Hand ein Glas Wein betrachtete sie versonnen die Welt der Menschen, als Athena, die Göttin der Weisheit, zu ihr trat.

»Hast du schon gehört?« Ihr Blick war streng, ebenso wie ihre Frisur. Selbst ihr griechisches Gewand war nicht offenherzig gebunden wie Aphrodites, vielmehr hatte sie es, praktisch denkend, straff gewickelt.

Aphrodite hob eine ihrer makellos geformten Brauen, die ihre strahlend blauen Augen einrahmten. »Was meinst du?«

Athena setzte sich zu ihr und nahm sich eine der saftigen Trauben, die auf dem kleinen Beistelltisch standen. »Der Stab des Asklepios ist verschwunden.«

Die Göttin der Liebe schwenkte ihr Weinglas. »Wann soll das geschehen sein?«

»Heute morgen wurde sein Fehlen bemerkt. Vielleicht in der vergangenen Nacht. Ich hoffe, du hast nichts damit zu tun?«

Aphrodite lachte auf. Ihr Lachen klang so betörend, dass Athena die Augen verdrehte.

»Was sollte ich mit dem Stab des Asklepios anfangen?«

»Das wäre meine nächste Frage gewesen.« Athena ließ die andere Göttin keinen Moment aus den Augen, während sie sich die Traube in den Mund schob. Doch selbst die perfekte Süße der Frucht vermochte die Bitterkeit in ihr nicht zu vertreiben.

Unschuldig hob Aphrodite die Hand. »Ich weiß nichts davon, aber vielleicht ist es einer deiner …«, sie malte Gänsefüßchen in die Luft, »… ›Helden‹ gewesen.«

»Sprich nicht so abfällig über sie.«

»Das war nicht meine Absicht. Aber du kannst nicht leugnen, dass zahlreiche deiner Heroen ständig versuchen, Einlass zum Olymp zu bekommen. So wie ich das sehe, sind sie äußerst erfinderisch, um ihr Ziel zu erreichen.«

»Und du glaubst, der Diebstahl eines göttlichen Gegenstandes würde ihnen dabei helfen, Zutritt zu erlangen? Selbst dir müsste klar sein, dass diese Vermutung keiner Logik folgt.«

Aphrodite zuckte mit den runden Schultern, die aus ihrem figurumspielenden Gewand herausragten. »Du überschätzt dich wie immer, meine Liebe.«

Athenas Blick wurde streng, wodurch ihre klassischen Gesichtszüge betont wurden. Ihr Gesicht wirkte wie in Stein gemeißelt. »Weisheit obsiegt stets über die Leidenschaft.«

»Ach und wie war das mit Paris? Du erinnerst dich bestimmt, wie Hera, du und ich ihn gebeten haben zu entscheiden, wer die Schönste von uns ist.«

»Wie könnte ich die Geschichte vergessen.«

Aphrodite fixierte sie aus ihren strahlend blauen Augen.

»Und wem von dir, Hera und mir hat er den Apfel gegeben? Dir oder mir? Ich denke, er gab ihn mir, weil ich ihm die schönste Frau versprochen habe.«

Ungeduldig schlug Athena ein Bein über das andere. »Ja, und von dem Trojanischen Krieg, der daraufhin entbrannt ist, erzählen die Menschen noch heute. Du siehst also, wohin es führt, wenn man die Liebe über den Verstand siegen lässt.«

Aphrodite lachte erneut. »Glaubst du wirklich, die Weisheit sei wichtiger als die Liebe?«

»Ja, das glaube ich!«

»Dann lass uns eine kleine Wette eingehen.«

Athenas Blick wurde kämpferisch. »Was schlägst du vor?«

»Ein kleines Spiel, bei dem wir sehen werden, was wichtiger ist. Die Liebe oder der Verstand.«

Athena lachte. Es klang kraftvoll und siegessicher. »Abgemacht, meine Liebe. Aber wir beide greifen nicht direkt ein.«

»Ganz wie du willst.« Aphrodite hielt ihr prostend den Weinkelch entgegen, worauf Athena sich ebenfalls einen nahm und mit der Göttin anstieß.

»Mögen die Spiele beginnen.«

KAPITEL 1

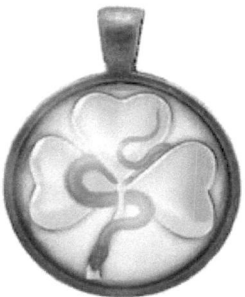

Es war brütend heiß und die Grillen zirpten. Der Schweiß bildete sich unter ihrem Strohhut, ihre Wangen waren hochrot, die Zunge klebte ihr am Gaumen ebenso wie eine blonde Strähne an der Stirn, doch all das bemerkte sie nicht.

Mit einem feinen Pinsel fegte sie den Staub von der kleinen Figur. Das Gesicht war bereits zu sehen. Es trug weibliche Züge, war ebenmäßig und in klassischen Formen gehalten. Vermutlich eine Weihgabe an die Götter.

»Elli, Telefon.«

Sie hörte den Ruf nicht. Die Augen zu schmalen Schlitzen verengt, hockte sie vor der Fundstelle und entfernte die Erde mit akribischer Sorgfalt.

»Elli?«

Die Haare der Figur waren im Nacken zu einem Knoten gebunden, das konnte sie bereits erkennen. Und endlich wurde das antike Gewand unter dem Schmutz, der es jahrhundertelang bedeckt hatte, sichtbar. Auf der Brust erschien das Haupt Medusas, einer mythischen Gestalt mit Schlangen als Haaren. Damit waren ihre letzten Zweifel beseitigt. Die Figur stellte Athena dar.

Sie sog die Luft ein, die Stimme nur ein Flüstern, während sie zu Block und Stift griff und den Fundort skizzierte. »Wie wunderschön.«

»Elli!«

Ohne den Blick von der Arbeit zu wenden, richtete sie sich an Manuel, den Fotografen der Kampagne. »Was gibt's?«

»Phil ist am Telefon.«

Sie ignorierte den Kloß, der sich bei der Nennung des Namens in ihrem Magen bildete. »Ich kann nicht. Schau nur, es ist wirklich eine Athena-Statuette. So, wie ich es vermutet habe. Sieht sie nicht atemberaubend aus?«

Manuel beugte sich näher. »Ist das Marmor?«

»Pentelischer. Man sieht es an der Verfärbung, schau hier.« Sie deutete auf einzelne Stellen, die nur für Fachleute ersichtlich waren, doch Manuel richtete sich desinteressiert auf. Als Fotograf hatte er bereits schönere Objekte vor der Linse gehabt. Und verdreckt mochte er sie grundsätzlich nicht.

»Phil will dich sprechen. Sofort. Er sagt, es sei dringend.«

»Das ist es immer«, murmelte sie.

»Wie bitte?«

»Schon gut. Richte ihm aus, dass ich ihn heute Abend zurückrufe. Er weiß, dass er mich nicht während der Arbeitszeit stören soll.«

»Aber er hat gesagt, er kann nicht kommen.«

Für einen Moment hielt sie inne, presste die Lippen aufeinander, schloss die Augen. Wann hatte ihr Verlobter das letzte Mal bei einer ihrer Ausgrabungen vorbeigeschaut? Und dazu noch … Aber es wäre gelogen zu behaupten, dass sie wirklich damit gerechnet hätte.

Ehe Manuel ihr Zögern bemerkte, atmete sie tief durch und langte nach dem Zollstock, um die Lage des Fundstücks innerhalb der Grube zu vermessen. »Wenn er schon wieder absagt, macht es wohl keinen Unterschied, ob er mir das persönlich sagt oder nicht. Ich weiß ja jetzt, worum es geht.« Konzentriert fuhr sie fort, die Figur in groben Zügen zu zeichnen.

Manuel seufzte auf. »Kannst du das deinem Verlobten nicht selbst sagen?«

Elli schmunzelte. »Er kann respekteinflößend sein, ich weiß, aber lass dich von ihm nicht unterkriegen. Letztendlich ist er auch nur ein Mann, genauso wie du.«

»Ein Mann mit bedeutend mehr Einfluss und Geld auf dem Konto …«

»Macht ihn das besser als dich?«

»In seinen Augen schon.«

Sie strich sich eine blonde Strähne hinters Ohr und konzentrierte sich wieder auf die Arbeit. Die Schritte von Manuel, der sich theatralisch aufseufzend entfernte, hörte sie kaum. Die handgroße Athenafigur war ein beeindruckender Fund – nicht nur, weil sie dringend eine Ablenkung brauchte. Offenbar hatte sie nicht umsonst den Grabungsantrag für die Terrasse gestellt, auf der die Fundamente des Athenatempels und der berühmte Rundtempel standen, dessen drei aufgestellte Säulen samt Gebälk alle Welt kannte.

Sobald sie die Skizze abgeschlossen und ausreichend Fotos für die Dokumentation geknipst hatte, hob sie die Statuette behutsam aus dem Loch und bettete sie in eine Fundkiste, die mit Holzwolle gepolstert war. Seltsam. Dafür, dass sie aus Marmor bestand, fühlte sie sich extrem leicht an. War sie womöglich innen hohl? Aber wie sollte so etwas möglich sein?

Vorsichtig klopfte sie mit dem Knöchel an den Körper. Hm. Die Fundbearbeitung sollte sich das Stück unbedingt genauer ansehen. So oder so war es eine kleine Besonderheit.

Mit einem zufriedenen Lächeln und der Kiste in den Händen erhob sie sich. Sie wollte die Figur nicht sofort zur Fundbearbeitung bringen – zumal die Kollegen bestimmt schon Feierabend gemacht hatten –, sondern direkt ins Grabungshaus. Jeder sollte sie sehen. Das war eine unausgesprochene Vereinbarung bei Besonderheiten. Ein jeder sollte daran teilhaben können. Anschließend würde in der Fundbearbeitung die restliche Verschmutzung entfernt, fotografiert, im Detail gezeichnet und hoffentlich das Rätsel um das leichte Gewicht gelöst werden.

Während sie zum Grabungshaus spazierte, ließ sie den Blick über die atemberaubende Landschaft schweifen. Delphi lag im Parnass-Gebirge. Zu einer Seite ragten die hohen Berge empor, zur anderen flachten die Gesteinsmassen ab bis ins Tal, die sogenannte Pleistos-Schlucht, um sich erneut zu erheben. Die Aussicht war magisch, ebenso wie der Ausgrabungsort selbst. Manchmal glaubte sie, die Stimmen der Menschen zu hören, die in antiken Zeiten diesen Ort besucht oder sogar an dieser Stelle gelebt hatten. Ein Flüstern, ein Lachen …

Wäre ihr Verlobter hier, würde er sich darüber amüsieren.

Doch das war er nicht.

Wann war Phil das letzte Mal bei ihr in Griechenland gewesen? Als sie sich kennengelernt hatten, war es ihrer beider Passion gewesen. Aber je tiefer Elli in die Materie eingedrungen war, desto mehr hatte sich Phil davon entfernt. Vielleicht stimmte es, was die Leute vom Fach sagten. Archäologen mussten mit Archäologen zusammen sein, kein anderer hatte Verständnis für eine solche Leidenschaft.

Entschlossen straffte sie die Schultern. Sie wollte sich von ihm nicht die Grabungskampagne vermiesen lassen. Wenn er nicht kam, fein. Dann konnte sie sich wenigstens ungestört auf ihre Arbeit konzentrieren.

Während sie den schmalen Weg entlanglief, raschelte etwas in den Büschen am Abhang. Ein wenig klang es wie Schritte, unzählige Schritte, die den Berghang entlangwanderten. Wer war um die Uhrzeit noch auf dem Gelände unterwegs? Nicht mehr lange und es würde dunkel werden.

Sie folgte dem Geräusch mit den Augen, doch sie sah nichts. Und so plötzlich, wie das Getrippel zu hören gewesen war, so schnell war es wieder verschwunden. Anscheinend war es nur der Wind gewesen. Dennoch überzog Gänsehaut ihre Arme und sie beschleunigte die Schritte.

Als sie bei dem vor über hundert Jahren erbauten zweigeschossigen Grabungshaus angelangte, hörte sie bereits die Stimmen ihrer Kollegen. Versonnen legte sie den Kopf in den Nacken und schaute zu der Tür hinauf, die auf die Terrasse im ersten Stock führte. Beide Flügel waren weit geöffnet, sodass die Stimmen trotz der Steinwände ungebremst nach draußen drangen.

Wer Ruhe wollte, durfte sich an diesem Ort nicht aufhalten. Hier wurde zu jeder Tag- und beinahe auch zu jeder

Nachtzeit erzählt, diskutiert, gerätselt und gelacht. Sie liebte die Atmosphäre, die sich im Laufe der Jahre entwickelt hatte. Das Kritzeln von Stiften, das Zerknüllen von Papier, die arbeitsame Stimmung, zu der sich die Ausgelassenheit einer Klassenfahrt mischte.

Seit sechs Jahren kannte Elli die Bauforscher, Keramikexperten und Restauratoren in der Fundbearbeitung sowie Manuel, den Fotografen, die sich alle zur Grabungszeit in Delphi einfanden, um ihren Forschungen nachzugehen. Selbst Anthea, die Köchin, sowie Georgios, der nach dem Rechten sah, wenn in den kalten Wintermonaten niemand das Grabungshaus bewohnte, begleiteten sie, seit sie zum ersten Mal an der Grabung teilgenommen hatte. Die Truppe blieb seit Jahren dieselbe, nur die Studenten wechselten alle paar Semester.

Den Fund so stolz im Arm, wie nur eine Mutter über ihr neugeborenes Kind sein konnte, lief sie die enge Holztreppe hoch in das geräumige Zimmer, in dem gegessen und gearbeitet wurde. Zu ihren gedämpften Schritten auf der Treppe und in dem schmalen Gang mischte sich das Klappern von Besteck auf Tellern und das Klirren von Gläsern. War es schon so spät? Beiläufig warf sie einen Blick auf die schlichte Wanduhr. Kurz nach Sieben.

Nora, eine hübsche Rothaarige mit großen grauen Augen, arbeitete als Bauforscherin in Delphi und war ihre beste Freundin, seit sie sich vor sechs Jahren zum ersten Mal auf der Ausgrabung begegnet waren. Sie winkte sie zu sich an den langen Tisch, der von der einen Seite des Raums fast bis zur anderen reichte und an dem sämtliche Grabungsteilnehmer gemeinsam aßen.

»Elli, da bist du ja. Komm, setz dich zu mir.«

»Gleich. Schaut mal, was ich gefunden habe.«

Die Unterhaltungen verstummten und die Aufmerksamkeit sämtlicher Anwesenden wurde ihr zuteil. »Elli, mach uns glücklich!«, rief Thomas mit einem Schäkern in der Stimme. Auch wenn er ein komischer Kauz war, fühlte sie sich mit ihm verbunden, seit er vor zwei Jahren geweint hatte, als sie eine komplett erhaltene Vase ausgegraben hatten, auf der Apollon, einer der griechischen Götter, und die Pythischen Spiele dargestellt waren.

Vorsichtig drehte sie die Kiste in ihren Armen, sodass alle einen Blick auf die kleine Statuette werfen konnten. Mit Freude beobachtete sie, wie Augen aufgerissen und die Luft angehalten, wie Besteck abgelegt wurde und staunendes Gemurmel erklang.

Nora sprang als erste auf und betrachtete den Fund von nahem. »Wow, die ist wahnsinnig gut erhalten. Sag bloß, du hast wirklich noch was auf der Terrasse beim Rundtempel gefunden?«

»Wenn jemand das schafft, dann unsere Elli.« Thomas zwinkerte ihr zu.

»Dann hört endlich mal auf mich, wenn ich das nächste Mal mit meinen angeblich so verrückten Ideen ankomme.« Vorsichtig stellte sie die Kiste auf einen der Schreibtische an der Wand, worauf sich alle Anwesenden sofort erhoben. Stühle wurden lautstark umhergeschoben und sämtliche Grabungsteilnehmer drängten sich im Pulk vor den Tisch, um den Fund zu bestaunen.

Elli setzte sich derweil mit Nora an den Esstisch und schaufelte sich ordentlich Moussaka auf den Teller. Kaum, dass ihr der Duft der griechischen Spezialität in die Nase stieg, grummelte ihr Magen.

Nora grinste.»Wann hast du das letzte Mal gegessen?«

Sie zuckte bloß mit den Schultern.»Ich kann mich noch ans Frühstück erinnern. Bist du bei deinen Vermessungen am Stadion weitergekommen?«

Während ihre Freundin erzählte, aß sie gleich zwei Portionen. Wer wusste schon, wann sie wieder mal daran dachte? Phil hatte sich früher immer darüber amüsiert. Sie esse wie ein Tier auf Vorrat, damit sie anschließend zwei Tage durcharbeiten könne. Doch schon lange hatte sie derlei Scherze nicht mehr von ihm gehört.

Wieso hatte er schon wieder abgesagt? Und dazu ausgerechnet nächste Woche? Sie war fest davon ausgegangen, dass er käme. Zugegebenermaßen hatte sie sich sogar vorgenommen, einen ganzen Tag nicht zu arbeiten, aber das war nun nicht mehr von Nöten.

»Schade, dass Phil nächste Woche kommt«, drang Noras Stimme bis in ihre abwesenden Gedanken.»Ich wollte dich eigentlich an deinem Geburtstag zu einem Tagesausflug entführen.«

»Ja, schade.« Sie hätte ihr sagen können, dass ihr Verlobter nicht kam, aber dann hätte Nora mit ihr über Phil reden wollen. Und dazu hatte Elli keine Lust. Es würde sich im Laufe der nächsten Tage eine andere Gelegenheit ergeben. Seltsam, dass Nora nicht längst davon erfahren hatte. Normalerweise blieben Informationen nicht lange persönlich, wenn Manuel ans Telefon ging. Aber vielleicht war er heute zu beschäftigt gewesen, um zu tratschen.

Nach dem Essen zog sie sich mit der Begründung, sie wolle noch arbeiten, früh auf ihr Zimmer zurück. Keiner zweifelte daran, dass sie es wirklich tat, nur Nora betrachtete sie mit schräg gelegtem Kopf.

»Alles in Ordnung mit dir?«

Fahrig strich sie sich eine ihrer hellblonden Strähnen aus der Stirn, die sich ständig aus ihrem mittlerweile unordentlichen Zopf lösten. »Alles wie immer.« Sie vermied es, ihrer Freundin in die Augen zu sehen. Bevor sie den Raum verließ, wandte sie sich an Kerstin, die als Restauratorin in der Fundbearbeitung tätig war. »Ich bringe dir die Statuette morgen früh. Sie ist unfassbar leicht. Vielleicht findest du heraus, woran das liegt?«

»Klar, Elli. Gute Nacht.«

Ehe Nora sie aufhalten konnte, schlüpfte sie aus dem Gemeinschaftsraum in den Flur und eilte von dort aus zu ihrem Zimmer. Kaum dass sie die Tür hinter sich geschlossen hatte, lehnte sie sich mit dem Rücken daran und atmete tief durch. Tränen schossen ihr in die Augen, mit denen sie nicht gerechnet hatte. Und die sie verdammt noch eins nicht vergießen wollte.

Es musste an ihrer Erschöpfung liegen. Schließlich war es nicht das erste Mal, dass sie Phil mehrere Monate nicht zu Gesicht bekam. Wobei, in den letzten Jahren war er wenigstens zu ihrem Geburtstag aufgetaucht. Zwar nicht in Delphi selbst, aber immerhin in Athen, sodass sie mit dem Auto zu ihm gefahren war und sie den Tag gemeinsam verbracht hatten.

Dieses Jahr wollte er gar nicht kommen.

Traurigkeit wollte sie überfallen, doch sie ließ das nicht zu. Die Lippen fest zusammengepresst hob sie den Blick, bis die Tränen verschwunden waren. Sie würde keine einzige wegen diesem Kerl vergeuden. Keine einzige. Das schwor sie sich.

KAPITEL 2

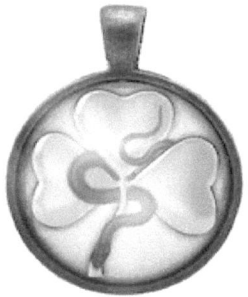

Der folgende Tag war ebenso brütend heiß wie der vorherige, weswegen Elli sich für halb sieben den Wecker gestellt hatte. Sie brauchte morgens ihre Joggingrunde, die ein passender Ausgleich zu ihrer konzentrierten Arbeit war, bei der sie meist für lange Zeit in gekrümmter Haltung irgendwo im Dreck hockte.

Sie schlüpfte in ihre kurze Hose und das Shirt mit der Aufschrift »I love Greece«, schnürte sich die Turnschuhe, die schon bessere Zeiten erlebt hatten, und band sich einen hohen Pferdeschwanz. Hochmotiviert lief sie los.

Rasch ließ sie das Grabungshaus hinter sich. Obwohl die Ruinen der alten Griechen sie wie jeden Morgen zu rufen schienen, mied sie die Anlage und suchte den schmalen Pfad, der über das Parnass-Gebirge führte. Normalerweise joggte sie den Berg hoch, um beim Rückweg bergab laufen zu können. Doch heute folgte sie spontan dem Weg, der abwärts zu dem Fluss führte, nach dem die Schlucht benannt war.

Die trockenen Zweige der üppig wachsenden Büsche kratzten über ihre Waden, doch sie beachtete es nicht. Sofort war sie gedanklich bei Phil, den sie so gerne aus ihrem Kopf verbannt hätte. Vielleicht hatte sie sich deshalb für die anspruchsvollere Laufrunde entschieden. Sie musste dringend ihre Gedanken klären. Wobei eine leise Stimme in ihrem Ohr beständig flüsterte:»Wieso bleibst du eigentlich mit ihm zusammen?«

Doch die Antwort war zu kompliziert und nicht für Selbstgespräche geeignet, weshalb sie das Flüstern ignorierte.

Ein Rascheln ließ sie hochschrecken. Es war niemand zu sehen. Bestimmt nur eine der wilden Katzen, die überall herumstreunten. Sie konzentrierte sich auf ihre Schritte, da der Pfad zunehmend abschüssiger verlief. Sie musste langsamer werden, um nicht zu stolpern. Immer häufiger rankten sich dornige Sträucher bis über den Weg. Offenbar schlug kaum jemand außer ihr den Weg flussabwärts ein.

Erneut drosselte sie das Tempo, weil die Sträucher so dicht wuchsen, dass sie überlegen musste, wo sie entlanglaufen konnte, ohne eine Blutspur zu hinterlassen. Wirklich ins Schwitzen kam sie so nicht. Wahrscheinlich war es keine gute Idee gewesen, den schmalen Pfad einzuschlagen. Ihre angestammte Runde war ihr wenigstens vertraut, weshalb sie einfach nur laufen konnte. Aber umkehren kam für sie nicht infrage. Sie würde sich heute durchbeißen und beim nächsten Mal wusste sie Bescheid.

Nervös lief sie weiter, als wieder ein Rascheln zu hören war. Welches vernünftige Tier kämpfte sich durch dieses

Gestrüpp? Oder war es der Wind, der durch die Schlucht blies, ähnlich wie gestern Abend?

Unvermittelt klopfte ihr Herz schneller. Ob das nur am Joggen lag? Hellhörig blieb sie stehen und drehte sich um. Beobachtete sie jemand? Doch weder den Berg hinauf noch den Abhang hinunter war auch nur eine Menschenseele zu sehen. Dennoch könnte sie schwören, dass …

Okay, auch wenn das die kürzeste Laufrunde seit Jahren war, würde sie den nächsten Pfad nehmen, der aufwärts führte. Falls ihr dann noch der Sinn nach einer Zusatzrunde stand, konnte sie das immer noch machen. Doch im Moment fühlte es sich nicht so an.

Eine seltsame Gänsehaut überzog ihre Arme, die sie nicht erklären konnte. Es war eine Ahnung, vielleicht Instinkt, und sie beschleunigte ihre Schritte. Hoffentlich kam gleich eine Abzweigung, die hinaufführte.

Wieder raschelte es. Ein Hecheln war zu hören. Was war das?

Ein Knurren ertönte und ihr Herz schlug schneller. Die Entscheidung war gefallen. Sie würde einfach umdrehen und wieder hochrennen. Ja, rennen. Wer brauchte schon eine ganze Runde? Und wer wäre so doof, bei einem seltsamen Bauchgefühl darauf zu beharren, nicht denselben Weg zurückzulaufen?

Doch als sie sich umdrehte, erstarrte sie.

Auf dem Trampelpfad stand ein Hund mit kurzem zerzaustem Fell.

Er war nicht sonderlich groß, ging ihr kaum bis über die Knie, aber er fletschte die Zähne und knurrte.

Nicht in die Augen sehen, nicht wegrennen! Er darf deine Angst nicht bemerken.

Ihr Puls beschleunigte sich, doch sie blieb unter Aufwendung all ihrer Willensstärke still stehen und blickte über den Hund hinweg. Sie war zwar vor den wilden Hunden gewarnt worden, aber ihr war nie einer begegnet, weshalb sie seit Jahren ihre tägliche Joggingrunde selbst in Griechenland allein absolvierte.

Das Knurren wurde intensiver, angriffslustiger. Irgendwie musste sie ihn beruhigen. Schließlich wollte sie ihm nichts Böses. Das musste sie ihm doch irgendwie vermitteln können.

»Ruhig, ruhig, ich tu dir nichts.« Wie sie ihrer Stimme einen derart friedlichen Unterton verleihen konnte, war ihr ein Rätsel.

Doch der Hund ließ sich davon nicht täuschen. Er knurrte lauter und zeigte seine Zähne. Das war definitiv kein gutes Zeichen. Konnte er ihre Angst riechen?

Ihre Handflächen wurden feucht und die Knie weich. Doch sie durfte nicht aufgeben. Wenn sie wegrannte, würde er sie als Beute sehen. Sie musste ihn verjagen. Aber wie? Sie hatte nichts bei sich und zu ihren Füßen lag auch kein geeigneter Stock. Kurzerhand klatschte sie, so laut es ihr möglich war, in die Hände.

»Kusch! Weg!«

Das Klatschen hallte durch die Schlucht, als jubelten die alten Götter ihr zu, doch der Hund ließ sich davon nicht beeindrucken. Unbeirrt fixierte er sie aus seinen gelben Augen, in die sie nicht direkt schauen durfte.

Vielleicht war schon jemand wach und hörte sie.

»Hilfe! Hilfe!«, schrie sie, doch niemand reagierte.

Langsam setzte der Hund eine Pfote vor.

Mehrmals klatschte sie, so laut wie möglich.

»Weg! Ab! Kusch!« Doch das wilde Tier knurrte unbeirrt weiter und setzte zum Sprung an.

Verdammt.

Ohne nachzudenken, rannte sie los. Sie hastete den schmalen Pfad hinab. Wie lang konnte das gutgehen? Obgleich sie durchtrainiert war, würde der Hund sie problemlos einholen. Er bellte lautstark und rannte hinter ihr her. Sie brauchte sofort etwas, auf das sie klettern konnte.

Sie hetzte weiter und entdeckte an der Seite mehrere Bruchstücke antiker Säulen, die den Abhang hinabgefallen waren. Sie sprang darauf und visierte einen Felsblock an, der dahinter in die Höhe ragte. Seine obere Fläche war gerade mal so groß, dass sie sich würde auf ihn stellen können. Bloß wie sollte sie hinaufkommen? Der Felsen reichte ein gutes Stück bis über ihren Kopf. Selbst mit ausgestreckten Armen kam sie nicht oben an die Kante heran. Aber ihr blieb keine andere Möglichkeit …

Ohne nachzudenken, ging sie in die Knie, holte mit den Armen Schwung und sprang hoch. Sie bekam die Oberkante zu greifen und zog sich hinauf. Mit zusammengebissenen Zähnen beugte sie sich über den Felsen und stemmte sich höher. Sie kämpfte sich auf die Knie, anschließend auf die Füße und drehte sich um.

Der Hund sprang ebenfalls auf die Säulenfragmente und Zähne fletschend starrte er sie an. Was war mit ihm los? Hatte er womöglich Tollwut oder so etwas?

Sie klatschte in die Hände. »Ab! Weg mit dir!«, doch er ließ sich von ihr nicht verscheuchen. Stattdessen legte er die Ohren an und knurrte. Würde er gleich zu ihr hochspringen? Schaffte er das? Nein, bestimmt nicht, er …

Der Hund setzte zum Sprung an.

So ein Mist. Was konnte sie tun?

»Hiiiiilfeeeeee!«

Schritte näherten sich. Sie kamen vom Fluss. Endlich war das Glück auf ihrer Seite. Wie wahrscheinlich war es schon, dass ein spontaner Spaziergänger vorbei lief? Eben – schwindend gering. Hoffnungsvoll holte sie tief Luft und setzte all ihre Kraft in den Schrei. »Hiiiilfeeeeee!«

Ein Mann tauchte hinter einer Felsnase auf, um die sich ein Trampelpfad wand. Er war auffallend groß und breit gebaut und seine von der Sonne gebräunten Arme glänzten. Hatte er sich die Haut zum Sport eingeölt, wie es die Griechen in früheren Zeiten zu tun pflegten? Er rannte auf das Tier zu und klatschte in die Hände, wodurch es laut durch die Schlucht hallte.

»Ab! Hau ab!«

Jaulend zog der Hund den Schwanz ein und rannte davon. Sobald er widerstandslos zwischen den Büschen verschwand, atmete Elli auf. Um sich zu sammeln, setzte sie sich auf den Felsen und fasste sich mit der Hand ans Dekolleté. Sie spürte ihren Puls, als läge ihr Herz frei. Meine Güte, schlug das schnell.

Ihr Retter sprang leichtfüßig auf die Bruchstücke und schaute zu ihr hoch, sodass sie ihn kurz mustern konnte. Er hatte markante Wangenknochen und dunkle Augen, doch sie waren nicht braun, wie es im ersten Moment den Anschein gemacht hatte, sondern dunkelblau. Eine solche Farbe hatte sie noch nie an jemandem gesehen. Sein kantiges Kinn war von einem leichten Bartschatten umgeben, aus dem die geschwungenen Lippen hervortraten.

Nur mit Mühe konnte sie sich von seinem Gesicht losreißen und im Augenwinkel erfasste sie seine Kleidung.

Shirt, kurze Hose, Turnschuhe. Auch er war zum Joggen unterwegs. Obwohl die Oberkante des Felsens ein gutes Stück vom Boden entfernt war, konnte er eine Hand locker neben sie auf den Felsen legen. Wie groß war er? Zwei Meter?

»Alles okay?« Seine Stimme war ruhig und so tief, dass der Ton sie beruhigte, als würde er ihr über den Kopf streicheln.

Elli nickte.

»Wie bist du auf den Felsblock gekommen?« Er maß ihre Beine, die zwar durchs Laufen muskulös, aber nicht übermäßig lang waren.

Was war das für eine Frage? Sie deutete auf die Trümmer am Fuße des Felsens und staunte. Erst jetzt bemerkte sie, wie hoch sie saß. Kein Wunder, dass der Hund sie nicht erreicht hatte. Perplex maß sie die Höhe und hob den Kopf. »Ich bin einfach gesprungen.«

Seine Mundwinkel zuckten. »Muss das Adrenalin gewesen sein. Komm, der Hund ist weg.«

Und wenn er wiederkam? Sie war kein ängstlicher Charakter, aber das Tier war mehr als bedrohlich gewesen.

»Keine Sorge, ich bin oft hier draußen. Die wilden Hunde haben Angst vor mir. Er wird sich für heute ein anderes Jagdgebiet suchen.« Er lächelte, was sie aus ihrer Starre löste, auch wenn das Wort Jagdgebiet nicht gerade zu ihrer Beruhigung beitrug.

Helfend hielt er ihr die Hand entgegen, doch sie sprang bereits von dem Felsen. Sie wollte elegant landen, ihre Souveränität zurückerlangen, doch es war wirklich verdammt hoch und eines der Säulenbruchstücke rollte zur Seite, sodass sie einknickte. Bevor sie abrutschte, fing er sie auf. Ihr Körper lag an seinem. So nah bei ihm konnte sie seinen Geruch wahrnehmen. Er roch gut – was ihr völlig egal sein konnte.

»Danke.« Sie räusperte sich und machte sich sofort aus seinen Armen frei. Mit einem weiteren Satz landete sie auf dem Erdboden, diesmal wesentlich eleganter, wodurch sie ihre gewohnte Selbstsicherheit zurückbekam.

Er sprang nicht minder gewandt neben sie und streckte ihr die Hand entgegen. Das Lächeln, das dabei auf seinen Lippen lag, war aufrichtig und charmant – und keineswegs unverschämt. Vielmehr respektierte er die Distanz, die sie trotz der außergewöhnlichen Umstände einforderte. »Ich bin Stephanos.«

»Elli, freut mich.« Während seine Hand in ihrer lag, kitzelte etwas in ihrem Bauch, das sie noch nie gefühlt hatte. Schnell zog sie sie zurück.

»Was hast du hier draußen gemacht?«

»Ich war joggen, aber die Lust darauf ist mir vergangen.« Sie zögerte. Normalerweise würde sie ihm zum Dank etwas anbieten, einen Kaffee oder eine Führung über die Ausgrabungsstätte vielleicht, aber die Art, wie er sie aus seinen dunkelblauen Augen ansah, verhieß nichts Gutes. Himmel, sie war verlobt! »Ich muss zurück.«

»Okay, schade. Man sieht sich.« Und bevor sie noch etwas zu ihm sagen konnte, verschwand er hinter der Felsbiegung, von der aus er gekommen war.

Ungläubig schaute sie auf. Wie hatte er so schnell aus ihrem Blickfeld verschwinden können? Stirnrunzelnd lief sie ein paar Schritte in die Richtung, in die er davongelaufen war. Doch obwohl die Sicht hinter der Felsnase frei lag, konnte sie ihn nirgends in der Umgebung entdecken.

Seltsam. Aber vielleicht war das auch gut so.

Mit einem seltsamen Kribbeln im Magen machte sie sich an den Aufstieg. Sie wählte denselben Weg zurück, über den sie gekommen war. Nicht, dass sie sich verlief und dem wilden Tier noch einmal begegnete. Wer wusste schon, ob Stephanos in dem Fall wieder ihren Hilferuf hören würde.

Stephanos.

Ob er in der Siedlung in der Nähe der antiken Ruinenstätte lebte? So, wie er aussah, machte er nicht den Anschein, als wohne er in einer abgelegenen Stadt. Aber vielleicht sollte sie nicht vom Äußeren auf den Charakter schließen.

Rasch lief sie zurück, dabei spielte sie in Gedanken wieder und wieder die Begegnung mit ihm durch, bis sie das Grabungshaus betrat.

Im Salon herrschte bereits reges Stimmengewirr. Eilends lief sie in ihr Zimmer, holte sich frische Klamotten und schlüpfte ins Bad. Sie hatte keine Lust, über den Vorfall zu reden, weshalb sie sich erst einmal eine Abkühlung gönnte. Doch selbst während der Dusche und dem anschließenden Frühstück konnte sie die dunkelblauen Augen nicht vergessen.

Sie saß länger über ihrem Müsli als gewöhnlich, bis Kerstin an sie herantrat, die langen Arme vor der Brust verschränkend.

»Elli? Alles in Ordnung?«

Blinzelnd schaute sie auf. Ihr Müsli war kaum angerührt, während sie mit dem Löffel gedankenverloren durch die Mandelmilch rührte. »Klar. Was gibt's?«

»Ich konnte nicht schlafen und war schon früh unten, um mir die Statuette genauer anzusehen. Kommst du nach dem Frühstück in die Fube? Ich will dir etwas zeigen.«

Die Athena-Statuette. Wie schön, dass Kerstin sie direkt untersucht hatte. »Ich mach mich fertig und bin in zehn Minuten bei dir.«

Wie verabredet sprang Elli wenige Minuten später die Treppen zur Fundbearbeitung hinunter. Sie nahm sich fest vor, sich auf die Arbeit zu konzentrieren und das Ereignis von heute morgen zu vergessen. Was die Restauratorin wohl herausgefunden hatte? Gespannt betrat sie die Werkstatt. Wie immer staunte sie darüber, dass die Restauratoren so eine Ordnung hielten, obwohl jeden Abend Massen an dreckigen Kisten voller Fundstücke auf die Tische gestellt wurden. Doch wie immer war der Boden gefegt, die Arbeitsflächen abgewischt und jede Kiste akribisch sortiert in den metallenen Regalen verstaut.

»Kerstin?«

Die Restauratorin saß an einem Tisch über ein Mikroskop gebeugt, durch das sie eine der gefundenen Münzen betrachtete und mit einem Skalpell sorgfältig reinigte. Sie saß so ruhig – und das täglich für Stunden –, sie war perfekt geeignet für einen Künstler zu posieren. »Setz dich, ich bin sofort bei dir.«

Doch Elli setzte sich nicht. Stattdessen ließ sie den Blick über die geklebten Amphoren und gereinigten Münzen schweifen, die in den Regalen standen und nur darauf warteten bewundert zu werden. Oder vielmehr im Anschluss an die Grabungskampagne ins Museum gebracht zu werden.

Sie hatte nicht oft Zeit, sich die Funde noch einmal in Ruhe anzusehen, weshalb sie es genoss, die Reihen entlangzuspazieren, bis sie schließlich zu ihrer Statuette gelangte. Neugierig beugte sie sich näher, als Kerstin auch schon neben ihr auftauchte.

»Komm, wir nehmen sie mit raus.« Kerstin langte nach der Fundkiste und trug sie vorsichtig auf die Terrasse, wo mehrere Tische und Stühle bereitstanden.

Das Wetter war trocken und warm, weshalb das Team der Fundbearbeitung häufig draußen arbeitete. Unzählige Scherben, die gewaschen worden waren, wurden von fleißigen Grabungsstudenten zum Trocknen in die Sonne gelegt, weshalb ein munteres Treiben herrschte.

Auf der anderen Seite der Terrasse nutzte Manuel das Licht der Morgensonne und fotografierte ein bemaltes Trinkgefäß, das die Restauratoren letzte Woche zusammengeklebt hatten. Eine Studentin hielt einen Bogen weißes Tonpapier, um für den notwendigen neutralen Hintergrund zu sorgen, und wurde dabei von Manuel mehr umhergeschoben als das Keramikgefäß selbst.

Kerstin stellte die Fundkiste auf einen der Tische, setzte sich und Elli ließ sich neben sie gleiten. Der Stuhl wackelte, doch sie registrierte es kaum, da sie es wie jeder im Team gewohnt war.

»Was hast du herausgefunden?«

»Wie du richtig erkannt hast, wiegt die Statuette auffallend wenig, obwohl sie aus Marmor gefertigt wurde. Das kann nur eins bedeuten. Sie ist hohl.«

Ungläubig schüttelte Elli den Kopf. Sie hatte es zwar vermutet, aber kaum für möglich gehalten. »Wie soll das ein Künstler schaffen? Ich meine, die Athena wurde aus einem einzelnen Steinblock gemeißelt.«

»Das wurde sie, richtig, aber offenbar wurde sie anschließend entzwei gebrochen und wieder zusammengefügt. Schau.« Sie hielt eine Lupe über eine feine Linie, die über den Bauch der Figur verlief und die selbst jetzt, da

Kerstin die Statuette sorgfältig gereinigt hatte, nur mit dem Vergrößerungsglas zu erkennen war. »An dieser Stelle wurde sie zusammengesetzt.«

Elli beugte sich näher. Tatsächlich. Wahnsinn. In Gedanken ging sie sämtliche Funde durch, die es seit Beginn der Ausgrabungen in Delphi Ende des neunzehnten Jahrhunderts gegeben hatte. Aber von einer Statuette, die eine Nahtstelle aufwies und innen hohl war, hatte sie nichts gelesen. Das war unglaublich. Oder besser gesagt sensationell!

Sachte fuhr sie mit dem Finger über die Linie, die kaum zu ertasten war, derart fein war sie gearbeitet. »Wurde sie vom Künstler selbst zusammengeklebt oder später zerbrochen und bearbeitet?«

Kerstin wog den Kopf hin und her, dabei fiel ihr eine ihrer schwarzen Locken in die Stirn, die sie beiseite strich. »Bislang vermute ich, dass es der Künstler selbst getan hat. Aber mit Sicherheit kann ich das erst beantworten, wenn ich die Figur geöffnet und mir die Bearbeitungstechnik im Inneren angesehen habe. So oder so hat der Kleber erstaunlich gut gehalten, bedenkt man, dass der Stil sowie die Fertigungstechnik die Statuette auf ungefähr 400 vor Christus datieren.«

Versonnen betrachtete Elli die Figur. Sie hatte von Anfang an gespürt, dass dieser Fund etwas Besonderes war. Und dass der Ort, an dem kaum jemand mehr graben wollte, noch seine Schätze barg.

»Was versteckst du in dir, Göttin der Weisheit? Vielleicht eine Schriftrolle?«

»Das wüsste ich auch gerne, deshalb komme ich zu meiner Frage. Wir haben kein Röntgengerät hier, mit dem ich auf die Schnelle hineinschauen könnte. Soll ich versuchen, den Kleber zu lösen?«

Elli überlegte. Es war verlockend, aber leichtfertig durfte sie die intakte Statuette nicht zerstören lassen. Schließlich würde sie, auch mit dem besten Kleber zusammengesetzt, nie wieder unversehrt sein. Obwohl sie das durch die Klebestelle am Bauch ohnehin nie gewesen war, oder?

Unschlüssig fuhr sie sich durch ihr blondes Haar, das sie am Hinterkopf zu einem unordentlichen Knoten gebunden hatte. »Wie hoch ist die Gefahr, dass die Figur zerbricht und zwar nicht an der Nahtstelle?«

Kerstin wog den Kopf hin und her. »Ich kann es nicht ausschließen, aber du weißt, dass ich immer äußerst behutsam vorgehe.«

Abwägend betrachtete Elli die Athenafigur und strich ihr über das im Nacken gebundene Haar und das Gewand, bis sie ihre Entscheidung getroffen hatte. »Dann hoffen wir, dass die Göttin selbst über deine Arbeiten wacht, damit wir das Rätsel lösen und anschließend die Figur scheinbar unversehrt ins Museum bringen können.«

KAPITEL 3

ER

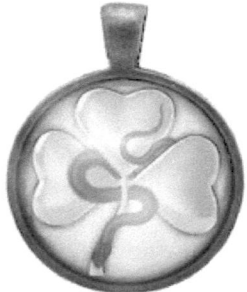

»Bist du dir sicher, dass du das tun willst?«

Er ballte die großen Hände zu Fäusten, nicht die Geduld aufbringend, sich erneut für seinen Plan zu rechtfertigen. »Hast du je daran gezweifelt?«

Beschwichtigend legte der andere eine Hand auf seinen Oberarm. »Du musst dich nicht einmischen. Du musst dich nicht verpflichtet fühlen.«

Energisch machte er sich frei. Er würde sich nicht davon abbringen lassen, das Richtige zu tun. »Du weißt, dass ich keine Wahl habe.«

»Die hattest du immer.«

Er atmete tief durch, um den schmerzlichen Druck von seinem Herzen zu nehmen. Sie zu sehen, hatte alte Wunden aufgerissen. »Auch wenn ich mich zurückhalten könnte, hast du selbst bemerkt, dass sie bereits nach ihr greifen. Sie wollen sie holen.«

»Es ist der Lauf der Dinge. Wir können und dürfen ihn nicht verhindern.«

»Aber wir können eingreifen.«

Der andere schwieg, worauf er die Augen schloss. Sofort sah er sie vor sich. Sein Herz schlug unruhig. Wie lange war es her …

Sie sah anders aus als erwartet, geprägt durch die aktuelle Mode und dadurch, dass sie nicht so viel Zeit auf ihr Aussehen zu verwenden schien – was ihrer Schönheit jedoch keinen Abbruch tat. Darüber hinaus war ihr Auftreten auffallend selbstständig, selbstbewusst. Sie war nicht stolz auf ihre Schönheit, sondern schöpfte Kraft aus ihrem Inneren, aus ihrem Verstand. Eine bemerkenswerte Ausstrahlung, der man sich kaum entziehen konnte.

Trotz dieser Unterschiede hatte er sie auf den ersten Blick erkannt. Sein Herz hatte sie erkannt, auch wenn es das eigentlich nicht durfte. Ihr goldblondes Haar, das sie zu einem einfachen Zopf trug, die strahlend blauen Augen, die geschwungene Form ihrer Brauen, ihre grazile Erscheinung, die selbst die Sportklamotten nicht hatten überdecken können … Ewig hätte er die Liste fortführen können, und nur mit Mühe vermochte er den Seufzer zu unterdrücken, der ihm auf der Seele lag. Sie war verführerisch, doch das durfte sie nicht sein. Nicht für ihn.

»Du wirst dich also nicht heraushalten?«, holte der andere ihn zurück in die Gegenwart.

Er schüttelte den Kopf.»Niemals. Aber ich frage mich …«
Sein Kiefer versteifte sich.

»Ja?«

Erregt fuhr er sich durch das dunkle Haar.»Wieso haben
sie ihr diesen Namen gegeben? Ein anderer Name hätte sie
besser versteckt. Womöglich hätten sie sie niemals gefunden.«

»Du weißt, dass das Unsinn ist. Durch nichts und niemanden
kann sie sich verstecken. Die Dinge sind vorherbestimmt,
die Schicksalsfäden geknüpft, auch wenn es vor
hunderten von Jahren geschah.«

»Aber der Name!«

Ein Schmunzeln lag auf den Lippen des anderen, hinter
dem er seine Sorgen jedoch nicht zu verbergen vermochte.
»Weißt du, wer es war, der ihn ihr gegeben hat?«

Sein Blick verdunkelte sich.»Ich habe eine Vermutung.«

»Wahrscheinlich wollte er ihr mit der Namensgebung eine
Richtung weisen.«

Sein Blick verfinsterte sich noch mehr und derjenige, der
er einst gewesen war, drohte aus ihm herauszubrechen. Doch
er musste ruhig bleiben. Ruhig und besonnen.»Das war
keine gute Idee.«

»Ebenso wenig wie die Tatsache, dass du dich einmischst.
Bleib einfach hier und überlass es dem Lauf des Schicksals.«

»Dem Willen der Götter, meinst du wohl.« Seine Stimme
triefte vor Verachtung.

»Hüte deine Zunge!«, erscholl ein Donnergrollen.

Um den anderen nicht zu verärgern, presste er die Lippen
aufeinander, obgleich seine Kiefer mahlten. Es hätte so
einfach sein können. Ihre Zukunft rosig und sorgenfrei. Doch
nun waren die alten Stränge erwacht, die Fäden, die die

Zeiten überdauerten und die Geschehnisse von damals mit den heutigen verknüpften.

Zu den Schicksalsfrauen betend schloss er die Lider. Mochten die Moiren ihre Fäden wohlwollend spinnen, mochte ihre Zukunft geschützt sein und mochten zumindest ein paar Götter auf seiner Seite stehen, um sie vor dem Unausweichlichen zu schützen. Denn nichts anderes war es, das für ihn zählte.

KAPITEL 4

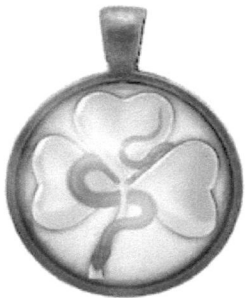

»Elli, warte bitte.« Maren kam hinter ihr her gestürmt. Die Keramikexpertin trug wie immer ihre schulterlangen schwarzen Locken offen, die ihr ein wenig zerzaust um den Kopf wiegten. Sie stemmte ihre Hand, an der ein großer Holzring steckte, in die Seite und keuchte. »Du bist immer so schnell unterwegs.«

Vielmehr war es so, dass Maren nicht schneller zu laufen vermochte als jemand mit Krücken. Sie war die unsportlichste Person, die Elli je untergekommen war. Dafür lagen ihre Stärken auf anderen Gebieten, wie jedermann hier wusste. Beispielsweise in der Zuordnung kleinster Keramikfragmente zu antiken Künstlern. Dabei konnte ihr niemand das Wasser reichen.

Sie lächelte die Keramikexpertin an. »Was gibt's?«

»Ein neuer Geldgeber hat sich angemeldet.«

Ellis Augen strahlten und innerlich klatschte sie in die Hände. »Das ist ja fantastisch. Ist es Stavos Kanneopolis?«

Maren schüttelte den Kopf. Sie rang noch immer nach Atem. »Ich … glaube nicht. Er hat mir … seinen Namen … nicht genannt.«

Das war keineswegs verwunderlich. Nicht selten wollten vermeintliche Sponsoren unerkannt bleiben.

»Er hat einen Gutachter vorbeigeschickt, der für ihn die Grabungsstätte anschauen soll. Wir brauchen also heute jemanden, dessen Führung Eindruck hinterlassen wird, und wir waren uns alle einig, dass du das machen sollst.«

Das war nichts Neues. Obwohl sämtliche Grabungsteilnehmer die Leidenschaft für die Antike mitsamt ihrer Mythen und den hinterlassenen Ruinen einte, waren es in der Regel Ellis Führungen, die die Sponsoren zum Geldgeben brachten. In aller Einvernehmlichkeit lag das an dem Feuer, das in ihren Augen brannte, wenn sie von der Antike erzählte, und das seinesgleichen suchte. Das hatte zumindest Phil früher immer gesagt.

Phil …

Wann hatte sie das letzte Mal an ihren Verlobten gedacht? Kein Wunder, dass er aus ihrem Kopf verschwunden war, bei dem Erlebnis heute Morgen. Erneut wollte sich Stephanos' Bild in ihren Kopf schleichen, doch sie unterdrückte es. Jetzt war Arbeitszeit!

»Klar, ich mache es. Wo ist der Herr, der vorgeschickt wurde?«

»Er wartet am Apollontempel. Und Elli?«

Sie wandte sich bereits zum Gehen und warf einen Blick über die Schulter. »Ja?«

»Beeindruck ihn!«

»Das werde ich.« Sie zwinkerte Maren zu, bevor sie sich auf den Weg machte. Kurz überlegte sie, ob sie einen Abstecher zu ihrem Grabungsschnitt machen sollte, in dem sie gestern die Statuette geborgen hatte. Aber die Studenten wussten, dass sie behutsam tiefer gehen sollten. Außerdem war es nicht ratsam, den vorgeschickten Herrn warten zu lassen, der darüber entscheiden würde, ob sie zusätzliche finanzielle Unterstützung erhielten oder nicht.

Leider wurden die Gelder, die sie bekamen, jedes Jahr weniger. Mittlerweile entschied immer häufiger das Überredungsgeschick eines Archäologen darüber, ob die Ausgrabung ausreichend finanziert wurde, und nicht die Dringlichkeit oder Bedeutung des Ausgrabungsortes und -ziels. Vermutlich wäre es klug gewesen, sie hätte Rhetorik im Nebenfach studiert.

Ohne aus der Puste zu kommen, erklomm sie den Berg, an dem das Heiligtum von Delphi errichtet worden war. Sie sah bereits die hohen Säulen des Apollontempels in die Höhe ragen, die einst das verzierte Dach getragen hatten, als ihr ein dunkelhaariger Mann auffiel, der am Zugang stand und sich etwas auf einem Klemmbrett notierte.

Er hatte ihr den Rücken zugekehrt, dennoch war unverkennbar, dass er groß gewachsen war und sich unter seinem gebügeltem Hemd ein breites Kreuz abzeichnete. Seine braungebrannte Haut kam durch das weiße Hemd gut zur Geltung.

Das sollte der Gutachter des Sponsors sein? Er wirkte definitiv jünger und sportlicher als derjenige, den sie erwartet hatte – und als die Sponsoren und Interessierten, die sie normalerweise über die Ausgrabung führte. Doch da er der einzige war, der sich beim Tempel aufhielt, bestand kein Zweifel.

Eilfertig trat sie an ihn heran. »Guten Morgen, mein Name ist Doktor Achilles und ich freue mich, Ihnen heut–« Während sich der Mann ihr zuwandte, versagten ihre Stimmbänder.

»Guten Morgen Elli. Ich darf Sie doch noch beim Vornamen nennen, oder?«

Vor ihr stand Stephanos. Und in dem hellen Hemd sah er beinahe noch besser aus als heute morgen in seiner Sportkleidung. Sie räusperte sich, um die Fassung wiederzugewinnen. Immerhin war sie ein Profi. »Natürlich.«

Er war derjenige, den sie überzeugen musste? Allein bei dem Gedanken wurden ihre Knie weich. Sie musste sich zwingen, ihren Blick von seinen dunkelblauen Augen abzuwenden. Von seiner attraktiven Erscheinung und –

Herrgott, Elli, jetzt reiß dich zusammen.

Am besten, sie konzentrierte sich aufs Fachliche und blendete alles andere aus. Schließlich war sie Doktor Helena Achilles, anerkannte und in Fachkreisen als Koryphäe bezeichnete Expertin für Delphi. Und das lag nicht nur an ihrem äußerst passenden Namen.

Sie wandte den Blick ab und deutete auf die Ruinen. »Sollen wir direkt beim Apollontempel starten oder wollen wir uns chronologisch durcharbeiten?«

»Machen Sie es so, wie es Ihnen passend erscheint. Ich freue mich über eine Spezialführung à la Elli.«

Sein Zwinkern ignorierte sie ebenso wie seine starke körperliche Präsenz. Es gab Leute, die neben einem standen und die man nicht einmal bemerkte. Und dann gab es Menschen wie Stephanos.

»Am besten, wir starten direkt beim Apollontempel.«
Schließlich befanden sie sich direkt davor und je schneller
diese Führung vorbei war, desto besser. Es war nicht normal,
wie sie auf ihn reagierte – und keineswegs professionell. Auf
irgendwelche logischen Reihenfolgen durfte sie deshalb
heute keine Rücksicht nehmen.

Als spüre Stephanos, dass sie einen Augenblick brauchte,
ließ er den Blick über die Landschaft und das Areal gleiten,
weshalb sie sich spontan dazu entschied, zuerst etwas über
Delphi zu erzählen. Schließlich wusste sie nicht, welchen
Wissenstand er hatte.

»Früher befand sich in Delphi das Heiligtum von Gaia,
der Erdmutter. Python, ein Sohn von Gaia, der in den
verschiedenen Überlieferungen des Mythos' als Schlange
oder Drache bezeichnet wird, bewachte die Kultstätte. Eines
Tages wurde er jedoch von Apollon erschlagen. Die Verwick-
lungen erkläre ich gerne ein anderes Mal, jetzt führt das zu
weit. Seit dem Tod des Drachen ist das Heiligtum Apollon
selbst, dem Gott der Künste und der Weissagungen, geweiht.«

»Ihre Erzählung impliziert, dass Apollon der alleinige
Bösewicht gewesen sei. Sehen Sie das wirklich so?«

Die Frage hatte nichts mit den Ausgrabungen zu tun,
dennoch half sie ihr, seine intensive Ausstrahlung zu
ignorieren. Vermutlich wollte er lediglich ihr mythologisches
Wissen testen.

»Wie immer in der griechischen Mythologie gibt es eine
Vorhandlung, die man nicht außer acht lassen darf. In dem
Fall war das Hera, die Gemahlin von Zeus, die Python aufgetragen hat, Apollons Mutter Leto zu verfolgen. Sie war
eifersüchtig, da Leto eine der Geliebten von Zeus war.

Nichtsdestotrotz zeigte Apollon Reue für seine Tat, indem er unter anderem die pythischen Spiele ins Leben rief. Das waren zunächst reine musische Wettbewerbe, also in Gesang und Dichtung. Später kamen sportliche Wettkämpfe hinzu.«

»Wie ich sehe, genießen Sie Ihren Ruf als Expertin für Delphi nicht umsonst, Dr. Achilles.«

Er warf ihr einen anerkennenden Blick zu, bevor er seine Aufmerksamkeit dem Tempel zuwandte. Sogleich wies sie auf die Säulen, die gen Himmel ragten und gemeinsam mit dem Fundament die Überbleibsel des einst gefeierten Heiligtums bildeten.

»Der Tempel stellte gemeinsam mit der heiligen Straße und den Schatzhäusern das Zentrum des Heiligen Bezirks dar. Er wurde Apollon geweiht und war in ganz Griechenland als Orakel bekannt. Von überall reisten die Menschen herbei, um eine Weissagung zu erhalten. Ein junges Mädchen aus der umliegenden Bevölkerung übernahm die Rolle des Mediums. Zum Andenken an Gaias erschlagenen Sohn Python erhielt sie den Beinamen Pythia. Sie empfing die Nachrichten des Gottes und gab sie an die Besucher des Heiligtums weiter.«

Stephanos notierte sich etwas auf seinem Klemmbrett. Während der Stift über das Papier kratzte, hätte sie ihm am liebsten über die Schulter geschielt. Hoffentlich schrieb er etwas wie »kennt sich gut aus, sollte finanziell unterstützt werden«. Seltsamerweise war es ihr wichtiger als gewöhnlich, Stephanos von ihrem fachlichen Können und der Wichtigkeit der Ausgrabung zu überzeugen. Irgendwie ging es über die reine Überzeugung eines Sponsors hinaus.

Sie fokussierte sich auf den Tempel und deutete auf die nicht mehr vorhandene Front. »Es gab eine Inschrift am

Eingang. Sie soll von Apollon selbst stammen und besagte ›Gnothi seauton‹.«

»Wie lautet die Übersetzung?«

»›Erkenne dich selbst‹ oder ›Erkenne, was du bist‹.«

Stephanos lächelte sie mit schräg gelegtem Kopf an. Dabei fielen ihm die dunklen Haare in die Stirn, wodurch seine Erscheinung etwas Schalkhaftes bekam. »Woher wissen wir von der Inschrift? Ich meine, die Wand, an der sie angebracht war, existiert nicht mehr, richtig?«

Wie bei jeder Führung liebte sie Rückfragen. Sie war keine nervöse oder unsichere Person, aber vor Fremden zu sprechen, gehörte nicht zu ihren Lieblingsaufgaben. Bei Fragen hingegen konnte sie sich in ihre Studien fallen lassen und lang und breit Dinge erklären, die sie tausendfach gelesen hatte.

»Es gibt einige antike Philosophen und Schriftsteller, die davon berichten, unter anderem Aristoteles.«

In der Art verlief der gesamte Vormittag. Egal, was sie ihm über den Apollontempel und die anderen Bauten erzählte, ständig stellte er Zwischenfragen, die nichts mit der Ausgrabung zu tun hatten, sondern vielmehr ihr Hintergrundwissen auf die Probe stellten. Nicht eine seiner Fragen bezog sich auf die Ziele der Grabungskampagne, was verwunderlich war. Schließlich waren all diese Dinge, die er fragte, längst bekannt und in zahlreichen Büchern nachzulesen. Sollte er sie womöglich als Expertin überprüfen und würde sich um die Ziele der Kampagne erst kümmern, wenn er sich von ihrer Kompetenz überzeugt hatte? Oder steckte etwas anderes dahinter?

Auch wenn sie auf jede Frage mühelos eine fachlich kompetente Antwort wusste, war es die anstrengendste Führung, die sie je gegeben hatte. Zwischendurch machte sich Stephanos jede Menge Notizen, die sie zu gerne gelesen hätte. Doch er war zu groß und hielt das Klemmbrett nah am Körper, weshalb sie keinen Blick auf die Blätter werfen konnte.

Als es Mittag wurde, waren sie noch lange nicht fertig. Normalerweise hätte sie die Uhrzeit kaum bemerkt, doch heute brauchte sie dringend eine Pause. Sie führte ihn zum Grabungshaus, wo sie mit den anderen zu Mittag essen würden.

»Elli, was machst du denn hier? Seit wann arbeitest du nicht durch?«, rief ihr Manuel entgegen, der seine Fotoausrüstung in einem Koffer verpackte.

»Ich kann unseren werten Gutachter doch nicht bis heute Abend ohne Pause über die Anlage führen.« Sie nickte mit dem Kopf in Richtung Stephanos, der sich das Klemmbrett unter den Arm steckte. Mit zwei großen Schritten ging er auf Manuel zu und hielt ihm die Hand entgegen.

»Guten Tag, mein Name ist Stephanos. Angenehm.«

Aus der Fundbearbeitung kam Kerstin hochgelaufen, die rundlichen Wangen gerötet. »Elli? Hab ich richtig gehört? Mit dir habe ich gar nicht gerechnet. Aber umso besser, dass du da bist. Ich muss dir etwas zeigen.«

»Hast du die Statuette öffnen können?«

Kerstin grinste breit, was nur eins bedeuten konnte.

Euphorisch hüpfte Elli und klatschte in die Hände. Wie aufregend. »Was war darin? Wirklich eine Schriftrolle?«

»Das solltest du dir besser selbst ansehen.«

Ellis Herz klopfte schneller. Über die Schulter rief sie Stephanos zu: »Geh schon mal mit Manuel rein, ich komme gleich nach.« Doch der Gutachter stand längst neben ihr.

Offenbar besaß er eine gute Spürnase für außergewöhnliche Funde.

»Wenn es recht ist, würde ich euch gerne begleiten.«

Die Bitte konnte sie schlecht ablehnen. Wenn sie das Vertrauen des vermeintlichen Geldgebers wollte, musste sie seinem Gutachter ebenfalls mit Vertrauen begegnen. Selbst wenn sie diesen Fund lieber erst einmal geheim gehalten hätte.

Sie folgten Kerstin die Treppen hinunter auf die Terrasse, wo ein paar Studenten im Schatten dösten und die Fundstücke bewachten. Sobald die Ersten mit dem Mittagessen fertig waren, würden sie runterkommen und die Studenten ablösen.

Kerstin führte sie in die Werkstatt zu ihrem Tisch, auf dem die Athenastatuette in zwei Teilen lag. Auch wenn sie nicht in mehrere Scherben zerbrochen war und leicht wieder zusammengesetzt werden konnte, kauerte sich Ellis Herz bei dem Anblick zusammen. Sie hatte ihr Okay gegeben, dass Kerstin die schöne Figur behutsam zerteilte, und nun war es geschehen, wodurch das Fundstück mehr an eine russische Matroschkapuppe erinnerte anstatt an eine antike Statuette. Hoffentlich hatte es sich gelohnt.

»Schau, hier.« Die Hände noch immer in dünnen Handschuhen, deutete die Restauratorin neben die Bruchteile, wo ein Stück heller Stoff lag. Er war grob gewebt und wies weder Muster noch sonst etwas Außergewöhnliches auf. Doch als Kerstin ihn mit einer gewissen Feierlichkeit aufdeckte, machte Elli große Augen.

Eingewickelt in das Tuch lag ein goldener Ring, der glänzte, als wäre er frisch poliert.

Aufgeregt beugte sie sich näher. Was für ein Fund!

»Hast du ihn schon näher in Augenschein genommen?«

Kerstin schüttelte den Kopf. »Ich wollte ihn zuerst dir zeigen, bevor ich mich daran mache, ihn genauer zu untersuchen.«

»Wahnsinn. Er sieht wunderschön aus.« Sie streckte die Hand aus, um ihn zu berühren, doch Stephanos' lautes Räuspern ließ sie die Hand ertappt zurückziehen. Dabei war es nichts Unrechtes, was sie hatte tun wollen.

»Ein außergewöhnlicher Fund. Wo wurde die Statuette entdeckt?«

»Elli hat sie auf der Terrasse des Athenatempels, nahe der Treppe ausgegraben. Sie hat einen guten Riecher für ungewöhnliche Fundstellen.«

Elli achtete kaum auf die beiden. Es war ihr nahezu unmöglich, den Blick von dem Ring abzuwenden. Er strahlte etwas Magisches aus. Mystisches. Erhabenes. Er war etwas Besonderes. Wer hatte die Statuette gefertigt? Wer den Ring aus welchem Grund darin versteckt? Und wem gehörte das Schmuckstück? War es wirklich als Weihgabe gedacht oder sollte er vielmehr in der Statuette vor jemandem verborgen werden?

»Das wüsste ich auch gerne.« Stephanos beugte sich neben sie, um den Ring von Näherem zu betrachten.

Hatte sie ihre Gedanken laut ausgesprochen?

»Wie gehen wir weiter vor?«, wollte Kerstin wissen.

Elli überlegte, musterte erneut den goldenen Ring und die Statuette, bevor sie sich aufrichtete und Stephanos mindestens so streng ansah wie Kerstin. »Der Fund muss erst einmal unter uns bleiben. Wir sprechen zu niemandem davon, bevor wir nicht mehr wissen. Auch Ihrem Auftraggeber erzählen Sie bitte nichts, Stephanos. Wenn die falschen Leute davon

Wind bekommen, steht schneller jemand vor der Tür, der uns für nicht befugt erklärt, als wir blinzeln können.«

Die beiden nickten. Elli musterte Stephanos misstrauisch. Konnte sie sich wirklich auf ihn verlassen?

»Soll ich ihn genauer untersuchen, Elli?«, unterbrach Kerstin ihre Gedanken.

»Bitte mach das, aber arbeite in der Werkstatt und nicht draußen bei den anderen. Und versuch, dass es niemand mitbekommt. Hat dich bereits jemand an dem Ring arbeiten sehen?«

Kerstin schüttelte den Kopf. »Wegen der Schwüle haben alle im Schatten auf der Terrasse gearbeitet. Ich war die einzige drinnen.«

»Gut. Macht es dir etwas aus, die Mittagspause zu nutzen, um nach einer Inschrift oder Ähnlichem zu suchen? Ich kann dir gerne einen Teller Essen runterbringen.«

»Klar, mache ich gerne. Bring mir einfach einen Teller Trauben und Pfirsiche.« Schon beugte sich Kerstin näher, als hätte sie nur auf die Bitte gewartet. Sie zog sich frische Handschuhe über und widmete sich ihrer Arbeit.

Elli nickte zufrieden, bis ihre Aufmerksamkeit auf Stephanos fiel. Seine Stirn war zerfurcht, er fixierte den Ring und schien angestrengt nachzudenken, doch sobald er ihren Blick bemerkte, schmunzelte er und richtete sich auf.

»Ein bemerkenswerter Fund, Elli. Ich bin mir sicher, mein Auftraggeber ist gerne bereit, Ihre Ausgrabung finanziell zu unterstützen, sobald er hiervon erfährt.«

Glücklich strahlte sie ihn an. »Das wäre einfach wunderbar.«

KAPITEL 5

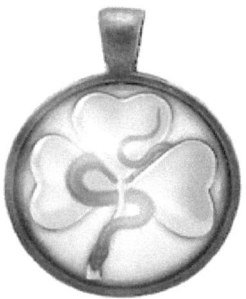

Optimistisch lief sie mit Stephanos zum Grabungshaus, um sich aufs Mittagessen zu stürzen. Ein sensationeller Fund, ein neuer Sponsor – wenn das keine erfolgreich verlaufende Ausgrabung war, dann wusste sie es auch nicht.

Als sie das Haus betraten und ihnen der Geruch nach Bifteki in die Nase stieg, juchzte sie innerlich auf. Ein fantastischer Tag! Nachdem sie Kerstin die versprochenen Pfirsiche und Trauben gebracht hatte, setzte sie sich mit Stephanos zu den anderen. Nora war nicht unter ihnen. Schade. Wenigstens ihrer Freundin hätte sie gerne unter dem Deckmantel der Verschwiegenheit von dem Ring berichtet, aber vielleicht war das auch gut so. Nicht, dass sie jemand belauschte. Stephanos unterhielt sich mit den anderen, während sie ihren Gedanken nachhing.

Wieder und wieder kreisten sie um das Fundstück und immer abstrusere Ideen schossen ihr durch den Kopf, woher der Ring stammen könnte. Dass es sich dabei um eine neuartige Fälschung handelte, erwog sie nicht. Die Statuette wies eindeutige griechische Erkennungszeichen auf. Und die Tiefe der Erdschicht, in der sie sie gefunden hatte, sprach ebenfalls für ein Alter von über zweitausend Jahren.

Als das Telefon klingelte, hörte sie es gar nicht. Verträumt aß sie ein Bifteki nach dem anderen, bis ihr Manuel auf die Schulter tippte.

»Elli, für dich.«

»Ist es Phil?« Seit wann klang ihre Stimme so genervt, wenn sich ihr Verlobter meldete? Und wann hatte sie eigentlich zum letzten Mal an ihn gedacht?

»Nein, ein gewisser Doktor Markus Ioannides. Er ist Mitarbeiter des Museums in Athen.«

Verwundert runzelte sie die Stirn. Weshalb sollte sie jemand von dort anrufen? Es sei denn … Hatte der Fund so schnell die Runde gemacht? Aber außer ihr, Kerstin und Stephanos wusste doch niemand davon. Oder?

Sie sah zu Stephanos, der ebenfalls skeptisch aufblickte. Nein, er hatte sie gewiss nicht verraten. Zumal er die ganze Zeit bei ihr gewesen war und sie es mitbekommen hätte, wenn er sein Handy gezückt hätte.

Bevor sie die Pferde scheu machte, erhob sie sich und ging zu dem Apparat, der auf einem der Schreibtische an der Seite stand. Bestimmt ging es um etwas völlig Belangloses. Sie neigte den Kopf zur Seite und atmete tief durch. »Dr. Achilles?«

»Guten Tag Dr. Achilles. Mein Name ist Markus Ioannides. Wir haben von Ihrem außergewöhnlichen Fund erfahren und bitten Sie vorbeizukommen und ihn uns zu zeigen.«

Elli wurde blass. Verdammt. Das war es nun. Sie würde sich den Fund nicht genauer ansehen können. Das Museum würde ihn für sich beanspruchen und damit war ihre Geschichte nicht länger mit der der Statuette und des Rings verknüpft. Da ihr keine Wahl blieb, senkte sie enttäuscht die Schultern. »Selbstverständlich, Dr. Ioannides. Ich fahre morgen früh los.«

»Bitte, fahren Sie doch heute noch los. Wir sind hier alle ganz unruhig und können es kaum erwarten, die Statuette samt ihres Inhalts zu bestaunen. Ach und Dr. Achilles? Bitte erzählen Sie niemandem von dem Fund.«

Samt ihres Inhalts? Offenbar wussten die Leute vom Museum bereits sehr genau über das Fundstück Bescheid.

»Selbstverständlich. Ich mache mich gleich auf den Weg.«

Nachdem sie den Hörer aufgelegt hatte, stand sie einen Moment still. Sie wusste, wie schnell sich besondere Funde herumsprachen, aber das …?

Jemand legte ihr die Hand auf die Schulter.

»Elli?« Es war Stephanos.

Langsam drehte sie sich zu ihm um. Sobald er ihren Gesichtsausdruck sah, beugte er sich näher, die Stimme leiser als gewöhnlich.

»Ist alles in Ordnung mit Ihnen?«

Sie presste die Lippen aufeinander und nickte mit dem Kopf zum Flur, wo sie ungestört miteinander sprechen konnten. Er folgte ihr. Als sie weit genug von dem Aufenthaltsraum entfernt waren, blieb Elli stehen.

»Das war das Athener Museum. Ich soll die Athenastatuette samt Innenleben augenblicklich zu ihnen bringen.«

Stephanos zog die dunklen Brauen nach oben. »Wie haben die Mitarbeiter des Museums so schnell davon erfahren?«

Fragend zuckte sie mit den Schultern, die schwer nach unten drückten. »Vielleicht hat jemand Kerstin heute morgen beobachtet. Ausgeschlossen ist das nicht, schließlich arbeiten wir alle auf engstem Raum. Sie wird geknickt sein, wenn ich ihr sage, dass sie die Untersuchungen abbrechen muss.«

»Vermutlich nicht so sehr wie Sie, oder?«

Sie schluckte. Besser, sie sagte nichts dazu, bevor sie in Tränen ausbrach und er sie für verrückt erklärte. Stephanos schien das zu respektieren, denn er drang nicht weiter in sie. Stattdessen verließ er gemeinsam mit ihr das Grabungshaus in Richtung Fundbearbeitung.

»Ich begleite Sie ins Museum.«

Müde winkte sie ab. Die Enttäuschung dämpfte ihre Euphorie. Wie gerne hätte sie selbst die Geheimnisse des Fundstücks ergründet und anschließend einen Artikel darüber geschrieben. Jetzt blieb ihr nichts als zu hoffen, überhaupt als Finderin in dem Fachartikel erwähnt zu werden.

»Das ist sehr nett, aber das brauchen Sie wirklich nicht. Die Fahrt ist lang. Vielleicht muss ich sogar in Athen übernachten. Ich frage Nora, ob sie die weitere Führung von Ihnen übernimmt. Dann lernen Sie noch die restlichen Stätten von Delphi kennen. Nora ist Bauforscherin und kann das unglaublich gut.«

»Danke, aber nein. Ich begleite Sie.« Es war keine Frage, vielmehr ein Beschluss.

Unentschlossen, ob sie sich darüber freuen sollte oder nicht, warf sie ihm einen kurzen Blick zu. Eine mehrstündige Autofahrt mit Stephanos in ihrem kleinen Renault Clio? Aber es wäre albern gewesen, dagegen aufzubegehren. Er meinte es nett, zumindest empfand sie es als seelische Unterstützung, weshalb sie nichts weiter darauf erwiderte.

Rasch begaben sie sich nach unten zur Fundbearbeitung. Auch wenn sie gerne getrödelt hätte, um den Moment der Übergabe hinauszuzögern, half es so oder so nichts. Und wenn sie nicht mit dem Museum kooperierte, könnten die Zuständigen darauf hinwirken, dass sie in Griechenland keine Ausgrabungen mehr durchführen durfte. Folglich blieb ihr keine Wahl.

Wie erwartet, seufzte Kerstin traurig auf, sobald sie von dem Anruf des Museums erfuhr. »Schade. So schnell mussten wir noch nie ein Fundstück herausrücken. Und dann auch noch das Athener Museum und nicht Delphi. Wann werden wir euch wiedersehen?« Theatralisch schlug sie die Hand an die Brust und betrachtete die Statuette und den Ring, als wären sie ihre Kinder, die viel zu früh ausziehen wollten. »Nun gut, wir können schlecht der Museumsdirektion widersprechen. Aber vorher zeige ich euch etwas.« Mit ihren behandschuhten Fingern drehte sie den Ring. »Schaut mal, ich habe begonnen, die Innenseite zu reinigen, und dabei ist der Anfang einer Inschrift sichtbar geworden. Bislang erkenne ich nur ein hochgestelltes c und ein E.«

»Das hochgestellte c wird wie ein H ausgesprochen. Also H E …« Elli beäugte den Ring, wollte ihn ihr abnehmen, in der Hoffnung, noch mehr Buchstaben zu entziffern, doch Stephanos ergriff ihre Hand.

»Berühr ihn lieber nicht. Wer weiß, ob das Museum ihn nachher auf Fingerabdrücke untersucht.« Er zwinkerte ihr zu.

»Auf Fingerabdrücke?« Selbst wenn das Museum ihre Fingerabdrücke darauf fand, würde das wohl kaum Konsequenzen haben. Immerhin war sie die Entdeckerin der Statuette. Niemand würde es ihr verübeln, dass sie das Schmuckstück in die Hände genommen hatte.

Doch bevor sie erneut danach greifen konnte, legte Kerstin den Ring bereits auf das Stoffstück und wickelte ihn ein. Sie zog eine kleine Kiste hervor, in der die Athenastatuette, geteilt in zwei Bruchstücke, eingebettet in Tüchern lag. Das Stück Stoff inklusive des Rings tat sie daneben.

Während Kerstin das Fundstück betrachtete, seufzte sie auf. »Tschüss, ihr Hübschen. Vielleicht kann ich euch eines Tages im Museum bewundern.« Mit einem weiteren bühnengerechtem Seufzen überreichte sie die Fundkiste an Elli, die nicht minder pathetisch aufseufzte. Wie gerne hätte sie wenigstens noch ein paar Tage mit ihnen gehabt. Aber daran ließ sich nichts ändern.

Gemeinsam mit Stephanos, der ihr die Kiste abnahm, trottete sie zum Parkplatz. Als sie den himbeerroten Kleinwagen ansteuerte, lachte Stephanos auf.

Stirnrunzelnd sah sie ihn an. »Was?«

»Das ist das Auto der berühmten Archäologin Dr. Helena Achilles?«

»Ja, das ist mein Auto. Es ist zwar alt, aber es hat mich noch nie im Stich gelassen.«

»Das hört sich sehr treu an. Und dann ist es genau der richtige Begleiter für eine wichtige Mission wie die unsere.«

Wollte er sie auf den Arm nehmen?

Er lachte erneut, bevor er sich auf den Beifahrersitz gleiten ließ. Die Kiste legte er auf die Rückbank, während sich Elli hinters Steuer setzte. Mochte die Fahrt beginnen.

KAPITEL 6

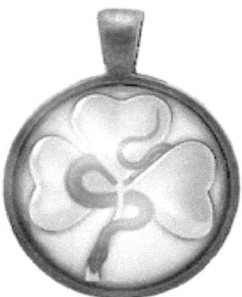

Während Elli den Wagen von dem Grabungsgelände auf die Landstraße lenkte, gab sie ihr Bestes, Stephanos' Präsenz auszublenden. Es war nicht leicht, da sein Geruch in dem kleinen Raum zu ihr drang, obwohl sie mit offenen Fenstern fuhren. Sie ertappte sich dabei, wie sie tiefer einatmete und sich dabei ein Lächeln auf ihren Lippen abzeichnete.

»Woran denken Sie, Elli?«

Ertappt schoss ihr die Röte in die Wangen, worauf sie geschäftig in den Seitenspiegel schielte. »Ach, ich habe nur an den Ring gedacht. Ich frage mich, woher er stammt.«

»Haben Sie eine Theorie?«

Sie drosselte das Tempo, um an der nächsten Kreuzung abzubiegen, bevor sie wieder hochschaltete.

»Natürlich. Unzählige.«

Er lachte leise. Sie mochte das Geräusch. »Und welche sind Sie bereit mit mir zu teilen?«

Ihre Mundwinkel zuckten. Er hatte so eine charmante, unaufdringliche Art und verhielt sich wie der perfekte Gentleman. Er war so ganz anders als Phil, der sich immer präsentieren musste und im Mittelpunkt stand.

Sie warf ihm ein verschmitztes Grinsen zu. »Meine liebste?«

»Oh, ich fühle mich geehrt. Na dann, schießen Sie mal los.«

Elli grinste. Vermutlich würde er sie gleich für verrückt halten. »Ich frage mich, ob jemand die Statuette als Versteck hat fertigen lassen und den Ring darin verborgen hat, weil es kein normaler Ring ist.«

»Kein normaler Ring?« Sie hörte das Lächeln in seiner Stimme. Es mochte sich seltsam anhören, doch seine Stimme klang warm. War das überhaupt möglich?

»Da ich promovierte Archäologin bin, kann ich eine solche Theorie natürlich nur als Blödsinn abtun, aber als leidenschaftlicher Fan der griechischen Mythologie bin ich versucht, dem Ring Kräfte anzudichten, eine Sage, ein Geheimnis.«

Stephanos wandte sich ihr zu. Er war so groß, dass er mit dem Kopf beinahe an die Decke und mit den Knien ans Armaturenbrett stieß. Es kam einem Wunder gleich, dass er sich auf dem Sitz überhaupt bewegen konnte. »Ihre Theorie hört sich vielversprechend an. Was für ein Geheimnis wäre das?«

Sie neigte den Kopf hin und her. »Vielleicht hat Hephaistos, der Gott der Schmiedekunst, ihn einst gefertigt und darin einen Teil seiner göttlichen Kräfte verborgen. Derjenige, der den Ring an den Finger steckt, kann auf die göttlichen Fähigkeiten zugreifen.«

Stephanos räusperte sich. »Keine schlechte Idee. Leider werden wir es vermutlich nie erfahren. Zu schade, dass wir den Ring nicht länger untersuchen können. Mein Auftraggeber wäre definitiv begeistert davon.«

Kurz schielte sie zu ihm, bevor sie sich wieder auf die holprige Straße konzentrierte. »Werden Sie ihm erzählen, dass wir den Ring gefunden haben? Und dass wir ihn so rasch wieder hergeben mussten? Nicht, dass …« Sie zögerte.

»Worauf wollen Sie hinaus, Elli?«

»Es wäre schade, wenn wir wegen dieses misslichen Zwischenfalls auf die Zuwendungen Ihres Arbeitgebers verzichten müssten. Wie Sie wissen, erhalten wir kaum Gelder von der Regierung und sind auf Spenden angewiesen. Ohne großzügige, interessierte Mäzene sind Ausgrabungen heutzutage kaum mehr vorstellbar.«

»Ich weiß, es ist bedauerlich. Deshalb liebe ich meinen Beruf. Ich helfe dabei, wichtige Forschungen zu erhalten.«

Sie schmunzelte. Plötzlich kam er ihr nicht mehr wie jemand vor, den sie überzeugen musste, sondern wie ihr Verbündeter. Ihr Partner in crime.

»Seien Sie unbesorgt, Elli, Sie werden die finanzielle Unterstützung meines Auftraggebers erhalten.«

»Wirklich?« Sie trommelte auf das Lenkrad. »Das ist ja fantastisch.«

Schnell packte er das Steuer, bevor der Wagen schlingerte, obwohl sie es mit ihren Knien gesichert hatte. »Das kann ich Ihnen allerdings nur garantieren, wenn Sie mich lebend zurück nach Delphi bringen.«

»Keine Sorge, sie können sich getrost zurücklehnen und die Fahrt genießen. Ich habe alles unter Kontrolle.«

Als sie das Lenkrad fester umfasste und ein breites Grinsen beinahe von einem Ohr zum anderen auf ihrem Gesicht erschien, lachte er über ihre kindliche Freude und blickte entspannt in die Landschaft. Es war brütend heiß, aber dank des Fahrtwinds, der durch die offenen Fenster herein blies, ließ es sich gut aushalten.

Mit besserer Laune als zuvor konzentrierte sie sich auf die abschüssige Straße, die immer kurviger und schmaler wurde. Sie war eine gute Fahrerin und fuhr die Strecke nicht zum ersten Mal, weshalb sie das Gespräch nebenher fortführte. »Seit wann arbeiten Sie als Gutachter?«

Er winkte ab, was sie nur im Augenwinkel wahrnahm. »Ach, unvorstellbar viele Jahre.«

»So alt sehen Sie noch gar nicht aus.« Sie zwinkerte in seine Richtung, worauf er sich ihr erneut zuwandte und sie eindringlich musterte. Obwohl sie es nicht sehen konnte, jagte ihr ein Kribbeln über den Rücken.

»Halten Sie mich etwa für einen alten –«

Der Wagen ruckelte. Ein starkes Vibrieren ging vom Lenkrad aus und wanderte über ihre Arme in ihre Glieder. Alarmiert wollte sie an die Seite fahren, doch die Lenkung reagierte kaum. Verdammt. Was war los? Ein lautes Zischen ertönte und Dampf stieg aus der Motorhaube auf. Sofort trat sie auf die Bremse und kam mitten auf der Fahrbahn zum Stehen. »Was war das?«

»Ihr zuverlässiger Wagen scheint Ihnen einen Strich durch die Rechnung zu machen.«

»Oder dem Herrn vom Museum.« Sie blickten in den Rückspiegel. Kein Auto war in Sichtweite. Auch wenn sie lieber rechts rangefahren wäre, ließ ihr der Wagen keine Möglichkeit dazu. Wie zur Bestätigung zischte er erneut lautstark.

Auf ein einvernehmliches Kopfnicken stiegen sie aus und umrundeten den Wagen, bis sie sich vor der Motorhaube trafen. Es zischte noch immer, doch der Dampf nahm ab.

Mit der Hand näherte sich Stephanos vorsichtig der Motorhaube, doch bevor er sie berührte, zog er sie zurück. »Sie ist zu heiß. Wir müssen warten. Aber können Sie schon mal den Schalter unter dem Lenkrad betätigen, um sie zu öffnen? Dann kann der Motor besser abkühlen.«

Flink lief sie zurück zur Fahrertür, beugte sich in den Wagen und zog an dem Griff. Ein Klicken ertönte, begleitet von einem beunruhigenden Scheppern, und die Motorhaube öffnete sich ein Stück. Stephanos zog sein weißes Hemd aus, sodass er nur noch im T-Shirt vor ihr stand, wickelte es um seine Hand und öffnete die Motorhaube. Ein Schwall Dampf stieg ihm entgegen, bis sich die heiße Luft endlich verzog.

Wortlos betrachtete sie die für sie undurchschaubaren Geheimnisse eines Motorraums und stemmte die Hände in die Hüften. »Kennen Sie sich aus?«

Geschäftig beugte sich Stephanos über den Motorraum, dabei traten die Muskeln an seinen Armen und dem Oberkörper deutlich hervor und drückten gegen den Stoff seines Shirts. Langsam schüttelte er den Kopf. »Nicht gut genug, um ihn zu reparieren. Wir müssen den Wagen in eine Werkstatt schaffen.«

»In eine Werkstatt? Und wie soll ich die Fundkiste ins Museum bringen?«

Misstrauisch blickte Stephanos die Straße entlang und zu den Seiten. Im Norden erhob sich das gewaltige Gebirge, das gen Süden abflachte. Den Abhang entlang verlief die Landstraße, auf der niemand außer ihnen zu sehen war. Die Landschaft war trocken, Grillen zirpten und es war unglaublich heiß. Die Hitze, die vom Asphalt aufstieg, strahlte zusätzlich auf sie ab und der warme Wind, der schwach wehte, vermochte ihnen kaum etwas Kühlung zu verschaffen.

Nachdenklich wandte er ihr seinen Blick zu. »Es scheint, als wäre höhere Gewalt im Spiel …«

Höhere Gewalt? Worauf wollte er hinaus?

Unvermittelt winkte er ab, wie um seinen eigenen Worten die Ernsthaftigkeit zu nehmen. »In jedem Fall können wir mit Ihrem Clio nicht weiterfahren.«

»So ein Mist. Kennen Sie sich in der Gegend aus? Gibt es in der Nähe eine Werkstatt?«

Er schüttelte das Hemd aus und zog es wieder über, ohne die Knöpfe zu schließen. »Wenn ich mich richtig erinnere, sind wir an Distomo bereits vorbei. Bis zum nächsten Ort dauert es noch eine Weile.«

»Dann rufe ich den ADAC Auslandsservice an.« Sie lief zurück zum Auto, um das Handy zu holen. Sie beugte sich über die Mittelkonsole, bis sie das Smartphone zu greifen bekam, und schaltete es ein. Sie wartete einen Moment. Kein einziger Balken erschien. Als sie es in die Höhe streckte, wurde der Empfang nicht besser. »Kein Netz.«

Über Stephanos' Gesicht huschte ein Schatten und erneut beäugte er die Ebene misstrauisch. Wonach hielt er Ausschau? Ein wenig machte es den Anschein, als befürchte er einen Angriff oder etwas anderes Bedrohliches. Doch so schnell, wie der seltsame Ausdruck auf seinem Gesicht aufgetaucht war, verschwand er wieder und das charmante

Lächeln kehrte zurück.»Wir können mein Telefon benutzen.«
Er zückte es aus der Hosentasche, schaltete es an und schüttelte den Kopf.»Oder doch nicht. Ich habe auch kein Netz.«
»Da haben sich wohl sämtliche griechische Götter gegen uns verschworen.« Elli blickte ihrerseits die Landstraße entlang.»Vielleicht nimmt uns jemand mit.«

»Wenn jemand vorbeikäme … Wir sind zu Beginn der Mittagshitze losgefahren. Jeder vernünftige Mensch hält sich in den nächsten Stunden drinnen auf.«

Elli fluchte.»Sie haben recht. Also laufen?«

Nickend maß er die Gegend ab.»Wir gehen am besten zurück.«

Es lag nicht in ihrem Naturell zurückzugehen, weshalb sie ihn mit schräg gelegtem Kopf ansah.»Wollen wir nicht lieber weiter Richtung Athen marschieren? Wir müssen die Statuette ohnehin dorthin bringen, auch wenn es später wird, wie geplant.«

»Wollen Sie etwa bis Athen laufen?«

»Zumindest in die Richtung. Ich möchte keine Probleme mit der Museumsdirektion. Sie wissen bestimmt, dass meine Grabungslizenz auf dem Spiel steht, wenn ich nicht kooperiere.«

»Aber das sind außergewöhnliche Umstände. Die Herren vom Museum werden –« Er musterte sie, als würde er in ihrem Gesicht lesen wie in einem offenen Buch, ein leichtes Schmunzeln auf den Lippen.»Wenn Sie darauf bestehen. Ich bin mir ohnehin nicht sicher, in welcher Richtung wir schneller eine Stadt erreichen. Wir können also genauso gut gen Athen laufen.«

Zufrieden, sofern man es angesichts der Situation sein konnte, ging sie zur Fahrertür. Sie holte die letzte Flasche

Wasser und die Kiste mit der Statuette vom Rücksitz, deckte sie mit einem Tuch ab und nickte Stephanos zu. »Dann nichts wie auf, bevor uns die Sonne durchgebraten hat.«

Er streckte die Hand nach ihr aus. »Lassen Sie mich die Kiste nehmen.«

»Wieso? Trauen Sie mir nicht?« Verschmitzt zwinkerte sie ihm zu, worauf er grinste.

»Doch, aber ich bin ein Gentleman.«

Den Eindruck hatte sie bislang auch von ihm gewonnen.

»Wenn Sie darauf bestehen.« Sie reichte ihm die Fundkiste und dann liefen sie los. Zunächst marschierten sie direkt an der Straße entlang, in der Hoffnung, dass trotz Mittagshitze ein Auto vorbeikommen würde. Doch als die Wasserflasche leer war und die Straße einen weiten Bogen machte, um eine auf Luftweg näher gelegene Stadt anzusteuern, deutete Elli auf den Abhang. In einer Senke zeichnete sich ein Gebäude ab, das näher lag.

»Wir können zu dem Haus dort hinten laufen. Bestimmt bekommen wir etwas zu trinken und vielleicht dürfen wir sogar telefonieren. Ein Auto scheint ohnehin nicht vorbeizukommen und so langsam quält mich der Durst.«

Stephanos maß die Entfernung und betrachtete zweifelnd den Abhang voller trockener Sträucher. »Aber mit Ihrer kurzen Hose werden Sie sich die Beine zerkratzen.«

»Hauptsache, ich bekomme bald etwas zu trinken und ein Telefon.«

Er musterte sie, als wöge er ab, ob sie für eine Querfeldeintour geschaffen war. Doch ihr entschlossener Gesichtsausdruck schien ihn zu überzeugen. »Wie Sie möchten.«

Die Zunge am Gaumen klebend machten sie sich an den Abstieg und kämpften sich den Hang hinunter, vorbei an den dornigen Büschen. Stephanos hatte leider recht. Die Sträucher standen so dicht, dass die Dornen ständig über ihre Waden kratzten, aber sie verlor kein Wort darüber. Stephanos trug eine Hose mit stabilem Stoff, weshalb er selbst keine Probleme hatte, doch er lief langsam und versuchte die Zweige von ihr fernzuhalten. Viel nützte es leider nicht.

Das Gebäude kam näher, aber es war noch immer ein beträchtliches Stück, das vor ihnen lag. Der Weg war weiter, als es auf den ersten Blick den Anschein erweckt hatte, und äußerst beschwerlich. Steine lagen auf dem trockenen Erdboden, weshalb sie bei jedem Schritt aufpassen mussten, nicht abzurutschen. Nur die Sträucher boten Halt und die wiederum zerkratzten ihre Beine.

Erschöpft hob sie die Hand. »Kurze Toilettenpause.«

Stephanos schmunzelte. »Toilette? Das ist eine sehr romantische Umschreibung für die gegebenen Möglichkeiten.«

Sie zuckte mit den Schultern. »Wer muss, der muss. Warten Sie kurz?«

»Klar.« Er suchte sich einen Fels und setzte sich darauf, die Kiste auf dem Schoß. Sein Gesicht glänzte von der Wärme der Sonne, doch angestrengt schien er kaum zu sein. Ganz im Gegensatz zu ihr. Zum Glück ging sie täglich laufen, sonst hätte sie längst schlapp gemacht.

Sie kämpfte sich an unzähligen Büschen vorbei, um zumindest ein wenig Privatsphäre zu bekommen, während Stephanos, ganz der Gentleman, den Blick abwandte.

Als sie zurückkehrte, lag die Kiste auf dem Boden neben dem Felsen. Stephanos stand mit dem Rücken dazu ein paar Schritte entfernt und überblickte das Tal, das sich vor ihnen ausbreitete und in dem das anvisierte Gebäude lag – das leider kaum näher schien, obwohl sie bereits eine Weile den Abhang hinabgelaufen waren.

Sie wollte zu ihm treten, doch ihr Blick fiel auf den Ring, der aus dem Tuch hervorschaute. Im Licht der Mittagssonne glänzte er, als riefe ihn die Sonne persönlich zu sich.

Was für ein außergewöhnlicher Fund!

Könnte sie ihn nur genauer untersuchen. Aber sobald sie Zeit fand, das nahm sie sich vor, würde sie recherchieren, ob sie in antiken Quellen etwas zu Statuetten fand, in denen Ringe oder andere Schmuckstücke versteckt worden waren. Nur weil sie den Ring nicht selbst untersuchen konnte, würde sie sich nicht davon abhalten lassen, mehr über die Umstände an sich zu erfahren. Und das konnte sie auch ohne die Fundstücke.

Sie ging in die Hocke und löste den Ring aus dem Stoff, um ihn ausgiebig zu betrachten. Er war schlicht, ohne großartige Verzierungen oder Einlegearbeiten. Dennoch barg er etwas Außergewöhnliches. Was genau das war, ließ sich kaum sagen. Es war mehr eine Ahnung.

Mit dem Finger fuhr sie über die Inschrift im Inneren. Mehr als ein griechisches H und E ließ sich nicht erkennen. Schade, dass Kerstin nicht mehr Zeit gehabt hatte. Bestimmt hätte sie die restlichen Buchstaben frei kratzen können. Ob sie die Mitarbeiter des Museums bitten konnte, dass sie ihr Bescheid sagten, sobald sie die Inschrift komplett sichtbar gemacht hatten? Sie würde nur ungern warten, bis ein Artikel über den Fund in einer Fachzeitschrift erschien.

Ein Kribbeln wanderte über die Finger, mit denen sie das Schmuckstück berührte. Eine unerklärliche … Energie ging davon aus.

Welches Geheimnis verbirgst du?

Unvermittelt streifte sie ihn über den Finger und ein warmes Gefühl breitete sich in ihr aus. Er passte wie angegossen, als hätte Hephaistos ihn persönlich für sie geschmiedet. Bei der Vorstellung lachte sie auf, wodurch Stephanos auf sie aufmerksam wurde.

»Sie sind zurück, dann kö–« Mit zwei großen Schritten war er bei ihr und umfasste ihr Handgelenk. »Was haben Sie getan?«

Verwundert runzelte sie die Stirn. »Ich habe ihn doch nur kurz angesteckt. Wer hätte das nicht gemacht? Hübsch sieht er aus und er passt mir wie angegossen.« Sie lächelte, doch angesichts Stephanos' entsetzter Mimik gefror es ihr auf den Lippen.

»Ziehen Sie ihn aus!« Hektisch blickte er zu den Seiten. »Ziehen Sie ihn aus!« Er schrie es fast, weshalb sie erschrak und den Ring hektisch vom Finger zog.

»Was ist denn in Sie gefahren?«

»Sie dürfen den Ring nicht anfassen. Und erst recht dürfen Sie ihn nicht tragen!«

»Aber wieso nicht? Was soll der Blödsinn? Selbst wenn das Museum ihn auf Fingerabdrücke untersucht, ist es nicht verwunderlich, wenn sie meine finden. Schließlich habe ich ihn entdeckt!«

Er zog ihr den Ring aus der Hand und wickelte ihn sorgfältig zurück in das Tuch.

»Stephanos, was soll das?« Allmählich wurde sie wütend. Energisch stemmte sie die Hände in die Seiten. »Wieso antworten Sie mir nicht? Was ist denn auf einmal los?«

»Pst!«

»Wieso pst?«

»Leise!« Er hob die Hand und legte sie ihr auf den Mund.

Schon wollte sie sie empört wegstoßen, als sie Stimmen vernahm. Hohe Stimmen. Frauenstimmen. Und sie jagten ihr trotz der Hitze Gänsehaut über den Körper.

»Wo ist sie? Sucht sie! Die nächste Braut ...«

Aus runden Augen sah sie Stephanos an, ihre Worte waren hinter seiner Hand kaum zu hören. »Wer ist das?«

Seine Augen weiteten sich. »Sie können sie hören?«

Sie nickte und wollte nachfragen, wer soeben gesprochen hatte, doch er hielt ihr warnend die Hand auf den Mund. Mit den Lippen formte er lautlos ein Wort.

»Lauf!«

KAPITEL 7

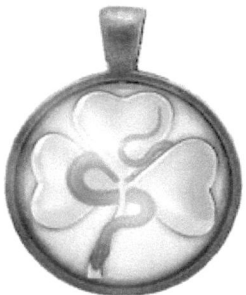

Elli wartete nicht länger. Ohne auf die Statuette oder den Ring zu achten, hetzte sie mit Stephanos den Hang hinauf zur Straße. Er rannte direkt neben ihr, obwohl er sie sicherlich mühelos abhängen könnte. Krampfhaft biss sie die Zähne zusammen, um schneller zu werden.

Mit jedem Blick, den er über die Schulter warf, wurde sie nervöser. Sie spürte seine Unruhe, als wäre es die ihre. Und instinktiv wusste sie, dass die Lage ernst war.

Was ging vor sich? Welche Gefahr drohte ihnen? Zu wem gehörten die seltsamen Frauenstimmen, die geflüstert hatten?

»Schneller«, zischte er.

Es knackste hinter ihnen. Tapser waren zu hören, Schritte. Waren das ihre Verfolger? Oder einer der wilden Hunde, die durch die Gegend streiften? Ein wenig hörte es sich wieder so an. Wahrscheinlich hörte sich in ihrer Angst alles gleich an, dabei müssten ihre Sinne doch wie bei einem Superhelden durch das Adrenalin geschärft sein.

Als sie über die Schulter blickte, zog er sie weiter. »Wir müssen zur Straße.«

Waren sie dort in Sicherheit, obwohl kein Auto kam? Sie fragte nicht nach. Der Ausdruck auf Stephanos' Gesicht reichte ihr, um zu wissen, dass etwas Gefährliches hinter ihnen her war. Und wenn er glaubte, bei der Straße konnten sie ihren Verfolgern entkommen, dann würde sie darauf vertrauen. Aber sobald sie einen Moment der Ruhe hatten, würde sie ihn akribisch befragen. Offenbar wusste er Dinge, von denen er ihr nichts gesagt hatte – insbesondere über diesen Ring.

Die Sträucher kratzten ihr über die Beine, was sie im Gegensatz zum Hinweg nicht spürte, als ein Knurren ertönte. O nein. Wieso begegneten ihr in all den Jahren kein einziger wilder Hund, aber an ein und demselben Tag gleich zwei?

Stephanos winkte weiter den Berg hinauf. »Es ist nur ein Hund. Renn weiter. Ich verscheuche ihn!«

Das ließ sie sich nicht zweimal sagen. Sie spurtete hinauf, als hätte sie in den letzten Jahren mit der täglichen Laufrunde einzig und allein für diesen Moment trainiert. Jeden Muskel angespannt hetzte sie weiter. Sie hörte ein Knurren, dann ein Winseln, bis sie Stephanos' Schritte wieder näher kommen hörte. Endlich. Mit ihm fühlte sie sich sicherer. Zum Glück war er in der Lage, diese wilden Hunde souverän zu vertreiben.

Wenige Meter höher tauchte bereits der Absatz auf, hinter dem die Straße verlief. Gleich hatten sie es geschafft – sofern die Straße wirklich das rettende Ziel war. Elli biss die Zähne zusammen und beschleunigte ihre Schritte noch mehr, sprang das letzte Stück hinauf und … konnte im letzten Moment einen Aufschrei unterdrücken.

Denn sie sah nichts …

Wo war die Straße? Hatte sie sich geirrt? Aber nein, dort vorne erhob sich das Gebirge und zu ihren Füßen schlängelte sich ein breiter Weg entlang. An genau dieser Stelle müsste die geteerte Landstraße verlaufen, doch es gab nichts weiter als eine breite festgestampfte Erdstraße.

Zum Donner, was ging vor sich?

Sie hörte Stephanos' Schritte und drehte sich zu ihm um.

»Die Straße ist nicht hier. Haben wir uns verlaufen?«

Doch hinter ihr stand nicht Stephanos, das erkannte sie sogleich an dem fremdartigen Geruch, noch bevor sie sich gänzlich umgedreht hatte. Im Augenwinkel sah sie jemanden, der kleiner und stämmiger war als er. Für den Bruchteil einer Sekunde erblickte sie sein Gesicht. Sein kurzgeschorenes Haar war mindestens so dunkel wie seine Augen, deren verbissener Ausdruck zum Fürchten war. Es gibt Menschen, die sieht man und möchte sich mit ihnen unterhalten. Und dann gibt es Menschen, denen man auf den ersten Blick aus dem Weg gehen will. Weil sie etwas Bedrohliches ausstrahlen, Gefahr. So wie dieser fremde Mann.

Sofort setzte sie an, um wegzurennen, doch der Unbekannte hielt sie am Handgelenk fest. Er schlang so schnell einen Arm um sie, dass sie sich nicht dagegen wehren konnte. Er murmelte etwas, das sie nicht verstand.

»Hilfe!« Panisch versuchte sie sich zu befreien, doch er war unfassbar stark. Sie schlug um sich und schrie, schrie nach Leibeskräften. Niemand hörte sie.

Sie wollte sich losmachen, versuchte den Angreifer zu schlagen oder zu treten, doch sie traf ihn nicht, als wüsste er vorher, wohin sie das nächste Mal mit dem Ellenbogen fuhr.

»HILF–« Der Rest ihres Schreis brach ab, als ihr ein Tuch vor das Gesicht gedrückt wurde und ihr ein beißender Geruch in die Nase stieg. Bevor sie etwas unternehmen konnte, verlor sie von jetzt auf gleich die Besinnung.

Stimmen drangen in ihr Bewusstsein. Weibliche Stimmen. Wer war das? Nora? Kerstin? Träge blinzelte sie. Licht drang an ihre Augen und geblendet kniff sie sie wieder zusammen. Sie fühlte sich, als hätte sie die Grippe gehabt, dabei war sie seit Jahren nicht krank gewesen. Ihre Glieder schmerzten, ihre Kehle war trocken und sie hatte kaum genügend Kraft, um den Kopf zu heben. Dennoch tat sie es. Sie stützte sich auf die Hände und öffnete unter größter Kraftanstrengung die Lider.

Sie lag auf einer Liege, die mit Fellen gepolstert war. Daneben befand sich ein dreibeiniger kleiner Tisch, auf dem eine Schale mit Weintrauben und eine Kanne Wasser standen, daneben ein Becher, allesamt aus Keramik. Die Verzierungen erinnerten an Gefäße aus der griechischen Antike: Schwarze Figuren und Weinranken auf rotem Hintergrund.

Der Steinboden war mit einem großen Teppich ausgelegt. Tageslicht drang von einem Fenster herein, das von einem dicken Vorhang verdeckt wurde. Im lauen Wind wehte der gewebte Stoff sachte hin und her, wahrscheinlich war das Fenster offen – im Gegensatz zu der Holztür, die Elli auf der gegenüberliegenden Seite entdeckte.

Nichts kam ihr vertraut vor. Sie war noch nie zuvor hier gewesen, davon war sie überzeugt. Selbst der Geruch war fremd. Würzig, ölig, rosig?

Niemand außer ihr hielt sich in dem Raum auf. Wo befand sie sich? Was war geschehen? Sie konnte sich nicht erinnern. War sie nicht unterwegs gewesen? Um die Statuette ins Museum zu bringen? Und den Ring nach ... Der Ring!

O Gott, Stephanos und sie hatten eine Autopanne gehabt. Und sie waren verfolgt worden. Jemand war hinter ihnen hergerannt, hatte sie erwischt und ihr das Bewusstsein geraubt. Und anschließend war sie offensichtlich entführt worden. Bloß von wem? Von dem stämmigen Mann mit dem eisernen Griff? Aber Stephanos und sie hatten doch Frauenstimmen gehört.

Wahrscheinlich befand sie sich in der Gewalt ihrer Entführer. Sie sprang auf. Ihre Beine folgten ihr nur schwer, doch sie konnte sich bewegen. Sie unterdrückte den Drang, ans Fenster zu treten und um Hilfe zu schreien. Besser, ihre Entführer gingen davon aus, dass sie noch schlief. Auf diese Weise konnte sie unbemerkt nach einer Fluchtmöglichkeit suchen.

Auf leisen Sohlen schlich sie zum Fenster und verbarg sich hinter dem Vorhang. Sie wollte nach draußen linsen, doch die Öffnung war nicht von einer Glasscheibe, sondern etwas bräunlich Durchsichtigem bedeckt, durch das sie nur schwerlich etwas erkennen konnte. Mehrere Gebäude zeichneten sich schemenhaft ab wie Schatten hinter einem Vorhang, die samt und sonders nicht auffällig hoch gebaut waren. Und sie selbst befand sich offenbar nicht im Erdgeschoss. Mehr ließ sich durch das Fenster nicht erkennen.

Wer hatte sie in seiner Gewalt? In Griechenland wurden doch keine Touristen entführt! Hatte es etwas mit dem Ring zu tun? Stephanos hatte ihn ihr abgezogen und in das Tuch gewickelt. Wahrscheinlich trug er ihn bei sich. Dennoch tastete sie nach ihren Hosentaschen, ob sich das Schmuckstück zufällig darin befand, als ihr Blick auf ihre Kleidung fiel. Fassungslos schaute sie an sich herab.

Sie trug nicht mehr ihr Tanktop, ihre kurzärmelige Bluse und die kurze Hose. Stattdessen war sie in weite feine Tücher gekleidet, die über der Schulter mit einer Spange gehalten und unter der Brust mit einem geflochtenen Gürtel tailliert wurden. Es sah aus wie die Gewandungen, die die Frauen im antiken Griechenland getragen hatten.

Ungläubig strich sie über den fließenden Stoff und folgte ihm bis hinunter. Ihr Blick fiel auf ihre Füße. Nicht einmal ihre bequemen Schuhe trug sie, nein, sie war barfuß.

Wer hatte sie so angezogen? Und wer zum Donner hatte sie vorher entkleidet?

Sie spürte in sich hinein. Hatte ihr jemand Gewalt angetan? Nein, bis auf ihre schweren Arme und Beine fühlte sie sich unverletzt. Und ihre Gliederschmerzen rührten wahrscheinlich von dem Betäubungsmittel, mit dem sie schachmatt gesetzt worden war.

Erst jetzt bemerkte sie den Ring, der an ihrem rechten Ringfinger steckte. Ungläubig riss sie die Augen auf. Wie kam der an ihre Hand?

Stephanos hatte entsetzt reagiert, als er ihn an ihrem Finger gesehen hatte. Sofort hatte er ihn ihr ausgezogen. Bestimmt hatte das einen triftigen Grund. Sie versuchte ihn abzustreifen, aber obwohl er nicht eng saß, war es ihr unmöglich. Sie drehte ihn und zerrte daran, doch er verblieb an ihrem Finger. Wie war das möglich?

Mist, verdammter. Aber dann musste der Ring eben vorerst an ihrem Finger bleiben – zumindest, bis sie kühles Wasser und Seife in die Hände bekam. Und das würde sie bestimmt, sobald sie aus diesem verfluchten Gefängnis entkommen war.

Auf Zehenspitzen schlich sie zur Tür. Ohne sonderlich viel Hoffnung rüttelte sie so leise wie möglich am Knauf, doch natürlich war verschlossen. Was sollte sie nun tun? Warten, bis ihre Entführer auftauchten und sie endlich erfuhr, was vor sich ging? Oder sollte sie versuchen durch das Fenster zu springen und davonzulaufen? Was barfuß nicht so einfach war, aber das Adrenalin würde ihr dabei helfen, ohne Schmerzen zu empfinden, um ihr Leben zu rennen.

Erneut schlich sie zu dem Vorhang. Sie wollte ihn zur Seite ziehen, als unvermittelt jemand die Tür aufstieß und der Duft nach Rosen in den Raum drang.

»Wunderbar, Ihr seid erwacht. Dann können wir endlich loslegen.«

Verwundert drehte sie sich um. Die junge Frau, die das Zimmer betrat und die Tür blitzschnell hinter sich zuzog, konnte kaum fünfzehn Jahre alt sein. Sie war kleiner als Elli und hatte dunkles, beinahe schwarzes Haar, das glänzte, wie mit Öl bestrichen. Sie trug es in einem eleganten Knoten am Hinterkopf, der an antike Statuen erinnerte – ebenso wie das luftige Gewand, das ihre Körperformen nachzeichnete und aus gelb gefärbtem grobem Stoff bestand. Es war wie das von Elli unter der Brust gegürtet und fiel locker bis auf ihre Füße hinab, die in Holzschuhen steckten.

Misstrauisch musterte sie die Unbekannte, die wahrscheinlich mit ihren Entführern unter einer Decke steckte. »Wer sind Sie? Wo bin ich?«

Die junge Frau strahlte, als gäbe es nichts daran zu beklagen, dass Elli gegen ihren Willen in diesem Zimmer festgehalten wurde. »Ihr seid dort, wo Ihr sein müsst. Macht Euch keinerlei Gedanken. Habt Ihr Durst?« Sie griff nach der Kanne und goss etwas in einen Becher. Als sie ihn Elli unter die Nase hielt, drang ihr ein süßlicher Geruch in die Nase.

»Was ist das?«

Die junge Frau kicherte. »Ihr stellt so viele Fragen.«

Widerwillig griff sie nach dem bauchigen Gefäß, doch trinken wollte sie nicht. »Wer bist du?«

»Mein Name ist Sophia.«

»Und was tust du hier?«

Sophia kicherte erneut. »Euch helfen.« Sie trat zu ihr, schob Elli energischer, als man es ihr zugetraut hätte, auf die Liege und kämmte ihr langes Haar. »Es glänzt wie Gold.«

Überrumpelt ließ Elli es geschehen, während sie immer wieder zur Tür schielte. Sobald sie das nächste Mal geöffnet wurde, wollte sie versuchen abzuhauen. Bis dahin war es klug, Sophia in Sicherheit zu wiegen. Scheinbar entspannt atmete sie durch. »Das tut gut. Du hast Übung darin, oder?«

»Ich habe vier jüngere Schwestern. Außerdem helfe ich schon lange dabei, die Erwählten vorzubereiten.«

Bei den Worten versteifte sie sich. »Die Erwählten?«

»Schon wieder eine Frage.« Sophias Stimme wurde strenger.

Okay, so kam sie nicht weiter. Sie musste einen anderen Trick versuchen.

»Ich müsste mal auf die Toilette.«

»Unter der Liege steht ein Topf.«

Ein Topf? Nun blieb kein Zweifel. Dieser Raum war ihr Gefängnis, auch wenn es gemütlicher als in einer üblichen Zelle aussah. Egal, was sie benötigte, man würde sie vorerst nicht hinauslassen.

Sie ließ sich das Haar bürsten und dachte angestrengt nach. Die Tür war verschlossen, sicherlich wurde sie zusätzlich bewacht, aber durch das Fenster könnte ihr möglicherweise eine Flucht gelingen. Spätestens in der Nacht. Folglich sollte sie bis zum Sonnenuntergang mitspielen.

Sophia legte den Kamm beiseite, sodass Elli einen Blick darauf werfen konnte. Er war aus Elfenbein und sein Griff hatte die Form einer erblühenden Rose. Je länger sie ihn betrachtete, desto mehr geschnitzte Feinheiten entdeckte sie. Was für ein Kunstwerk. Er gehörte viel mehr in ein Museum, als tatsächlich benutzt zu werden. Wo hatten ihre Entführer das Stück her?

Die junge Frau griff nach einem kleinen Tongefäß, das ebenfalls mit schwarzen Figuren auf rotem Hintergrund verziert war. Daraus goss sie sich ein wenig Öl in die Hände, das nach Rosen roch. Sanft massierte sie es Elli ins Haar. O je, mit der Duftfahne würde sie leicht zu verfolgen sein.

Wofür wurde sie vorbereitet? Was hatte Sophia mit »die Erwählten« gemeint? Zweifelsohne sollte Elli eine von ihnen sein – bloß erwählt wofür?

Fieberhaft überlegte sie, wie sie, ohne direkt danach zu fragen, an weitere Informationen gelangen konnte, bis ihr etwas einfiel. »Ich habe unglaublichen Hunger. Könnte ich vielleicht etwas zu essen bekommen?«

»Ich kann gerne noch ein paar Trauben und Pfirsiche holen.«

»Ich bezweifle, dass mein Hunger allein mit Obst gestillt werden kann. Ginge vielleicht auch ein wenig Brot oder ein paar Kräcker?«

»Kräcker?«

»Kekse oder Gebäck.«

Sophia schüttelte entsetzt den Kopf. »Nein, das geht nicht. Ihr dürft heute und morgen ausschließlich Früchte zu Euch nehmen, übermorgen nichts anderes als Wasser, damit Ihr rein seid für die Zeremonie.«

Nur Obst? Und übermorgen stand Fasten auf dem Plan? Nicht mit ihr! Und von welcher Zeremonie war die Rede?

In der Hoffnung, an weitere Details zu kommen, spielte sie weiter die Ahnungslose. »Ach, entschuldige, aber dann vielleicht ein Gläschen Wein? Ich bin ein wenig aufgeregt, wie du dir denken kannst.«

Empört sog Sophia die Luft ein. »Ihr solltet Euch geehrt fühlen und nicht den Kopf benebeln!«

»Das hatte ich nicht vor, aber ich dachte, damit könnte ich früh schlafen, um ausgeruht zu sein. Verständlicherweise bin ich ein wenig aufgeregt.«

Sophia fuhr fort, das Öl in Ellis Haare zu massieren. »Das ist in der Tat eine gute Idee, aber das muss Euch ohne die Zuhilfenahme von Wein gelingen. Schließlich müsst Ihr rein bleiben.«

Rein bleiben … schon wieder diese Formulierung. Mit jedem Detail, das sie von Sophia erfuhr, häuften sich die Fragezeichen in ihrem Kopf. Und die Unruhe.

Als sie das Gespräch fortsetzen wollte, entfernte sich die junge Frau rascher, als sie es ihr zugetraut hätte, und öffnete die Tür.

»Ruht Euch aus.«

Und ehe Elli aufspringen und sie zur Seite stoßen konnte, schloss Sophia bereits wieder die Tür hinter sich und sie war allein. Gefangen in diesem Zimmer.

So ein Mist!

KAPITEL 8

ER

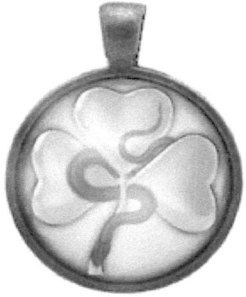

Wo war sie hin? Außer sich rannte er den Abhang hinauf und die Erdstraße entlang, doch von ihr fehlte jegliche Spur. Dafür entdeckte er an der Seite aufgewühlte Erde. Mehrere Fußspuren, zuerst ihre kleinen, daneben ein paar größere. Doch anstatt dass die Fußspuren ihn irgendwo hinführten, verschwanden sie mitten im Nirgendwo, verwischt vom Willen des Gottes, der die Hände nach ihr ausgestreckt hatte.

Entsetzt fuhr er sich mit den Händen an den Kopf.

»Komm zu dir. Es ist zu spät.«

»Nein, das ist es nicht!«

Sein Schrei hallte durch die Gebirgswelt und schreckte ein paar Krähen auf, die laut krächzend aufstoben und davonflogen.

Der andere seufzte auf. »Ich weiß, wie es in dir aussieht, aber du kannst nichts mehr tun. Die Dinge entwickeln sich, wie sie schon damals ihren Lauf hätten nehmen sollen.«

»Dafür habe ich nicht … Ich werde sie retten.« Sein Herz schlug aufgebracht, nicht vor Wut, sondern vielmehr wegen der Sorgen, die er sich um sie machte. Er hätte nicht von ihrer Seite weichen dürfen, verdammt.

Die Angst um sie drohte ihn niederzudrücken, doch er gab der Verzweiflung nicht nach. Nicht ohne Grund war er, wer er war. Kraftvoll richtete er sich zu seiner vollen Größe auf und ballte die Hände zu Fäusten, sodass die Muskeln an seinen Armen deutlich hervortraten.

Er breitete seine Fühler nach ihr aus, die Macht, die ihm dank seiner Vergangenheit oblag – wenigstens ein Gutes daran –, doch er vermochte sie nicht zu finden.

»Wohin haben sie sie gebracht?«

»Das vermag ich dir nicht zu sagen.«

»Oder willst du es bloß nicht?«

Die Mimik des anderen wurde streng, worauf er tief durchatmete. Kopflos durfte er nicht agieren, sonst konnte er ihr keine Hilfe sein.

Wieso nur hatte sie den Ring übergestreift? Aber er konnte ihr keine Vorwürfe machen. Sie war ein Opfer der Fäden, die die Schicksalsweberinnen geknüpft hatten. Vielmehr hätte er verhindern müssen, dass der Ring ihr in die Hände fiel. Verdammt, aber dafür war es nun zu spät. Sie würde den Ring nicht abziehen und folglich dem Blick des eifersüchtigen Gottes nicht mehr entwischen können.

»Ist dir schon aufgefallen, dass sie stärker ist? Vielleicht gelingt es ihr selbst, ihre Schuld zu begleichen.«

»Du weißt, dass es nicht ihre Schuld ist. Sie hat nichts Unrechtes getan.«

»Das sieht nicht jeder so.«

»Sie ist ein Opfer der Umstände, nicht mehr. Und nun lass mich ziehen. Ich muss sie finden, bevor er sie zu sich holt.«

Sofort verschwand derjenige, der sich berufen fühlte, sein Gewissen zu sein, und überließ ihn seinen quälenden Gedanken. Wer hätte gedacht, damals, als er jegliche Hoffnung aufgegeben hatte, dass je etwas für ihn schlimmer sein würde?

Wie schnell sie die Stimmen gehört hatte ... Wie schnell ihre Seele Kontakt aufgenommen hatte ... zu ihnen ... zu ihm. Stimmte es? Gab es keine Möglichkeit, das Schicksal abzuwenden?

Die Hunde, die aufgetaucht waren, zweimal schon ... Hatte er sie ausgesandt, um sie zurückzuholen, falls sie ihrer Schuld nicht nachging?

Schuld, Schuld, immer nur das eine Wort. Er biss die Zähne zusammen und rannte die Straße entlang, doch egal wie weit sein Auge reichte und welche Kräfte er anwandte, er vermochte sie nicht zu finden.

KAPITEL 9

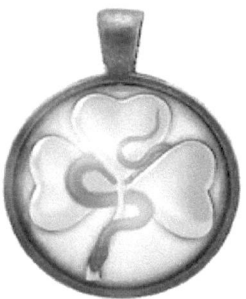

Unruhig tigerte sie im Zimmer auf und ab. Die Trauben hatte sie längst aufgegessen und das süße Gebräu getrunken. Falls jemand käme, um zu überprüfen, ob sie etwas benötigte, würde derjenige – hoffentlich – kurz darauf zurückkehren und ihr noch etwas zum Verzehr bringen. Und den Moment würde sie nutzen, um zu fliehen. Dafür hatte sie sich entschieden. Doch bis dahin blieb ihr nichts, als immer wieder zur Tür zu schielen, die bewegungslos in ihren Angeln hing. Moment, nein, das waren keine Türangeln, sondern Pfannen, wie sie früher benutzt wurden.

Stirnrunzelnd lief sie näher und begutachtete die Vorrichtung. Tatsächlich. Es bestand kein Zweifel. Aber wer nutzte heutzutage solche Methoden, um Türen zu befestigen?

Bedeutete das, die bräunliche Abdeckung des Fensters war … Tierhaut?

Kleidung wie in der griechischen Antike, ein Gebäude wie damals, Körperpflege wie bei den alten Griechen – was ging vor sich?

Sachte legte sie das Ohr an die Holztür und lauschte. Stimmen waren zu hören, doch sie drangen nur gedämpft durch das Holz. Elli konnte kein einziges Wort verstehen, geschweige denn die Sprache, in der gesprochen wurde. Auf jeden Fall war es noch Tag, was das abgeschwächte Licht bezeugte, das durch das Fenster drang.

Unruhig setzte sie ihre Runde durch das Zimmer fort. Dabei fiel ihr Blick auf den Teppich, in den Figuren eingewebt waren. Neugierig ging sie in die Hocke und strich sachte darüber. Es war eine übliche Prozession zu sehen: Frauen mit Kannen auf den Köpfen, Mädchen mit Blumenkränzen im Haar. Der Festzug führte zu einem Tempel, wie zwei dargestellte Säulen verdeutlichten. Um wessen Tempel handelte es sich?

Die Brauen zusammengekniffen versuchte sie weitere Details zu erkennen. Dort waren Schalen und Amphoren, ein mit Blumen und Kränzen geschmückter Altar und daneben standen zwei Throne. Der eine größer, der andere kleiner. Wem gehörten sie? Wieso saß niemand darauf? Leider waren auch keine Namen dazugeschrieben, die ihr die Antwort hätten liefern können.

Sie studierte seit Jahren die griechische Welt der Mythologie mit allem, was dazugehörte. Wieso war für sie nicht auf den ersten Blick ersichtlich, um welchen Mythos es sich bei der Darstellung auf dem Teppich handelte? War es womöglich ein heimischer Brauch ohne großen Bekanntheitsgrad?

Aber die überlieferten Bräuche und Feste, die im Großraum von Delphi gefeiert wurden, kannte sie ohne Ausnahme. Nicht umsonst galt sie als Expertin. Bedeutete das, sie befand sich nicht mehr in der Nähe ihrer Grabungsstätte?

Unweigerlich klopfte ihr Herz schneller. Wie lange hatte sie bewusstlos auf der Liege gelegen? Nur weil es hell draußen war, hieß das nicht, dass dies der Tag ihrer Entführung war. Womöglich hatte sie durch die Betäubung ein oder zwei Tage nicht mitbekommen. Und in der heutigen Zeit konnte man in ein paar Stunden nahezu überallhin auf der Welt gelangen. Den gegebenen Details zufolge befand sie sich allerdings im griechischen Raum, oder?

Moment, Elli, Moment. Keine Panik.

Wahrscheinlich handelte es sich lediglich um einen Brauch, der so unbekannt war, dass er von keinem überlieferten antiken Schriftsteller beschrieben wurde. Und aus diesem Grund war er ihr nicht geläufig. Sie befand sich in Griechenland, und bestimmt auch noch in der Nähe von Delphi, sonst hätten doch ihre Entführer nicht so schnell zur Stelle sein können, als sie mit Stephanos unterwegs gewesen war.

Ob Stephanos ebenfalls entführt worden war? Wo war er? Er wusste mehr über den Ring, hatte nicht gewollt, dass sie ihn berührte. Was hatte sie ausgelöst, indem sie ihn über den Finger gestreift hatte? Eine Art Sensor?

Der Gedanke an Stephanos tröstete sie. Er hatte gewusst, dass sie verfolgt worden waren. Bestimmt war es ihm gelungen, den Entführern zu entkommen. Er war groß und muskulös, und erweckte nicht im Mindesten den Anschein, als wäre er leicht zu überwältigen. Und da er mehr über den Ring wusste, kannte er bestimmt auch den Ort, an den sie verschleppt worden war. Er saß wahrscheinlich längst bei der Polizei oder – noch besser – war mit einem Großaufgebot dabei sie zu befreien.

Eine kleine Stimme wollte ihr erneute Zweifel zuflüstern. Du kennst ihn doch gar nicht. Vielleicht steckt er sogar in den Machenschaften mit drinnen und hat lediglich auf die letzten Meter Skrupel bekommen.

Nein, er war ein Gentleman. Ein freundlicher unaufdringlicher ... Gutachter? Stimmte die Geschichte mit dem Sponsor überhaupt? Sie wusste es nicht, aber an irgendetwas musste sie sich festhalten. Sie durfte die Hoffnung nicht verlieren, heil aus dieser ganzen Sache herauszukommen, und deshalb glaubte sie daran, dass Stephanos auf ihrer Seite stand – wie auch immer er in die Angelegenheit verwickelt war. Stephanos würde sie befreien. Ganz bestimmt.

Während die Stunden vergingen, analysierte sie ihre Fluchtmöglichkeiten. Die Tür war wie erwartet verriegelt und wurde mit hoher Wahrscheinlichkeit bewacht. Das Fenster jedoch könnte tatsächlich als Schlupfloch funktionieren, aber alleine mit den Fingernägeln würde sie die Tierhaut, mit der das Fenster verschlossen war, nicht entzwei kriegen. Wenn sie allerdings ihren Becher auf den Boden schlug und er zerbrach, konnte Elli sie mithilfe einer der Scherben zerschneiden. Aber den Krach beim Zerschmettern des Geschirrs würden ihre Entführer sofort bemerken ...

Nachdenklich tippte sie sich mit dem Finger ans Kinn. Sie brauchte die Scherbe. Am besten, sie kümmerte sich sofort darum, damit sie nachher niemanden alarmierte.

Kurzentschlossen schmetterte sie den Becher auf den Boden. Sie brauchte drei Anläufe, bis er zerbrach. Doch die Stücke waren so groß, dass sofort auffallen würde, wenn sie eines davon zurückbehielt. Darauf treten konnte sie barfuß nicht. Kurzerhand legte sie ein Bruchstück direkt neben das Bein ihrer Liege, hob sie an und stieß den Metallfuß auf die Scherbe. Mehrere Stücke brachen ab. Erneut rammte sie den Metallfuß darauf und schnappte sich eine der kleineren Scherben, deren Fehlen hoffentlich nicht auffiel. Rasch versteckte sie es unter dem Fell, das auf der Liege lag, schob die Scherben zu den großen anderen auf den Teppich und hockte sich scheinbar bekümmert vor den kaputten Becher.

Es dauerte länger, als erwartet, bis die Tür aufging und Sophia hereintrat. Mit einem Blick erfasste sie die Situation.

Elli legte die Hand an die Brust und versuchte sich an einem arglosen Gesichtsausdruck. »Es tut mir leid, Sophia, ich habe nicht aufgepasst und der Becher ist mir aus der Hand geglitten.«

Sophia nickte nur und verschwand wieder. Kurz darauf kehrte sie mit einem neuen Becher und einem Eimer zurück. Sie bückte sich und las die Scherben auf. Für einen Augenblick hielt sie inne, als überlege sie etwas. Fiel ihr womöglich die fehlende Scherbe auf? Aber Elli hatte absichtlich nur ein winzig kleines Stück genommen. Klar, falls ihre Entführer das Gefäß zusammensetzten, wie es Kerstin in der Fundbearbeitung täte, bemerkten sie wahrscheinlich sofort, dass es nicht komplett war, aber ohne Risiko würde ihr keine Flucht gelingen. Sie musste optimistisch bleiben.

Wortlos verließ Sophia den Raum und schob hörbar den Riegel vor. Sie würde nicht wiederkommen. Erleichtert atmete Elli auf. Die Scherbe befand sich unter dem Fell und sobald die Nacht hereinbrach, würde sie sie verwenden.

Freiheit, ich komme!

Nur für den Fall, dass ihre Entführer dennoch argwöhnisch geworden waren, legte sie sich auf die Liege und tat so, als versuche sie zu schlafen. Hoffentlich erweckte sie somit den Eindruck, sich ihrem Schicksal zu fügen. Schließlich war es möglich, dass es irgendwo ein Guckloch gab, durch das sie beobachtet wurde – wobei die Entführer dann auch beobachtet hätten, dass sie den Becher absichtlich zerstört und eine Scherbe versteckt hatte. Unweigerlich machte sich ein flaues Gefühl in ihrem Magen breit. Erneut zwang sie sich dazu optimistisch zu bleiben – schließlich hatte sie keine andere Wahl, sofern sie nicht vorhatte sich ihrem Schicksal zu fügen. Und das würde sie gewiss nicht.

Es dauerte gefühlt Stunden, bis es endlich dunkel wurde. Zur Sicherheit wartete sie noch eine Weile. Bestimmt horchten ihre Entführer nun auf jedes Geräusch – wenn nicht sogar jemand draußen vor ihrem Fenster Wache hielt. Aber auch den Gedanken blendete sie aus. Ohne Risiko würde ihr die Flucht nicht gelingen.

Irgendwann hielt sie es nicht mehr aus. Sie schnappte sich die Scherbe und trat ans Fenster. Im Dunkeln war es unmöglich, eine dünne Stelle auszumachen. Sie tastete über die gespannte Haut, bis sie eine vermeintlich dünnere Ecke entdeckte. Hier würde sie es versuchen. Sie brauchte mehrere Anläufe, doch dann gelang es und die Tierhaut riss. Mit erstaunlich ruhigen Händen zog sie die Öffnung weiter auf, bis das Loch so groß war, dass sie hinausschauen konnte.

Wie vermutet, befand sie sich in einem oberen Stockwerk, vermutlich im ersten. Direkt unter ihrem Fenster stand niemand. Zum Glück. So viel zum Thema optimistisch bleiben. Es lohnte sich immer. Auch die Straße, die an dem Haus vorbeiführte, war verlassen. In den umliegenden Gebäuden, deren Bauweise auf den ersten Blick altertümlich wirkte, brannte nur hier und dort ein Licht. Die restliche Stadt verschwand in der Dunkelheit. Umso besser.

Entschlossen sah sie sich nach einer Fluchtmöglichkeit um. Zum Boden waren es mehrere Meter, springen kam also nicht infrage. Aber neben dem Gebäude wuchs ein Mandelbaum. Wenn sie es geschickt anstellte, konnte es ihr gelingen, auf einen der Äste zu springen, die fast bis zum Fenster reichten.

So leise wie möglich riss sie die restliche gespannte Tierhaut auf, bis sie durch die Öffnung passte. Erneut maß sie den Abstand zur Erde. Oje, war das hoch. Aber ohne Risiko würde sie aus ihrem Gefängnis nicht entkommen, das stand unumstößlich fest. Dennoch zögerte sie. Als vor der Tür ein Knacken zu hören war, schoss ihr Puls in die Höhe und ließ sie jeden Zweifel vergessen.

Rasch kletterte sie in das Fenster und sprang. Sie bekam den Ast zu fassen, rutschte ein Stück und ein brennender Schmerz jagte ihr durch die Handflächen, während sie durch den Schwung zum Stamm schaukelte. Die Zähne zusammengebissen klammerte sie sich an dem Baum fest, obwohl es sich anfühlte, als reiße sie sich selbst die Arme aus. Der Schwung wurde weniger, sodass sie sich näher zum Stamm hangelte, bis sie mit den Füßen auf einem tiefer liegenden Ast Halt fand. Sobald der durchdringende Schmerz abnahm, nun, da sie ihr Gewicht nicht alleine mit den Händen halten, sondern mit den Füßen abfedern konnte, atmete sie einmal tief durch.

Sie krabbelte so weit hinunter, wie es möglich war. Mit dem Gewand blieb sie an irgendeinem Zweig hängen, doch sie rutschte mit Schwung nach vorne, der Stoff riss und sie war wieder frei. Sie kletterte hinab, hielt sich an dem tiefsten Ast fest, stützte sich mit den Füßen am Stamm ab und kraxelte weiter hinunter, um den Abstand zum Boden zu verringern, bis ein Ruf die nächtliche Stille durchbrach.

»Sie ist weg!«

Rasch ließ sie den Ast los und landete auf dem Boden. Die Höhe war so enorm, dass sie den Fall kaum mit den Knien abbremsen konnte. Ein heftiger Schmerz jagte ihr durch den Nacken bis in den Hinterkopf. Gleichzeitig stach ihr etwas in die Fußsohle. Kaum eine Sekunde hielt sie inne, durch den Aufprall außer Gefecht gesetzt, doch sofern ihr Gefühl nicht trog, hatte sie sich wenigstens nichts gebrochen – was das Entscheidende war.

Als ein erneuter Ruf ertönte, pumpte ihr Adrenalin durch die Adern. Die Schmerzen ignorierend rannte sie barfuß los, in die Finsternis der fremden Stadt. Je weiter sie sich von ihrem Gefängnis entfernte, desto dunkler wurde es. Hinter sich hörte sie Stimmen. Laute Rufe. Sie suchten nach ihr. Egal wie dunkel es vor ihr war, sie hetzte weiter, nicht wissend, welche Himmelsrichtung die beste war. Hauptsache, sie brachte so viel Distanz wie möglich zwischen sich und ihre Entführer.

Sie jagte über die Erdstraße, kleine Steine stachen in ihre Füße, doch sie biss die Zähne zusammen und ignorierte es. Das Adrenalin verlieh ihr ungewohnte Kräfte und beschleunigte ihre Schritte, obgleich sie barfuß war, sodass sie von der

Schwärze der Nacht verschluckt wurde, bevor jemand sie entdeckte. Ungebremst jagte sie weiter, durchdrungen von dem Willen zu entkommen.

Die Straße wurde lediglich vom Mond und den Sternen beleuchtet. Verdammt, sie konnte kaum die Hand vor Augen erkennen, weshalb sie ihr Tempo drosseln musste. Wieso gab es keine Straßenbeleuchtung?

Langsamer lief sie weiter, immer geradeaus. Hunde bellten, was ihre Angst befeuerte. Hoffentlich jagte nicht wieder einer hinter ihr her. Trotz des diffusen Lichts rannte sie wieder schneller.

Allmählich gewöhnten sich ihre Augen an die Dunkelheit. Alles sah fremd aus. Mit Sicherheit war sie noch nie an diesem Ort, in dieser Siedlung gewesen. Nach einem Fluchtweg suchend ließ sie den Blick über die Gebäude und Straßen gleiten. Die Stadt war auf jeden Fall nicht geplant worden, so verwinkelt kreuzten die Gassen und so willkürlich waren die Häuser erbaut. Hoffentlich verirrte sie sich nicht in diesem Labyrinth.

Die Häuser waren allesamt aus Stein erbaut und nicht so, wie man das heutzutage von Griechenland gewohnt war. Sie wirkten … altertümlich. Die meisten waren zweistöckig und wurden von dicken Mauern voneinander abgegrenzt, als berge jedes Haus große Plätze in seinem Inneren.

Niemand war auf der Straße zu sehen, weder Mensch noch Tier. Eine seltsam bedrohliche Spannung wanderte durch die Gassen, die sie frösteln ließ. Sie brauchte dringend einen Unterschlupf. Sollte sie es wagen, an eine der Holztüren zu klopfen? Um Hilfe zu bitten? Oder hielten in der Ortschaft alle zusammen und die vermeintlichen Helfer würden sie an ihre Entführer ausliefern?

Ihr Gefühl riet ihr, nicht um Hilfe zu bitten. Sie musste untertauchen, am besten die Stadt verlassen und sich durchschlagen, bis sie wusste, wohin sie verschleppt worden war. Oder bis sie ein Münztelefon fand. Funktionierten die nicht sogar so, dass man auch ohne Geld einen Notruf absetzen konnte?

Im Hintergrund erklangen erneut Rufe. Lichter erhellten die Gassen in ihrem Rücken und krochen beständig näher. Nicht mehr lange und die ersten Lichtkegel erreichten sie. Halfen etwa sämtliche Bewohner dabei, sie zu suchen? Beinahe machte es den Anschein.

Pferde schnaubten. Verdammt, damit konnten sie sie noch schneller einholen.

Alarmiert hetzte sie weiter, bis sie das Ende der Siedlung erreichte. Zum Glück gab es keine Stadtmauer – was sie bei all der altertümlich anmutenden Architektur befürchtet hatte. Ungern hätte sie einen Nachtwächter, der das Tor bewachte, überwältigen müssen. Denn dass hier irgendwie alle unter einer Decke steckten, davon ging sie mittlerweile aus.

»Habt ihr sie gesehen? Wo ist sie hin? Er wird sauer sein«, erschollen Rufe bis zu ihr und trieben erneut ihre Schritte an.

Wer würde sauer sein? Wer steckte hinter all dem?

Ohne sich noch einmal umzusehen, jagte sie aus der Stadt auf die Landstraße, die durch weite Felder führte. Soweit sie es in der Finsternis erkannte, wuchs dort Getreide. Kurzerhand rannte sie zur Seite mitten auf einen der Äcker. Der Boden war trocken. Bis auf die Halme, die sie durch ihre Fluchtschneise abbrach, hinterließ sie hoffentlich kaum eine Spur.

Mit eingezogenem Kopf eilte sie zwischen den Halmen hindurch. Weiter vorne wuchsen Sträucher und ein paar

Bäume. In der Dunkelheit war nicht auszumachen, um welche es sich handelte – doch das war sowieso egal. Ihr Blattwerk würde helfen, damit sie sich verstecken konnte.

Ihr Atem ging schneller, worauf sie sich Mühe gab, leise zu atmen. Auch wenn die Stimmen ihrer Verfolger nicht mehr zu hören waren, seit sie die Siedlung verlassen hatte, war nicht auszuschließen, dass ihr der ein oder andere wortlos folgte.

Unvermittelt trat sie auf etwas Spitzes und keuchte auf. Ein höllischer Schmerz jagte ihr durch den Fuß, worauf sie die Faust in den Mund steckte, um nicht laut aufzuschreien. Verdammt. Etwas steckte genau neben der Stelle in ihrer Fußsohle, an der sie sich bereits beim Sprung von dem Mandelbaum verletzt hatte. Ein Dorn?

Unsicher blickte sie zurück zu den Gebäuden, die schwach beleuchtet waren. Sie war noch nicht weit genug von der Stadt entfernt, um eine Pause einzulegen. Auch wenn das Brennen in der Fußsohle zunahm, durfte sie nicht stehen bleiben. Wenigstens auf der Ferse konnte sie noch laufen.

Humpelnd hetzte sie weiter, bis sie zwischen den Büschen verschwand. Die Hände ausgestreckt kämpfte sie sich durch die Blätter und Zweige, die ihr ins Gesicht peitschten. Wenigstens keine weiteren Dornen, die ihr die Haut zerkratzten. Doch dafür drang das Licht der Gestirne nicht mehr bis zu ihr vor, weshalb sie sich durch nahezu absolute Schwärze kämpfen musste.

Bitte nicht noch ein Dorn auf dem Boden, bitte nicht noch ein Stein oder etwas anderes Spitzes, betete sie inbrünstig.

Als der Schmerz in ihrem Fuß unerträglich wurde, suchte sie den Boden ab, bis sie etwas fand, das sich anfühlte wie ein großer Stein. Sie hockte sich darauf, legte den schmerzenden Fuß auf das Knie des anderen Beins und tastete behutsam nach der Verletzung. Das, was in ihrer Fußsohle steckte, fühlte sich organisch an. Vermutlich wirklich ein Dorn. Als sie ihn herausziehen wollte, verhakte er sich in ihrer Haut. Tränen schossen ihr in die Augen und sie biss die Zähne zusammen, bevor sie ihn mit einem Ruck ausrupfte. Etwas Warmes rann über ihren Fuß. Sie blutete.

Wie konnte sie die Wunde verschließen?

Kurzerhand riss sie ein Stück Stoff ihres Gewandes ab und wickelte es mehrfach um den kompletten Fuß, bis sie sich geschützt fühlte. Zur Sicherheit riss sie eine weitere Stoffbahn ab, wickelte sie um den anderen Fuß und verknotete sie. Wenn sie sich zusätzlich am anderen Fuß verletzte, würde sie noch langsamer vorankommen. Hätten die Entführer ihr nicht wenigstens ein paar griechische Sandalen anziehen können, verdammt?

Entschlossen erhob sie sich und tastete sich weiter durch das Buschwerk. Humpelnd, um den verletzten Fuß zu entlasten, kämpfte sie sich ohne Pause vorwärts. Sie durfte keine Zeit verlieren. Jede Minute zählte, denn sobald es hell wurde, vielleicht auch schon früher, suchten ihre Entführer die Gegend um die Stadt ab. Und dann, davon war sie überzeugt, musste sie von hier verschwunden sein.

KAPITEL 10

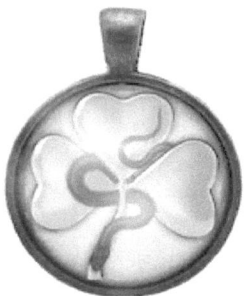

Die Stunden vergingen und sie brachte zunehmend mehr Distanz zwischen sich und die Siedlung. Humpelnd kam sie langsamer voran, als sie es sich gewünscht hätte, aber wenigstens schaffte sie es ohne Pause auszukommen. Es war noch immer genügend Adrenalin in ihren Adern, um Kräfte zu mobilisieren, über die sie normalerweise nicht verfügte.

Mit jedem Schritt, den sie lief, spürte sie den Ring an ihrem Finger schwerer. Hoffentlich befand sich nicht wirklich eine Art Sensor darin, weshalb sie bei Tagesanbruch sofort aufgespürt werden würde. Sie musste das Beste hoffen, denn vom Finger bekam sie ihn immer noch nicht. Zwischendurch versuchte sie ständig, ihn abzustreifen, doch als wäre er mit ihrer Haut verschmolzen, vermochte sie weder ihn zu drehen noch ihn vom Finger zu ziehen. Dabei saß er verhältnismäßig locker. Aber womöglich waren ihre Finger durch die Anspannung geschwollen. Vielleicht hatte sie Glück und fand einen kühlen Gebirgsbach, in dessen Wasser sie ihn abstreifen konnte.

Sobald sie die Baumgrenze erreichte, hielt sie inne. Die Sterne beleuchteten eine abschüssige Gegend, auf der außer ein paar niedrigen Sträuchern nichts wuchs. Um sich dort zu verbergen, müsste sie krabbeln, zumindest sobald die Sonne aufgegangen war. Wie sollte sie auf allen Vieren schnell genug vorankommen?

Andererseits war der Wald für einen Zufluchtsort zu offensichtlich. Sie konnte sich nicht auf ewig darin verstecken, denn wahrscheinlich erwarteten ihre Verfolger genau das. Zudem war seine Fläche begrenzt, sodass sie in seinem Schutz wohl kaum bis zur nächsten Siedlung kam. Sie könnte es natürlich versuchen, aber ihr Gefühl riet ihr davon ab.

Tief atmete sie durch, verließ den Schutz der Bäume und kämpfte sich durch die kniehohen Sträucher. Dornen kratzten ihr über die Waden und zerrten an ihrem Gewand. Es ratschte und ratschte, bis sich die tief hängenden Stoffbahnen allesamt an irgendwelchen Zweigen befanden. Gut so, das lange Gewand hatte sie nur behindert. Dummerweise hinterließ sie durch die Fetzen eine Spur, die ihren Fluchtweg verriet. Sollte sie versuchen, sie abzusammeln? Aber in der Dunkelheit konnte sie ohnehin nicht alle entdecken und sie würde nur kostbare Zeit verlieren. Nein, sie musste vorankommen. Das war das Wichtigste.

Die Nacht war angenehm kühl, dennoch klebte ihr die Zunge am Gaumen. Aber Ausruhen kam nicht infrage –

zumal davon ihr Durst auch nicht gelöscht werden würde. Sie musste eine Quelle finden, einen Bach.

Trotz des quälenden Durstes wurden ihre Schritte allmählich langsamer. Offensichtlich nahm das Adrenalin ab, was auch ihre schwerer werdenden Glieder erklären würde. Glücklicherweise federten die Stofffetzen ihren Gang und schützten ihre Füße, sodass die Wunde sie nur minimal behinderte und kein weiterer Dorn oder Stein in ihre Fußsohlen schnitt. Trotzdem fühlte sie sich erschöpft. Träge schaute sie auf. Wie lange dauerte es, bis sie endlich eine Stadt erreichte?

Als der Weg noch abschüssiger wurde, hielt sie inne und blickte sich stirnrunzelnd um. War das womöglich die Stelle, an der sie mit Stephanos entlanggewandert war? Die Gestirne beschienen die nächtliche Umgebung, doch sonderlich weit vermochte sie nicht zu blicken. Aber ein wenig vertraut kam ihr die Landschaft schon vor. Oder sah in der Gegend alles gleich aus?

Unschlüssig verharrte sie länger, worauf ein leichter Wind ihr zerzaustes Haar vor dem Gesicht tanzen ließ. Beiläufig strich sie die Strähnen hinters Ohr. Seit Stunden hatte sie weder Stimmen gehört noch irgendwelche Lichter gesehen. Und vor allem hatte sie kein einziges Motorengeräusch vernommen, das ihr den Weg zu einer Straße gewiesen hätte. Welchen Weg sollte sie also wählen?

So viel Angst war in den Rufen der Leute, die nach ihr gesucht hatten, mitgeschwungen vor demjenigen, der hinter all dem steckte … dessen Erwählte sie womöglich war, dass ihre Verfolger mit Sicherheit nicht aufgegeben hatten. Besser, sie lief weiter, auch wenn sie nicht wusste, wohin. Trotz dieser Erkenntnis fühlten sich ihre Glieder bleiern an und es kam ihr wie ein Ding der Unmöglichkeit vor, auch nur einen weiteren Schritt zu tun. Sie brauchte eine Pause. Dringend. Bevor sie vollends zusammenklappte.

Ein Felsblock zeichnete sich schemenhaft neben ihren Füßen ab, auf den sie sich gleiten ließ. Nun, da sie innehielt, wurde der quälende Durst stärker. Sie schluckte, was nur marginal half. Ihre Zunge fühlte sich beinahe wie ein Fremdkörper in ihrem Mund an und ihre Kehle brannte. Dringend brauchte sie Wasser. Aber wie sollte sie die Kraft aufbringen, aufzustehen und danach zu suchen?

Eins nach dem anderen. Auch wenn der Durst kaum auszuhalten war, brauchte sie diese Pause. Ihr Körper brauchte sie. Anschließend würde sie weitergehen.

Müde schlang sie die Arme um die Beine und bettete den Kopf auf die Knie. In was war sie nur hineingeraten? Und wo war Stephanos?

Schwerfällig hob sie den Kopf und fuhr mit dem Finger über den Ring, der sie in diese Misere gebracht hatte. Wie konnte ein so kleiner Gegenstand ein solches Chaos ver-ursachen?

»Ich brauche Hilfe …« Ihre Stimme klang heiser, leise, verletzlich. Sie presste die Lippen aufeinander und rieb erneut über den Ring, als plötzlich Schritte zu hören waren.

Hellhörig hob sie den Kopf und horchte in die Nacht. Tatsächlich. Es waren Schritte. Jemand befand sich in der Nähe. Sollte sie wegrennen oder hoffen, dass jemand kam, der auf ihrer Seite war? Wie lange würde sie noch ohne Hilfe durchhalten? Wie sich in dieser Fremde zurechtfinden?

Eine seltsame Ruhe überkam sie, als sie einen Entschluss fasste. Sie würde still sitzen bleiben und die Götter ent-scheiden lassen. Sie wussten, was gut für sie sein würde –

und ob es günstiger war, dass derjenige, dessen Schritte sie hörte, sie entdeckte oder nicht.

Doch sobald sich die Schritte zu entfernen schienen, sprang sie kurzerhand auf. Den Willen der Götter ignorierend – denn wer war sie schon, dass die Götter auf sie und ihr Schicksal achteten? – rief sie:»Wer ist da?«Ihre Stimme war nur ein Krächzen, so ausgedörrt war ihre Kehle, dennoch trug der Wind ihren Ruf durch die Finsternis.

Erneut raschelte es, bis sich ein großer Schatten näherte. Elli mobilisierte ihre verbliebenen Kräfte und hob abwehrbereit die Hände. Noch einmal würde sie sich nicht so einfach überwältigen lassen. Mit klopfendem Herzen sah sie den Schatten näher kommen und dabei größer und größer werden. Es war auf jeden Fall ein Mann. Doch nicht wieder ihre Entführer?

»Elli?«

O mein Gott.

Sogleich ließ sie die Fäuste sinken.

»Stephanos?«

»Elli!«

Im Licht der Sterne erkannte sie seine markanten Gesichtszüge und mit zwei großen Schritten war sie bei ihm. Ohne nachzudenken, warf sie sich ihm in die Arme und bettete ihren Kopf an seine Brust. Tränen liefen ihr über die Wangen, die sie kaum wahrnahm.»Stephanos. Du hast mich gefunden.«

Er strich ihr über das zerzauste Haar, das weit über den Rücken fiel, bis ihr bewusst wurde, was sie tat. Sie kannte diesen Mann kaum. Rasch löste sie sich von ihm und wischte sich über das Gesicht. Dabei zitterten ihre Hände.

»Was ist geschehen, Elli?«

»Jemand hat mich entführt, aber ich konnte fliehen. Sie sind immer noch hinter mir her, aber ich habe sie eine Weile nicht mehr gehört. Weißt du, wo wir sind?«

»Ungefähr, ja. Wir sind noch zu nah an … ihnen. Komm, wir müssen weiter.«

»Wer sind die?«

»Später, Elli.« Er zog sie mit sich und sie ließ es geschehen. Dennoch wollte sie Antworten auf ihre Fragen. Sie schluckte mehrmals, bis sie sich imstande fühlte, trotz der trockenen Kehle zu reden.

»Was hat das alles mit dem Ring zu tun? Das hat es doch, oder? Irgendetwas ist damit. Ist ein Sensor darin? Ich hab ihn immer noch an, weil ich ihn nicht vom Finger bekomme.«

»Das ist kein Wunder. Es wird dir nicht mehr gelingen.«

»Unter kaltem Wasser vielleicht schon und mit einem Stück Seife …«

Er lachte unfroh auf. »Nein, Elli. Auch unter kaltem Wasser und mit Schmiermittel funktioniert das nicht.«

»Wieso nicht? Was geht hier vor sich? Steckst du da irgendwie mit drinnen?«

»Später, Elli. Wir brauchen erst mal ein sicheres Versteck.«

»Aber werden sie uns nicht ohnehin durch den Ring finden?«

»Das werden sie, irgendwann, aber ein wenig Zeit bleibt uns noch.«

»Was meinst du damit?«

»Pst.«

Sagte er das jetzt, damit sie aufhörte Fragen zu stellen, oder waren ihre Verfolger in der Nähe? Auch wenn alles in ihr darauf drängte, mehr von ihm zu erfahren, fügte sie sich und schlich mit ihm durch die Nacht. Das letzte Pst hatte er schließlich auch nicht grundlos von sich gegeben. Wenigstens war sie nicht mehr alleine und wenigstens – oder hoffentlich – hatte Stephanos eine Idee, wie sie ihren Entführern nicht wieder in die Hände fiel.

Statt weiterhin den Abhang entlangzulaufen, führte Stephanos sie höher ins Gebirge. Es wurde zunehmend steiler. Nicht nur deshalb zehrte die Müdigkeit an ihr. Allmählich forderte die Flucht ihren Tribut. Sie wusste nicht, wie weit die Strecke maß, die sie bereits davongelaufen war, doch ein paar Kilometer hatte sie bestimmt hinter sich gebracht.

Als sie es trotz ihres unbändigen Willens nicht mehr vermochte, mit Stephanos Schritt zu halten, drosselte er das Tempo und lief neben ihr. Sein Blick fiel auf sie und unweigerlich auf ihren ungleichmäßigen Gang. Abrupt blieb er stehen und hielt sie am Arm zurück. »Wieso humpelst du?«

Humpeln? Erst jetzt fiel es ihr wieder ein. An ihre Wunde hatte sie lange nicht gedacht. »Ich musste barfuß fliehen. Beim Sprung vom Baum habe ich mich verletzt und anschließend bin ich fast an derselben Stelle auch noch in einen Dorn oder etwas Ähnliches getreten.«

»Du bist barfuß?«

»Nicht mehr. Ich hab Stofffetzen von meinem Gewand abgerissen und um die Füße gewickelt.«

Er bückte sich und befühlte ihre behelfsmäßige Konstruktion, die immerhin seit einiger Zeit stabil blieb. Dann drehte er ihr den Rücken zu und hockte sich vor sie. »Auf!«

»Was wird das?«

»Ich werde dich tragen.«

»Aber es geht. Wirklich, ich –«

»Auf jetzt, Elli.«

Normalerweise würde sie länger diskutieren, aber ihre Beine waren schwer und die Vorstellung, getragen zu werden, mehr als verlockend. Außerdem pochten ihre Füße, die Wunde schmerzte zwar kaum, aber gut fühlte es sich auch nicht an, und am kleinen Zeh des unverletzten Fußes bildete sich durch das ständige Reiben der Stoffbahnen eine Blase.

»Also schön.« Zögerlich beugte sie sich über ihn, doch sobald sie seinen Rücken berührte, schnappte er sich ihre Oberschenkel, hielt sie fest und stand auf. Im letzten Moment konnte sie einen spontanen Schrei unterdrücken. Er schob sie höher, sodass er sie problemlos halten konnte, und sie schlang die Arme um seine Schultern. Ohne einen weiteren Kommentar lief er los.

Peinlich berührt versuchte sie etwas Abstand zwischen sich und ihm zu halten. Schließlich wollte sie sich nicht an ihn pressen, doch es war verdammt unbequem und anstrengend.

»Lehn dich an mich, das ist für uns beide angenehmer.«

Feuerrot im Gesicht – was er zum Glück nicht sah – kam sie der Aufforderung nach. Sie war nicht der Typ, der sich Männern weinend an die Brust warf und sich anschließend von ihnen tragen ließ. Aber offensichtlich hatte sie heute keine andere Wahl. Zunächst nur zaghaft beugte sie sich vor, dann noch ein Stück, bis sie förmlich an ihm klebte. Aber es war wirklich bequemer und Stephanos schien es leichter zu fallen, das Gleichgewicht zu halten.

»Bin ich nicht zu schwer?«

»Mach dir keine Sorgen, Elli. Ruh dich aus. Ich wecke dich, wenn wir in Sicherheit sind.«

In Sicherheit … Wie schön dieses Wort klingen konnte …

Aber Wecken? Als würde sie in so einer Situation schlafen können! Sie behielt immer die Kontrolle, erst recht in einer derart seltsamen Lage, dass Verrückte hinter ihr herjagten, weil sie sie für eine Auserwählte hielten. Dennoch war das sanfte Schaukeln gepaart mit Stephanos' wohligem Geruch beruhigend. Ein wenig Anspannung fiel von ihr ab und nach einer Weile legte sie den Kopf an seine Schulter. Gähnend schloss sie die Augen und überließ sich diesem fremden Mann.

Als sie hochschreckte, war ein heller Streifen am Horizont zu sehen. War sie eingenickt? Stephanos hielt ihre Arme und Beine fest, weshalb sie nicht heruntergefallen war, und sie quetschte so eng an seinem Rücken, dass sie sofort ein Stück von ihm abrückte.

»Guten Morgen, Elli. Wir sind gleich da.«

Guten Morgen? Da? Neugierig blickte sie den Berg hinauf, doch außer Felsen und vereinzelten Gebüschen konnte sie nichts erkennen. »Ich denke, ich kann wieder laufen. Lass mich runter.«

»Nein, barfuß verletzt du dich nur wieder. Es ist nicht mehr weit.«

Sie beobachtete den breiten orangenen Streifen am Horizont, der nicht erst seit zwei Minuten sichtbar sein konnte. »Wie lange habe ich geschlafen?«

»Offenbar lange genug, um wieder tausende Fragen zu stellen.« Sie hörte das Schmunzeln in seiner Stimme. Unweigerlich musste auch sie lächeln.

»Ist das verwunderlich nach dem, was geschehen ist?«

»Vermutlich nicht.«

Sie linste über ihre Schulter und sah weit und breit niemanden hinter ihnen herlaufen. Stephanos schien wirklich zu wissen, welche Richtung die sicherste war. Zum Glück. »Wo bin ich hineingeraten?«

»Ich erkläre es dir, wenn wir angekommen sind.«

Am liebsten wollte sie darauf bestehen, sofort ein paar Antworten zu bekommen, aber Stephanos' Atem ging ein wenig flacher als gewöhnlich. Vermutlich war es selbst für ihn nicht alltäglich, eine Frau die Nacht hindurch einen Berg hinaufzutragen. Sie verschob die Fragestunde auf später und ließ den Blick über die griechische Landschaft schweifen. Hohe Berge, kniehohe Sträucher, mehr war nicht zu sehen.

»Verrätst du mir, wo wir uns befinden?«

»Nicht weit entfernt von Delphi.«

»Echt? Aber irgendwie … sieht es anders aus.«

Mit dem Kopf deutete er zu einem Felsen in der Gebirgskette. »Erkennst du die Bergspitze? Dahinter liegt Delphi.«

Sie runzelte die Stirn. Tatsächlich, die Formation des Gebirges kam ihr bekannt vor. »Wieso laufen wir dann nicht dorthin? Immerhin ist da das Grabungshaus mit all meinen Freunden und Bekannten! Nach Delphi würden sie es nicht wagen uns zu verfolgen – oder doch?«

»Dort sind nicht … Vertrau mir. Besser, wir gehen erst einmal nicht nach Delphi. Ich werde dir gleich alles erklären.«

Darauf war sie gespannt. Wieso wollte er nicht zurück zur Ausgrabung und ihren Kollegen laufen? Glaubte er etwa, sie steckten mit den Entführern unter einer Decke? Das konnte allerdings nicht sein. Niemals. Sämtliche Grabungsteilnehmer waren integre Leute, die sie seit Jahren kannte. Wenn sie ihnen nicht vertraute, würde sie wohl kaum gemeinsam mit ihnen ausgraben.

Aber sie wollte nicht mit Stephanos diskutieren – zumindest im Moment nicht. Er hatte ihr geholfen zu entkommen. Auch wenn es ihr noch immer ein wenig unangenehm war, von ihm getragen zu werden, oder vielmehr generell getragen zu werden, war sie ausgesprochen dankbar, nicht barfuß diesen Berg hinaufklettern zu müssen. Die Wunde in ihrem Fuß pochte. Es war besser geworden, weil sie ihn nicht mehr belastet hatte, aber ein weiterer Marsch würde die Heilung gewiss nicht beschleunigen. Und wer wusste schon, wann sie das nächste Mal davonrennen musste?

Wenig später tauchte eine einfache Holzhütte auf, die derart an den Fels angepasst war, dass sie erst auffiel, als sie beinahe direkt davorstanden. Das war in der Tat ein gutes Versteck. Lebte er darin? War er ihr deshalb beim Joggen begegnet? Aber wieso erst gestern und nicht schon viel eher?

War Stephanos möglicherweise wegen dem Fund des Rings hergekommen? Er war an dem Morgen aufgetaucht, nachdem sie abends die Statuette entdeckt hatte. Aber dass sich ein Ring darin befand, hatte sie zu dem Zeitpunkt noch nicht gewusst.

Hatte womöglich doch jemand aus ihrem Team die Statuette erkannt und den außergewöhnlichen Fund weitererzählt? Aber wer? Niemand hatte sich auffällig lange vor der Fundkiste aufgehalten. Und Kerstin hatte es bestimmt nicht verraten, so enttäuscht wie sie über den Anruf des Museums gewesen war.

Das Museum … steckten die womöglich mit drin?

Bevor die Fragen ihren Kopf zum Rauchen brachten, trat Stephanos an die Tür und stoppte. Sie wollte hinabspringen, doch er hielt sie fest, während er die Klinke betätigte. Es war dunkel in dem Raum, nur schemenhaft zeichnete sich ein

Stuhl ab, vor den Stephanos lief. Als wöge sie nicht mehr wie eine Fliege, drehte er sie an seine Brust und ließ sie sanft darauf gleiten.

»Danke, Stephanos. Ich weiß nicht, was ich ohne dich getan hätte.«

Er sagte nichts dazu, als wäre es nicht der Rede wert. Aber das war es. Zumindest für Elli. Stattdessen lief er an die Fenster und öffnete die Läden, sodass das Licht der aufgehenden Sonne in die Hütte drang.

An einem Schrank an der Seite machte er sich zu schaffen, während sie sich umschaute. Ein einfaches Schlaflager im hinteren Bereich, ein Tisch mit zwei Stühlen, auf einem davon saß sie, und eine Kommode. Mehr gab es nicht. Auch keine Dekoration, keine Bilder oder Teppiche. Offenbar legte er nicht viel Wert auf Inneneinrichtung. Oder er verbrachte nicht viel Zeit in der Höhle. Möglicherweise war es auch für ihn nur ein Unterschlupf. Ein Notversteck.

Mit einer Kanne und zwei Bechern trat er an sie heran und ließ sich auf dem zweiten Stuhl nieder. Er goss ihnen ein und trank, während sie noch unschlüssig war, was sie von all dem halten sollte.

»Trink, es ist nur Wasser.«

Zögerlich hielt sie den Becher an die Lippen, auch wenn der Durst sie beinahe verrückt machte. War es wirklich nur Wasser? Aber wenn nicht Stephanos, wem sonst konnte sie vertrauen? Als sie nippte und der köstliche Geschmack des klaren Getränks an ihre Lippen drang, konnte sie nicht länger an sich halten und stürzte den kompletten Inhalt hinunter. Wie erfrischend …

»Gut?«

»Das Beste, was ich seit Jahren getrunken habe.«

Mit leuchtenden Augen hielt sie ihm den Becher entgegen. Schmunzelnd schenkte er ihnen nach.

»Wie fühlst du dich, Elli?«

Sie leerte den zweiten Becher. »Bereit, für einen riesigen Berg Pfannkuchen und literweise Kaffee. Da du beides wahrscheinlich nicht vorrätig hast, ist es an der Zeit für Antworten.«

»Auch wenn dir die Antworten nicht gefallen werden?«

Worauf wollte er hinaus? Was würde er ihr verraten?

Langsam nickte sie. »Auch wenn mir die Antworten nicht gefallen werden.«

Stephanos beugte sich vor und schaute sie direkt an. Sein Blick war derart durchdringend, dass ihr Magen zu flattern begann. »Sollen wir uns nicht erst mal deine Verletzung ansehen?«

Entschieden schüttelte sie den Kopf.

»Dann fangen wir an.«

Welche der unzähligen Fragen sollte sie zuerst stellen? »Warum sind wir nicht nach Delphi zu der Ausgrabung gelaufen?«

»Weil wir nicht mehr …« Er zögerte.

Neugierig beugte sie sich näher. »Ja …?«

Tief atmete er durch, dann fixierte er sie erneut mit seinen dunkelblauen Augen. »Weil deine Kollegen nicht … dort sind.«

Sie runzelte die Stirn, eine seltsame Schwäche in den Beinen. »Wieso sollten sie abgereist sein? Die Ausgrabung hat erst vor wenigen Tagen begonnen.«

»Weil sie gewissermaßen … noch nicht dort waren.«

Noch nicht …?

»Was willst du damit sagen?«

»Elli, wir befinden uns gewissermaßen … im antiken Griechenland.«

KAPITEL 11

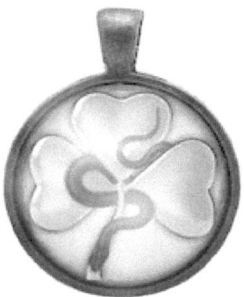

Ein schriller Ton jagte durch ihre Ohren, während sie seine Worte sacken ließ. Es dauerte, bis sie einen klaren Satz formulieren konnte. »Im antiken Griechenland? Wir sind in der Zeit gereist?«

»Jein … Die Sache ist etwas komplizierter.«

»Dann erklär sie mir.«

»Wir befinden uns in einer Zeit, die vor vielen hundert Jahren existiert hat und es heute immer noch tut. Ähnlich einer Zeitschleife oder einer Parallelwelt oder …«

»Einer Parallelwelt?« Verständnislos schüttelte sie den Kopf, die Stimme lauter als gewöhnlich.

Beschwichtigend hob Stephanos die Hände. Es machte den Anschein, als wolle er seine Hand auf ihre legen, doch er zog sie wieder zurück. »Am besten, ich fange von vorne an.«

Gespannt lehnte sie sich zurück und verschränkte die Arme vor der Brust. Was wollte er ihr für eine hanebüchene Geschichte auftischen? Und wieso? Steckte er womöglich doch mit den Entführern unter einer Decke?

Abwartend sah sie ihn an.

Er blickte ihr direkt in die Augen, wie um ihr zu beweisen, dass er die Wahrheit sagte. »Die griechischen Götter existieren wirklich. Zeus, Aphrodite, Athena, Hera, Poseidon, Hades, Apollon, Demeter ... alle, die dir bekannt sind. Aber sie können nur weiterbestehen, weiterhin über ihre Kräfte verfügen, solange es Menschen gibt, die an sie glauben. Als die Götter bemerkt haben, dass der Glaube an sie verblasst, haben sie ihre Macht gebündelt und die Menschen, die noch an sie geglaubt haben, in einer Art Zeitschleife festgehalten.«

Das klang absolut verrückt, aber bevor sie urteilte, wollte sie die komplette Geschichte hören. »Du willst damit sagen, die antiken Götter sind ... der Feind?«

»Nein, das sind sie nicht.«

»Aber sie halten die Menschen in dieser Parallelwelt gefangen, oder etwa nicht?«

»Nicht wirklich. Die Menschen gehen ihrem Glauben nach, sie werden erwachsen, sie arbeiten, genießen ihr Leben und bekommen Kinder. Sie leben wie vor zweieinhalbtausend Jahren.«

»Aber sie haben keine Möglichkeit, sich von den Göttern zu lösen.«

»Nein, die haben sie nicht. Aber es gibt Menschen, die brauchen ihre Götter. Und die darf man ihnen auch nicht nehmen.«

Elli zögerte, unterdessen fuhr er fort.

»Die Götter sind nicht böse, aber extrem eitel. Sie wollen verehrt werden, der eine mehr zwar als der andere, doch jedem von ihnen liegt es im Blut. Es ist gewissermaßen ihre Natur. Ein Gott braucht einen Gläubigen und durch den Glauben der Menschen beziehen sie ihre Kraft.«

Allmählich verstand sie, worauf er hinauswollte. »Hätten sie also zugelassen, dass der Glaube an sie ausstirbt, wären sie nur ein Haufen kraftloser Geschöpfe, die auf dem Olymp hausen und Ambrosia trinken?«

»Du begreifst schnell.«

Eine Art Zeitschleife oder Parallelwelt, die die Götter errichtet hatten, um ihre Macht zu erhalten …

Ihr Glaube an die Mythologie war stark, dennoch war es ein Unterschied, ob man es nur glauben wollte und darüber las, oder ob man mitten drin steckte und es gewissermaßen glauben musste. Aber wenn all das stimmte, was hatte sie damit zu tun? Wieso war sie in diese Zeit gebracht worden? Ihr Blick fiel auf das Schmuckstück an ihrem Finger. »Was hat es mit dem Ring auf sich?«

Er schmunzelte, dabei lag eine gewisse Wehmut in seinen Augen. »Mit deiner Theorie lagst du gar nicht so falsch. Hephaistos hat ihn geschmiedet. In ihm liegt ein Teil der Magie, mit der diese mythische Parallelwelt erschaffen wurde.«

Ihre Augen wurden größer. Ehrfürchtig strich sie über das Schmuckstück, auch wenn sie sich noch nicht entschieden hatte, ob sie Stephanos glauben würde oder nicht. »Wie konnte der Ring in meiner Welt landen?«

»Er ist verlorengegangen.«

»Verlorengegangen? Ich würde eher sagen, er wurde in dieser Athenastatuette versteckt. Jemand wollte, dass er verlorengeht.«

»Das mag sein. Offenbar weiß niemand, wie er abhanden gekommen ist.«

Das klang äußerst mysteriös. Noch einmal ließ sie die Umstände, wie sie die Statuette gefunden hatte, und die Zeit danach in der Fundbearbeitung Revue passieren. Momente fielen ihr ein, in denen sie das Schmuckstück hatte berühren wollen und Stephanos sie daran gehindert hatte. Und Kerstin hatte bei ihren Untersuchungen stets Handschuhe getragen – wie immer bei der Arbeit.

»Du wolltest nicht, dass ich den Ring anfasse. Hast du gewusst, dass er uns … herreisen lassen würde?«

Langsam nickte er, dabei ließ er sie nicht aus den Augen.

»Wieso hast du es mir nicht verraten? Ich hätte ihn bestimmt nicht angefasst.«

»Hättest du mir denn geglaubt?«

Sie schmunzelte. »Wohl kaum.« Skeptisch musterte sie ihn. Sein griechisches Profil, seinen athletischen Körper, der an dem Tag, als sie ihn das erste Mal gesehen hatte, mit Öl eingeschmiert gewesen war. » Gehörst du … zu den Menschen hier? Bist auch du … in der Zeit gesprungen? Oder in der Welt?«

Stephanos nickte erneut.

»Lass mich raten. Das kann nicht jeder.«

»Nein, es bedarf gewisser Kräfte.«

Gewisser Kräfte? »Besitzt du auch etwas wie diesen Ring des Hephaistos, wodurch du zwischen den Welten wandeln kannst?«

Eindringlich musterte er sie. Wog er seine Antwort ab?

»Gewissermaßen.«

Sie neigte den Kopf.

»Geht das auch etwas genauer?«

Rasch erhob er sich. Die Arme vor der Brust verschränkend trat er ans Fenster. Auch wenn die Geste entspannt wirkte, spürte sie eine Unruhe, die von ihm ausging. Hatte sie ein Thema angesprochen, über das er nichts preisgeben wollte?

»Wir sind hier nicht mehr lange sicher. Sie werden dich finden. So schnell wie möglich müssen wir dich zurück in deine Zeit bringen.«

Das war nicht die Antwort auf ihre Frage, doch sie verstand die Dringlichkeit der Situation – und dass er nicht bereit war, ihr weitere Informationen zu sich persönlich zu liefern. Aber sobald sie wieder in … ihrer Zeit waren, wollte sie ihn mit Fragen löchern. Sie wollte alles erfahren.

Ein lebendig gewordener Mythos. Wahnsinn.

Ihr Blick fiel auf das magische Schmuckstück an ihrem Finger. »Sie finden mich durch den Ring, oder?«

Nickend drehte er sich langsam wieder zu ihr. »Es gibt mehrere dieser geschmiedeten Gegenstände, jeder ist für etwas anderes zuständig. Birgt andere Kräfte. Und der, der an deinem Finger steckt, ist der Ring der Auserwählten.«

Das hatten ihre Entführer auch schon gesagt. »Was bedeutet das? Wofür auserwählt?«

»Auserwählt, die neue Braut von Plutos zu werden.«

Gänsehaut kroch bei der Vorstellung ihren Rücken hinunter. »Plutos? Der Gott des Reichtums? Aber der ist doch nur ein Kind.«

Stephanos schnaubte auf, dabei verschwand der freundliche Ausdruck auf seinem Gesicht. »In den euch überlieferten Darstellungen vielleicht, aber das trifft nicht wirklich auf ihn zu.«

»Was willst du damit sagen?«

Sein Blick verfinsterte sich. »Er ist gefährlich.«

Angst überkam sie, die sie zu gerne beiseite geschoben hätte. Doch das Gefühl ließ sich nicht abschütteln, vielmehr legte es sich über sie, drängte sie, schnellstmöglich einen Weg nach Hause zu finden. Als sie antwortete, war ihre Stimme nur ein Flüstern. »Ich soll seine nächste Braut werden, nur weil ich den magischen Ring an meinen Finger gesteckt habe?«

»Nicht, wenn ich es verhindern kann.« Ein seltsamer Ausdruck huschte über sein Gesicht, während er sie eindringlich betrachtete. Seine ebenmäßige kantige Physiognomie, die Intensität seines Blickes, seine Ausstrahlung … seltsamerweise kam ihr all das vertraut vor.

»Wer bist du?«

Sein Gesicht verdunkelte sich und erneut wandte er sich dem Fenster zu, als wäre sie dazu in der Lage, die Antwort in seinen Augen zu lesen.

Kurzerhand trat er hinaus, bevor sie noch etwas hinzufügen konnte. Offenbar wollte er ihr auch auf diese Frage keine Antwort liefern. Aber wieso? Dass er zu den Guten gehörte, stand für sie außer Frage. Sie fühlte es. Er wollte ihr helfen zurückzukommen. Egal, wer er war, er stand auf ihrer Seite. Aber wer war er?

Keine zwei Minuten später kam er mit einem Eimer frischen Wassers zurück. Er lief zu der Kommode und holte ein sauberes Stück Stoff heraus, das er in Streifen riss, und legte alles auf dem Tisch vor ihr ab. Dann rückte er den Stuhl näher zu ihr, setzte sich darauf und legte ihren verletzten Fuß in seinen Schoß. Protestierend wollte sie den Fuß zurückziehen, doch er hielt sie am Fußgelenk fest.

»Halt ruhig, ich will nur deine Wunde versorgen.«

Mit gemischten Gefühlen ließ sie es geschehen und beobachtete jeden seiner Handgriffe. Vorsichtig begann er die Stofffetzen abzuwickeln. Ihre Haut prickelte jedes Mal, wenn er sie mit ihren Fingern berührte. Hoffentlich bemerkte er nicht, welche Wirkung er auf sie hatte. Schließlich war sie verlobt! Moment, sie war verlobt! Vielleicht war das der Schlüssel, wie sie ihren Erwählten-Status verlor.

»Achten die griechischen Götter die Schwüre, die man vor anderen Göttern leistet?«

Ein Schmerz durchfuhr sie, als er die Stoffbahnen abwickelte, die durch das Blut an ihrer Haut und der Wunde klebten. Kaum merklich verzog sie das Gesicht, dennoch nahm er es wahr und arbeitete vorsichtiger weiter. Die Wunde brannte. Sie biss die Zähne zusammen, um nicht zu zeigen, wie sehr, damit Stephanos nicht aufhörte. Der provisorische Verband musste schließlich ab.

Endlich war er fertig. Sanft strich er über die Wunde, worauf das Brennen nachließ. »Ja, sie achten Schwüre vor anderen Göttern, warum?«

»Weil ich …« Plötzlich fiel es ihr schwer, den Satz zu Ende zu führen, doch sie musste es, auch wenn sie seltsamerweise nicht in der Lage war, ihm dabei in die Augen zu sehen. »Weil ich verlobt bin.«

Er hielt inne, schaute einen Moment auf, worauf auch sie aufblickte. Lag etwas wie Trauer in seinen Augen? Als wäre nichts gewesen, wandte er seine Aufmerksamkeit wieder der Wundversorgung zu und fuhr fort, den Stoff von ihrem Fuß zu lösen.

»Verlobt ist nicht verheiratet, ein solcher Schwur wird nicht reichen. Schließlich trägst du nicht einmal einen Verlobungsring.«

»Aber nur nicht, weil ich ihn beim Graben verlieren könnte. Ich ziehe ihn immer ab und verwahre ihn in meinem Zimmer.« Wobei es ihr in letzter Zeit verdammt leicht gefallen war, das Schmuckstück von Phil abzulegen. Vielleicht, weil sie nicht mehr davon ausging, dass es wirklich zu einer Hochzeit kam.

»Der Ring hätte möglicherweise etwas bewirkt, aber du trägst ihn nicht bei dir. Uns bleibt nichts anderes übrig, als dich so schnell wie möglich in deine Welt zurückzubringen. Dort bist du außerhalb ihrer Reichweite, weil in deiner Zeit kaum noch Menschen an die alten Götter glauben und ihre Kräfte dementsprechend gering sind.«

Er hatte recht. Sie musste zurück. So schnell wie möglich.

»Wie gelingt uns das? Muss ich nur den Ring vom Finger bekommen? Immerhin hat er mich auch hergebracht, also müsste er mich doch auch wieder zurückbringen können, oder?«

»So leicht ist das nicht. Wir müssen Hermes finden. Entweder ihn persönlich oder einen seiner Söhne.«

Hermes war einer der großen zwölf olympischen Götter und zugleich der Gott der Reisenden – neben anderen Aufgaben.

Stephanos fuhr fort. »So wie er Tote in den Hades zu führen vermag, kann er dir helfen, zwischen den Welten zu wandeln.«

Hellhörig musterte sie Stephanos, der vorsichtig mit einem Stück Stoff ihre Wunde säuberte. Er tat es so vorsichtig, dass sie keine Schmerzen empfand. Er war auch in der Lage zwischen den Welten zu wandeln. »Bist du auch … einer seiner …«

Auf den Lippen ein Schmunzeln schaute er auf.

»Willst du mich gerade fragen, ob ich einer seiner Söhne und damit ein Halbgott bin?«

Sie wurde feuerrot. »Es ist wohl naheliegend, oder etwa nicht?«

Er lachte leise, während er ihren Fuß in den Händen behielt und sanft mit dem Finger über die Haut strich. Seine Berührungen waren elektrisierend, weshalb sie den Fuß zu sich ziehen und die Wunde selbst begutachten wollte, doch er hielt sie am Fußgelenk fest. »Ich bin noch nicht fertig.« Er holte einen Tiegel unter den Stoffen auf dem Tisch hervor, der ihr vorher nicht aufgefallen war, und tupfte behutsam eine Paste auf ihre Wunde. Es brannte kurz, doch dann fühlte es sich an, als verschließe sich die Verletzung innerhalb von Sekunden. Als sie auf ihre Wunde blickte, war nur noch eine leichte Rötung zu erkennen. Ungläubig zog sie den Fuß zu sich und diesmal ließ er es zu. Aufmerksam befühlte sie die Stelle, die eben noch aufgerissen gewesen war.

»Wie hast du das gemacht?«

Er schmunzelte nur und schnappte sich ihren anderen Fuß.

Sie wollte den Fuß zurückziehen. »Da habe ich mich nicht verletzt.«

Wie zuvor hielt er sie am Fußgelenk fest. »Du hast eine weitere Wunde am kleinen Zeh. Wir haben einiges vor uns und dafür musst du unverletzt und fit sein.«

Woher wusste er das? Sie hatte nichts davon gesagt und es war auch kein Blut oder eine andere Verletzungsspur an dem Tuch zu erkennen, das sie sich zum Schutz um den anderen Fuß gewickelt hatte.

Nachdenklich beobachtete sie ihn, während er ihre andere Wunde versorgte. Zunächst tupfte er die hochrote Stelle mit frischem Wasser und einem sauberen Stück Stoff ab, dann rieb er sachte die Paste darauf. Wer war er? Hatte er etwas mit Asklepios, dem Gott der Heilung, zu tun?

Innerlich schüttelte sie den Kopf. Glaubte sie jetzt etwa wirklich, was er ihr aufgetischt hatte? Dass sie sich in einer Parallelwelt befanden, in der die Leute sozusagen in einer Zeitschleife steckten? Und dass es die Götter und ihre Nachkommen wirklich gab?

Okay, die Gebäude der Siedlung, in der man sie gefangen gehalten hatte, waren in antiker Bauweise gefertigt worden, ebenso wie die Möbel, mit denen das Zimmer eingerichtet gewesen war. Man hatte sie in altgriechische Gewänder gesteckt und ihr aus antik anmutendem Geschirr zu trinken gegeben, aber das konnte man auch problemlos ohne Magie und besondere Kräfte schaffen. Das bewies jede Filmkulisse.

Trotzdem ... Ein kleiner Teil von ihr wollte ihm glauben. Lag es daran, dass sie sich der griechischen Mythologie schon immer stark verbunden fühlte, oder weil es eine Erklärung für die seltsamen Vorkommnisse lieferte? Sie wusste nicht weshalb, aber ... sie tat es. Sie glaubte ihm. Zumindest gewissermaßen. Vielleicht gerade deshalb, weil er ihr nicht verraten hatte, wer er war. Wie er mit all dem zusammenhing. Welche Rolle er spielte ... Denn dass er eine besondere Rolle in all dem einnahm, dessen war sie sich gewiss.

KAPITEL 12

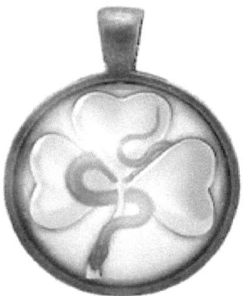

Offenbar wollte Stephanos sie nicht dazu überreden, sich in der Hütte zu verstecken, wie sie es zunächst befürchtet hatte. Nachdem er ihre Wunden versorgt hatte, verschwand er für einen Moment draußen und kehrte mit einem Laib Brot und einem Stück Schafskäse zurück. Gemeinsam mit dem Essen überreichte er ihr ein Gewand, das dem anderen ähnelte, welches durch ihre Flucht stark in Mitleidenschaft gezogen worden war.

»Zieh das über. Es ist sauber und der Saum nicht bis über den Knien zerrissen.«

Auch wenn sie lieber eine bequeme Hose und ein Shirt angezogen hätte, dazu noch ein paar Turnschuhe, verstand sie, dass sie damit auffiele, sollten Stephanos' Erzählungen tatsächlich der Wahrheit entsprechen.

Während sie sich umzog und an einer Waschschüssel erfrischte, blieb Stephanos draußen. Sie öffnete ihr Haar, kämmte es mit den Fingern und flocht es zu einem Zopf. Zwar hatte sie kein Zopfgummi bei sich, aber die Haare waren so lang, dass sich die Strähnen auch ohne Band eine Weile in dem Geflecht hielten. Außerdem fielen sie ihr auf diese Weise nicht ständig vor die Augen.

Gähnend betrachtete sie ihr Gesicht, das trotz der Sommerbräune blass wirkte. Tiefe Schatten hatten sich um ihre himmelblauen Augen gebildet, die nicht erst von letzter Nacht stammten. Was täte sie jetzt für einen Kaffee!

Als sie die Sandalen anzog, die Stephanos ihr ausgehändigt hatte, fiel ihr Blick auf ihre Füße und Waden. Ungläubig starrte sie auf die unverletzte Haut. Keine Spuren waren von der Flucht zurückgeblieben, keine einzige Rötung, keine Wunde, nicht einmal ein einziger Kratzer. Wann hatte Stephanos die Paste auf ihre Beine geschmiert? Sie hatte es gar nicht bemerkt … Oder hatte er es womöglich gar nicht getan? Welche Kräfte ruhten in ihm, dass er zu einer derart schnellen und umfassenden Heilung fähig war?

Stimmte es wirklich, was er sagte? War das der Beweis? Befand sie sich in einer von den griechischen Göttern erschaffenen Welt und war er einer … von ihnen? Der Sohn eines Gottes? Ein Halbgott? Ein Heros?

Wenig später trat sie hinaus und entdeckte Stephanos neben einem Brunnen stehen. Er hatte sich ebenfalls umgezogen, trug nicht mehr sein Hemd und die lange Hose, sondern ein locker fallendes Gewand, wie es ihr von altgriechischen Vasenbildern bekannt war. Obwohl es in der heutigen Zeit eher feminin gewirkt hätte, unterstrich es seine männliche Aura. Um die Hüfte trug er einen Ledergürtel, über den sich jedoch die Falten des Gewandes legten, sodass nicht ersichtlich war, ob er daran etwas befestigt hatte

Während er die Umgebung im Auge behielt, blieb ihr ein Moment, um ihn zu mustern. Sein Profil war markant und der Blick aus seinen dunkelblauen Augen derart intensiv, dass sie alleine bei der Vorstellung ein Kribbeln in der Magengegend empfand. Seine muskulösen Waden schauten ebenso aus dem Gewand hervor wie seine durchtrainierten Arme. Er hatte etwas Außergewöhnliches an sich, etwas Geheimnisvolles. Wer war er? Und war er wirklich in der Lage, sie vor den Fängen des eitlen Gottes zu retten?

»Wir sollten los.« Seine Stimme war gelassen und tief. Wie bei ihrer ersten Begegnung schaffte er es alleine durch die Tonlage seiner Worte ihre angespannten Nerven zu beruhigen.

Sie zwang sich, den Blick von ihm abzuwenden, bevor er ihre gründliche Musterung bemerkte. Scheinbar gelassen schaute sie den Berghang hinab, der von kniehohen Sträuchern bewachsen war. »Wo werden wir Hermes oder einen seiner Söhne finden? Müssen wir nach Nordgriechenland in die Nähe des Olymp?«

»Wir versuchen es erst einmal an der Hauptstraße Richtung Delphi. Dort gibt es eine Kreuzung, an der ein Hermesstandbild aufgestellt wurde. Vielleicht können wir darüber Kontakt zu ihm aufnehmen.«

Kontakt aufnehmen? Das klang beinahe so, als stünde dort ein Münztelefon.

»Wie läuft das ab? Gibt es ein Ritual?«

»Ich zeige es dir, wenn wir dort sind. Komm, lass uns keine unnötige Zeit verlieren.« Er wies auf den schmalen Trampelpfad, der den Abhang entlang ein Stück bergauf führte.

Mit aufgeregt klopfendem Herzen marschierte sie gemeinsam mit ihm los. Wenn es wirklich stimmte, was er ihr erzählt hatte, stand sie kurz davor, die Welt zu erkunden, von der sie bislang nur Texte und vereinzelte Überbleibsel studiert hatte. Sie würde die Menschen sehen, die Fuhrwerke, ihren Alltag, die Bauten – und zwar nicht nur Rekonstruktionen, die auf der Fantasie oder der Recherche eines Wissenschaftlers beruhten, nein. Sie würde die Wahrheit sehen. Echte, unbeschädigte antike Statuen, unzertrümmerte Vasen, vielleicht sogar eines der berühmten Wandgemälde, die in antiker Zeit so teuer waren, dass sie sich niemand leisten konnte. Sie würde das Verhalten der Menschen studieren, vielleicht sogar bei einem religiösen Ritual anwesend sein.

Innerlich lachte sie auf. Wenn es wirklich stimmte, was er sagte, dann wollte sie womöglich gar nicht so schnell von hier verschwinden, wie er es plante. Zumindest nicht, bis sie ihre Neugierde befriedigt hatte. Aber vielleicht hatte sie Glück und Hermes war gerade anderweitig beschäftigt, ebenso wie seine Söhne.

Unwillkürlich richtete sich ihr Blick zu den Wolken empor. Unbehagen überkam sie bei der Vorstellung, dass Plutos sie mithilfe des Rings jederzeit aufspüren konnte. So spannend all das war, bekam ihre Selbstsicherheit Risse angesichts der Vorstellung, dem Gott als Braut dienen zu müssen. Hoffentlich funktionierte die Herme, wie Stephanos es plante. Innerlich kehrte sie ihren vorherigen Wunsch um, denn, so spannend all das war, es gab nichts Wichtigeres, als so schnell wie möglich wieder nach Hause zu kommen.

Während sie den Berg entlangwanderten, hingen sie beide ihren Gedanken nach, bis er sie unvermittelt am Arm zog und in die Hocke ging. Wortlos folgte sie seinem Beispiel und zog den Kopf ein, die Stimme kaum ein Flüstern.

»Was ist?«

»Ein Fuhrwerk. Hörst du es? Es kommt aus dieser Richtung. Wir sind in der Nähe der Straße.«

»Wirklich?« Sie hörte rein gar nichts. Ohne zu überlegen, schnellte sie in die Höhe und linste in die Richtung, in die er zeigte, doch er zog sie leise lachend zurück in die Hocke.

»Ich kann deine Neugier verstehen, aber falls es deine Entführer sind, solltest du lieber in Deckung bleiben.«

Er hatte vollkommen recht. Offenbar war die Archäologin mit ihr durchgegangen. »Würden die nicht aus der anderen Richtung kommen?«

»Sie können aus jeder Richtung kommen.«

Gebremst in ihrer Euphorie blieb sie neben ihm gekauert hocken, bis auch sie das stete Hufgeklapper vernahm. Stephanos musste über einen ausgesprochen guten Gehörsinn verfügen, so viel früher, wie er die Schritte des Tieres und das Knarzen der Räder gehört hatte.

Nur so weit, wie sie in ihrem Versteck bleiben konnte, streckte sie den Kopf nach oben und entdeckte einen mageren Ochsen, der einen hölzernen Wagen zog. Das Fuhrwerk war schlicht gehalten, die vier Räder knirschten, als hätten sie bereits zu viele Wege zurückgelegt, und ein Brett am Fahrbock stieß unentwegt gegen ein anderes, wie eine lautstarke Forderung nach einer Rast.

Gelenkt wurde der Wagen von einem trägen Herrn, der die Zügel in Händen hielt und zu schlafen schien. Sie riss ihre Augen auf, sog den Anblick des in der Antike lebenden Griechen regelrecht in sich auf. Den struppigen Bart, das schlichte Gewand, die einfachen Gewandnadeln, mit denen die Stoffbahnen über den Schultern und Armen zusammengeheftet waren. Alles wollte sie sehen, am liebsten hinlaufen und den älteren Händler samt seines Fuhrwerks und des Ochsen von der Nähe erkunden, dennoch verblieb sie in gebückter Haltung.

Lautlos und unbewegt kauerten sie ein gutes Stück von der Straße entfernt am Abhang des Berges. Solange sie sich nicht durch eine Bewegung oder ein Wort verrieten, würde der Fuhrmann wohl nicht in ihre Richtung schauen und sie entdecken. Da er nicht ein einziges Mal aufblickte, fühlte sich Elli sicher. Begierig betrachtete sie jedes Detail, das auf die Ferne zu erkennen war, während sie sich innerlich Notizen machte.

Als der Grieche an ihnen vorbeigefahren war, ohne auch nur einmal den Kopf in ihre Richtung zu drehen, stand sie rasch auf, um einen Blick auf seine Ladung zu werfen. Leider war eine Plane über die Waren gespannt. Enttäuscht ließ sie die Schultern sinken. Zu gerne hätte sie gesehen, was er transportierte. »Was ist das für ein Händler?«

»Vermutlich ein Bauer, der sein Gemüse zum Markt bringt.«

»Zum Markt …« Inbrünstig seufzte sie auf. Wie gerne würde sie neben ihn auf den Bock springen und mit auf die Agora fahren, wo er die Waren verkaufte. »Ein Gutes hätte es, wenn dein Plan nicht klappt. Dann müssten wir nach Delphi rein, um mich nach Hause zu bekommen, und ich könnte die Menschen beobachten, durch die Stätte schlendern und vielleicht sogar eine Weissagung der Pythia erhalten.«

Stephanos legte ihr die Hand auf die Schulter. Sobald er ihre Haut berührte, schoss ein Prickeln ihren Rücken hinunter bis zu ihrem Steißbein. Rasch zog er die Hand weg, als hätte er es auch gespürt, die Stimme ein wenig tiefer. »Deine Sicherheit hat oberste Priorität. Ich werde dich nicht schützen können, wenn du Plutos in die Hände fällst.«

Die Vorstellung, einem Gott als Braut übergeben zu werden, reichte aus, um von dem Wunsch Abstand zu nehmen. Auch wenn sich scheinbar all ihre Träume mit ihrer Anwesenheit in der Antike erfüllten, würde sie Stephanos' Urteil vertrauen. Sie wollte nicht gegen ihren Willen verheiratet werden und deshalb musste sie so schnell wie möglich aus dieser Zeit verschwinden. Die Erinnerungen an ihre Gefangenschaft kamen hoch und sie schauderte. Nein, diesen Männern durfte sie nicht wieder in die Hände fallen.

»Komm.« Stephanos half ihr auf, dabei berührten sich ihre Hände. Ein sanftes Kitzeln wanderte über ihre Haut und sie schaute zu ihm auf. Sein Blick ruhte auf ihren Lippen, doch nur einen Moment, dann wies er die Anhöhe hinauf. »Wir sollten lieber den Berg entlanglaufen und uns erst auf die Straße begeben, wenn wir die Kreuzung erreicht haben. Sonst sind wir zu leicht für deine Entführer sichtbar.«

»Wer genau sind denn diese Entführer?«

»Plutos' Priester.«

Allein bei der Vorstellung musste sie ein erneutes Schaudern unterdrücken, als ihr etwas einfiel. »Nachdem ich den Ring übergestreift habe, waren es allerdings weibliche Stimmen, die ich gehört habe.«

»Das sind seine früheren Bräute. Sobald er eine neue Frau erwählt, sind die vorherigen Frauen dazu verdammt, dabei zu helfen, die neue Braut zu finden.«

Was war das für eine Zukunft für eine Frau, auf ewig gefangen im Harem eines selbstherrlichen Gottes?

»Und mittels des Rings können sie mich orten?«

»Die Priester nicht, aber er. Die früheren Bräute vermögen es ebenfalls, doch in der Regel helfen sie lediglich, dass die Priester die Erwählte auffinden. Anschließend ziehen sie sich zurück.«

Erneut wanderte ihr Blick gen Himmel, der leuchtend blau über ihnen erstrahlte. »Und wenn sie Plutos längst gesagt haben, dass ich ihnen entkommen bin?«

»Theoretisch könnten sie das natürlich zugeben, allerdings werden sie nicht wollen, dass er etwas davon erfährt. Höchstwahrscheinlich verwenden sie den heutigen Tag darauf, dich auf eigene Faust zu suchen, um seinem Zorn zu entgehen. Morgen Abend allerdings werden sie ihm spätestens beichten müssen, dass du entkommen bist, da ...« Er zögerte, doch sie ahnte bereits, was er sagen wollte.

»... da die Zeremonie oder besser gesagt die Hochzeit übermorgen stattfinden soll?«

»Richtig.« Er beobachtete sie, weshalb sie sich zusammenriss und möglichst unerschrocken weiterlief. Er sollte ihre Unruhe nicht spüren – was gar nicht so einfach war. So viele Dinge prasselten auf sie ein, beschäftigten sie. Darüber hinaus spürte sie immer intensiver ... Stephanos selbst. Als würden sie, obwohl sie aus unterschiedlichen Zeiten, ja aus unterschiedlichen Welten stammten, aus irgendeinem unerfindlichen Grund zusammengehören. Doch das war natürlich Unsinn.

»Was genau hat es mit der Erwählten eigentlich auf sich? Und weshalb will mich ein Gott ungesehen heiraten, nur weil ich mir seinen Ring an den Finger gesteckt habe? Ich hätte gedacht, dass die Götter wählerischer sind.«

»Plutos ist der Gott des Reichtums, wie du weißt. Während er natürlich auch für bodenständigere Dinge steht, wie beispielsweise die Pflanzen mitsamt ihrer Früchte, die aus dem Boden wachsen, so ist und bleibt er dennoch der Gott des Wohlstands und fordert dadurch gewisse Ansprüche. Er will viel besitzen, dazu zählen auch Frauen. Und der Mythos dieser Welt besagt, dass es sein Recht ist, jede Frau zu besitzen, die sich seinen Ring an den Finger steckt.«

Was für eine Vorstellung. Eine Frau besitzen. Empört schnaubte sie auf und ärgerte sich gleichzeitig über sich selbst. Ihrer törichten Haltung also hatte sie es zu verdanken, dass sie nun in der Klemme steckte … Wieso nur hatte sie nicht widerstehen können, den Ring anzustecken?

»Und was passiert, wenn sich die Frau weigert?«

»Dazu hat sie kein Recht. Aber da sie es in der Regel als Ehre ansehen, Plutos' Erwählte zu sein, weil sie dadurch selbst Teil des Mythos' werden, ist bislang noch nie eine von ihnen vor der Hochzeit geflohen.«

»Du meinst, den Frauen ist es egal, dass sie jemanden heiraten, den sie nicht lieben?«

»Du vergisst, in welcher Zeit wir leben, Elli. In der Antike hatten ohnehin nur die wenigsten Frauen das Privileg, eine Liebesheirat einzugehen. Eine Heirat mit einem Gott, wenn auch unfreiwillig, bedeutet nicht nur hohes Ansehen, sondern auch ein Leben ohne Sorgen, ohne arbeiten zu müssen. Außerdem verstehen die Erwählten, dass ihr Opfer notwendig ist, um die Magie dieser Welt aufrechtzuerhalten.«

»Und was passiert mit der Magie dieser Welt, wenn diese Heirat nicht stattfindet?«

»Das werden wir sehen …« Er schaute sie derart intensiv an, als gäbe es mehr an der Geschichte. Nur dummerweise verriet er es ihr nicht.

Nachdenklich musterte sie ihn.

»Wieso hilfst du mir eigentlich, obwohl es offenbar für die Götter, also eure Welt, wichtig ist, dass Plutos mich zur Frau bekommt?«

»Weil …«, er warf ihr einen kurzen Blick zu, der ihr Gänsehaut bereitete, »… du anders bist.«

»Meinst du, weil ich nicht aus eurer mythischen Sphäre stamme?«

Er versteifte sich. »Auch.«

Sie wünschte, er würde ihr mehr erzählen. Und sie darüber hinaus länger ansehen. Es war ein schönes Gefühl. Aber das tat er nicht. Vermutlich, weil sie ihm von ihrer Verlobung erzählt hatte. Er war ein Gentleman, das war unübersehbar. Er würde sich wohl nicht in eine bestehende Beziehung drängen, auch wenn ein kleiner Teil in ihr darauf hoffte.

Er konnte nicht ahnen, dass sie nicht mehr glücklich war, dass sie und Phil sich auseinandergelebt hatten. Denn dass Phil noch heute mit ihr Schluss machen und die Verlobung lösen konnte, war für sie ebenso wahrscheinlich wie die Möglichkeit, dass sie es selbst tat.

Obwohl sie ihm all das anvertrauen könnte, tat sie es nicht. Stattdessen lief sie stumm weiter und versuchte das Gefühl festzuhalten, das sie durchströmt hatte, als er sie angesehen hatte. Beinahe war es selbst wie Magie …

Der Morgen war warm, die Mittagshitze noch ein paar Stunden entfernt. Elli schaute auf, als sie sich einer Kreuzung näherten, an der mehrere Pinien wuchsen. Ein Päuschen im Schatten täte ihr gut, auch wenn sie das nicht zugeben würde. So sehr sie die Zeit mit Stephanos genoss, nahm ihre Unruhe mit jeder Stunde zu, die sie länger in dieser Welt verbrachte.

Wachsam blickten sie die Straßen entlang, auf der nichts zu sehen war als der Staub, der aufwirbeln würde, sobald sie jemand betrat.

»Kein Fuhrwerk oder Reiter zu sehen. Wir sollten uns trotzdem beeilen.« Stephanos reichte ihr die Hand, um ihr den steilen Part zur Straße hinaufzuhelfen. Normalerweise brauchte Elli sie nicht, dennoch ergriff sie sie und raffte ihr Gewand. Schließlich wollte sie nicht schon wieder in zerfetzten Sachen herumlaufen. Außerdem freute sie sich über die Gelegenheit, ihn zu berühren. Herrje, klang das … seltsam und so gar nicht nach ihr. Selbst in all den Jahren mit Phil war sie nie der romantische und anhängliche Typ gewesen, auch wenn sie recht sicher war, dass ihre Gefühle füreinander anfangs aufrichtig und echt gewesen waren.

Tunlichst versuchte sie das Kribbeln zu ignorieren, das sie bei der Berührung durchfuhr. Bestimmt war es lediglich die Magie dieser Welt, die in ihm ruhte und die auf sie übersprang, sobald er sie anfasste.

Sie kletterten auf die Straße, hielten die Köpfe gesenkt und eilten in den Schutz der Pinien. Als Elli erkannte, was sich in dem Schatten befand, verlangsamte sie die Schritte und legte die Hände vor den Mund.

Dort stand sie. Eine echte altgriechische Herme.

Es war ein einfacher Steinpfeiler, vierkantig geschlagen, der von einem männlichen, bärtigen Statuenkopf bekrönt wurde.

Hermes. Der Gott der Reisenden.

Ehrfürchtig strich sie über den kalten Stein, fuhr die einzelnen Locken nach, die den üppigen Bart darstellten, und strich dem Gott über den Kopf.

»Wahnsinn.«

Eine antike Statue in tadellosem Zustand – sah man von den wetterbedingten Ablagerungen auf den Schultern und dem lockigen Haupthaar ab. Zwar hatte sie ein paar dieser Hermen in Museen bewundern können, dennoch war es eine außergewöhnliche Erfahrung, eine solche Statue an ihrem ursprünglichen Wirkungsort stehen zu sehen. Live und in Farbe.

»Ich verstehe, wie besonders dieser Augenblick für dich sein muss, aber die Zeit drängt.« Stephanos holte ein kleines Gefäß hervor, das er an seinem Gürtel befestigt hatte. Unter den Stoffbahnen war ihr es nicht aufgefallen. Er stöpselte es auf, träufelte eine Flüssigkeit in seine Handfläche und strich sie anschließend über die Stirn der Gottesstatue. Dabei schloss er die Augen und konzentrierte sich.

Mit angehaltenem Atem beobachtete sie ihn, der Forscherinstinkt geweckt. Es schien kein antikes Ritual zu sein, das er durchführte, aber sicher konnte sie nicht sein.

Wie viel war aus der altgriechischen Zeit verloren gegangen? Wie wenig Wissen überliefert? Sie hatte den Eindruck gehabt, alles über die Welt des Altertums zu wissen, doch in diesem Augenblick erkannte sie, wie wenig all das war. Bruchstücke, Schatten, lediglich einzelne Details, doch das große Ganze ließ sich nur in der Wirklichkeit begreifen.

Wissbegierig verfolgte sie jede von Stephanos' Handlungen. Vielleicht gehörte das Ritual lediglich zu dieser Welt, die magischer anmutete als die wirkliche Antike, dennoch saugte sie jedes Detail, jede seiner Gesten in sich auf, um den Moment für alle Zeit in Erinnerung zu behalten.

Als er die Augen öffnete und ihren verzauberten Blick auf sich bemerkte, schmunzelte er. Nur langsam begriff sie, dass sie ihn regelrecht anstarrte. Ertappt räusperte sie sich und deutete auf die Herme.

»Hat es geklappt?«

»Dann wärst du nicht mehr hier.«

Hin und hergerissen, ob sie enttäuscht sein oder sich darüber freuen sollte, noch mehr von dieser Welt zu erfahren und mehr Zeit an seiner Seite zu verbringen, zuckte sie mit den Achseln. »Dann bleibt uns wohl nichts anderes übrig, als Hilfe direkt in Delphi zu suchen, oder?« Allein bei der Vorstellung machte sich auf ihrem Gesicht ein Grinsen breit, über das Stephanos halbherzig schmunzelte.

»Leider …«

»Beunruhigt dich die Vorstellung so sehr?«

»Mich beunruhigt viel mehr die Begeisterung, mit der du bei der Sache bist.«

Sie lachte auf, worauf sein Schmunzeln breiter wurde.

Zuversichtlicher, wie ihr streng genommen zumute war, grinste sie ihn an. »Mir wird schon nichts passieren. Du hast gesagt, wir haben Zeit bis morgen Abend. Das sind noch viele Stunden, die uns bleiben. Und vor Plutos' Priestern werde ich mich in der Menschenmenge in Delphi besser verstecken können als in dieser Einöde. Außerdem sehe ich dank deiner Hilfe nicht mehr aus wie eine Frau auf der Flucht, sondern wie eine waschechte Griechin. Wer weiß, ob sie mich überhaupt erkennen.«

Er warf ihr einen Blick zu, den Mund zweifelnd verzogen. »Dein Wort in Zeus' Ohr.«

Sie schmunzelte über die Redewendung. Zeus, der Göttervater. Wie aufs Stichwort schrie ein Adler auf und kreiste über ihnen durch die Lüfte. Das Symboltier von Zeus. Als der Raubvogel nach mehreren Runden erneut aufschrie und davonflog, atmete sie ebenso wie Stephanos auf. Ihr war gar nicht aufgefallen, dass sie beide die Luft angehalten hatten.

Hatte der Göttervater sie beobachtet? Bemerkt, dass sich jemand in dieser magischen Welt befand, der nicht hergehörte? Was sagte er dazu? Würde gleich ein göttlicher Blitz auf sie darniederfahren? Zur Strafe? Oder würde er Plutos' Priestern helfen, sie dem Gott zur Frau zu übergeben, damit die Magie dieser Zeit erhalten blieb?

Nicht weniger aufgeregt als zuvor wandte sie sich Stephanos zu und wies die Straße entlang. Ihre Vorfreude ließ sich trotz Stephanos' Sorge und die Frage nach Zeus' Urteil kaum bändigen.

»Auf nach Delphi, oder?«

Er lächelte matt. Dann nickte er und verneigte sich. »Euer Wunsch sei mir Befehl.«

KAPITEL 13

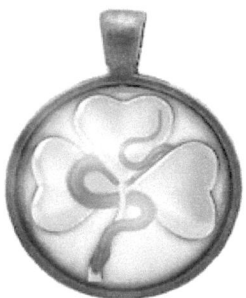

Ellis Schritte wurden immer schneller, je näher sie dem Heiligtum kamen. Welcher Archäologe oder Historiker hatte schon die unvorstellbare Möglichkeit, den Ort seiner Untersuchungen real und in Farbe zu besuchen?

Als die ersten steinernen Dächer über den Hügelspitzen aufragten, war sie einem Herzinfarkt nah. »O mein Gott, das ist der Wahnsinn. Gleich sehe ich die Heilige Straße, die Schatzhäuser und den Tempel. Keine Rekonstruktion, keine Ruine, nein, die tatsächliche wiederauferstandene Anlage.«

Stephanos lachte leise. »Auch wenn dein Griechisch ausgezeichnet ist, solltest du deine Stimme ebenso zügeln wie deine Aufregung. Andernfalls kommen die Priester schneller auf unsere Spur, als du erneut vor Freude in die Luft hüpfen kannst.«

Nur beiläufig sah sie ihn an. »Ich weiß, ich benehme mich wie ein Kind am Weihnachtsabend, aber du kannst dir nicht vorstellen, was das für mich bedeutet. Mein Leben lang habe ich mich für die Antike interessiert, insbesondere die Griechen und ihre Heiligtümer. Die Kulte und Mysterien. Leider hatten wir nie viel Geld, weshalb ich in meiner Kindheit und Jugendzeit nicht ein einziges Mal in Griechenland im Urlaub gewesen bin. Aber kaum habe ich während des Studiums meine erste Exkursion nach Athen gemacht, klopfte mein Herz schneller. Es ist, als wäre ich hier zuhause. Als würde ich in diese Zeit gehören, zu dieser Kultur. Und jetzt werde ich sogar ein Teil davon.«

»Nicht, wenn ich es verhindern kann.« Ein Schatten huschte über sein Gesicht, kaum zu sehen, doch ihr entging es nicht.

»Was meinst du damit?«

»Zügle einfach ein wenig deine Euphorie, Elli. Ich würde es mir nie verzeihen, wenn dir etwas geschieht.«

»Ich verspreche es. Aber trödle bitte nicht so. Schließlich tickt die Uhr und ich muss schon bald wieder fort. Der Sand rinnt durch die Uhr und lässt sich nicht aufhalten.«

Sein Blick wurde ernster wie zuvor.

Fragend sah sie ihn an. »Was?«

»Wären die Umstände anders, wäre es mir eine Freude, dich in meiner Welt herumzuführen und dich dabei in deiner Hochstimmung zu beobachten. Aber leider ist dem nicht so. Bleib neben mir und sprich nur leise. Dann kannst du dir auf dem Weg einen Eindruck verschaffen.«

Nein, das war nicht alles. Etwas beschäftigte ihn, doch er wollte es ihr nicht erzählen. Aber was nicht war, konnte durchaus noch werden.

Möglichst unbekümmert hakte sie sich bei ihm unter, den Blick unablässig auf die steinernen Dächer gerichtet, deren Unterbau mit jedem Schritt besser zu sehen war. Von Süden aus näherten sie sich Delphi. Als erstes konnte sie den Rundtempel in Gänze sehen, der etwas abseits auf der Terrasse stand. Dort hatte sie die Statuette und damit den Ring gefunden. Er sah atemberaubend schön aus. Es kostete sie all ihre Selbstbeherrschung, nicht mit offenem Mund stehen zu bleiben und die Architektur lautstark zu bewundern. Der Rundtempel fügte sich so malerisch in die Landschaft ein, das ihr ein entzückter Seufzer entfuhr, bevor sie ihn zurückhalten konnte.

Stephanos lachte leise, doch er maßregelte sie nicht. Sie hörte es kaum, ließ den Blick weiterschweifen, begierig darauf, alles auszukosten, was sich ihr bot.

Ihre Aufmerksamkeit richtete sich auf die vielen kleinen Gebäude, die sich die Straße entlangreihten und als Schatzhäuser für die verschiedenen griechischen Ortschaften fungierten. Ob sie einen Blick auf die darin verwahrten Gegenstände werfen konnte? Die Weihgaben und Münzen? Angeblich sollten darin, wie die Namen bereits vermuten ließen, regelrechte Schätze aufbewahrt worden sein. Doch bevor sie weiter darüber nachdenken und Stephanos um einen kleinen Umweg bitten konnte, sah sie bereits den Apollontempel aufragen.

Den Apollontempel von Delphi.

»Wahnsinn!«

»Leiser.«

»Wahnsinn«, flüsterte sie, und wagte es kaum zu blinzeln, während sie neben Stephanos auf die Heilige Straße zuflanierte. Wäre sie nicht bei ihm untergehakt und von ihm gestützt worden, wäre sie mit Sicherheit gestolpert oder mitten auf der Straße stehen geblieben. Ohne die Augen auch nur einen Moment abzuwenden, starrte sie den riesigen steinernen Tempel an. Was für ein Bauwerk. Was für ein Kunstwerk. Welch eine Pracht …

Ihr Herz klopfte wild, als sie den ersten Schritt auf geheiligten Boden tat. Zwar kannte sie die Ausmaße der antiken Stadt, immerhin grub sie seit Jahren jeden Sommer dort. Dennoch reichten sämtliche Vorstellungen, die sie von der Architektur gehabt hatte, nicht im Mindesten an das heran, was sie vor sich sah. Die Höhe der Tempel, die exakt berechneten Maße sämtlicher Bauelemente, der Säulentrommeln und Steine, der üppigen Verzierungen, die Anmut der Figuren, die das Heiligtum schmückten … Es war unglaublich.

Ein Kribbeln wanderte durch ihren Körper, mitten durch ihr Herz und ließ es von innen heraus strahlen. Etwas erfasste sie, das überirdisch war, vermutlich die Magie der Antike selbst. Was würde sie dafür geben, länger bleiben zu können …

Eine Gruppe junger Männer wanderte unweit von ihnen zum Apollontempel und blickte sich nach allen Seiten um. Waren es Touristen, die sich von der Pythia eine Prophezeiung erhofften, oder suchten sie nach jemandem? Nach … ihr?

Unvermittelt klatschte ihr die Realität ins Gesicht wie eine schallende Ohrfeige. Sie durfte nicht bleiben, so atemberaubend schön der Ort auch war, sie musste nach Hause, bevor es …

Als einer der Männer sich nach ihnen umdrehte, zuckte sie zusammen und drehte den Kopf sofort zur Seite.

Verdammt. War das nicht derjenige, der sie entführt hatte? Ihr Kiefer verspannte sich und der Griff um Stephanos' Arm wurde fester, während sie alles daran setzte, gelassen weiterzuatmen. Verstohlen linste sie über die Schulter, während Stephanos bereits den Arm um sie legte und sie dadurch vor den Blicken der Männer abschirmte. Durch seine große muskulöse Statur verschwand sie komplett hinter ihm.

»Was ist?« Seine Stimme war kaum ein Flüstern und klang höchstalarmiert.

»Das sind sie.«

»Bist du sicher?«

Sie nickte bloß, worauf er sie möglichst unauffällig zu dem Schatzhaus der Athener führte, als wäre das von vornherein ihr Ziel gewesen. In einem anderen Augenblick hätte sie die solide Architektur, die figürlichen Verzierungen und vor allem die Statue bewundert, die auf dem Dach prangte und in ihrer Zeit nicht mehr erhalten war, doch ihre Aufregung verhinderte es. Nur mit Mühe konnte sie den Impuls unterdrücken, sich erneut nach der Gruppe der Männer umzuschauen.

Sie hatte den Kerl, der sie aufgegriffen hatte, nur kurz gesehen. Dennoch war sie sich mit hundertprozentiger Gewissheit sicher. Er und die anderen Männer gehörten zu Plutos, dem Gott, dessen Ring sie trug.

»Erkennst du sie?«

»Ja und ich … fühle es. Sie sind es.« Wie sollte sie ihre Empfindungen besser beschreiben? Wie ihm die Panik begreifbar machen, die sie ergriff?

Doch Stephanos brauchte keine zusätzliche Erklärung.

»Okay, bleib ruhig und komm mit mir in das Innere des

Schatzhauses. Wir tun so, als würden wir etwas ablegen.« Er führte sie die Stufen hinauf und durch die Säulen zu der kleinen Kammer, die von einer Tür verschlossen war. Er besaß keinen Schlüssel, doch selbst in dem Vorraum waren sie vor den Blicken der Männer geschützt. »Wir bleiben ein paar Minuten hier und dann laufen wir die Heilige Straße zurück. Damit erwecken wir den Eindruck, wir hätten von vornherein nichts anderes vorgehabt, als hier etwas abzulegen. Ein völlig normales Verhalten, das niemandem auffallen wird.« Seine Stimme klang ruhig und besonnen, als gäbe es nichts zu fürchten. War er so zuversichtlich oder wollte er sie lediglich beruhigen?

Ihr Mund wurde trocken, weshalb sie bloß nickte. Sie verharrten einen Augenblick, in dem sich ihre Aufregung zum Zerreißen spannte, bis Stephanos sie ansah. Sein Blick ging ihr durch und durch.

»Bereit?«

Tief durchatmend straffte sie die Schultern. Sie musste ihre Nervosität unterdrücken, durfte nicht auffallen. Sie schüttelte ihr Haar aus, wodurch sich einzelne Strähnen aus dem langen Zopf lösten. Stephanos' Augen weiteten sich einen kurzen Moment, bevor er ihr erneut den Arm anbot, als wäre sie nur irgendjemand. Vielleicht war sie das auch, aber das Tat im Moment nichts zur Sache.

»Wir müssen, Elli. Komm.«

Sie hakte sich bei ihm unter und gemeinsam traten sie in gemächlichen Schritten zurück ins Freie. Die Bedrohung in ihrem Nacken so gut es ging ignorierend, schlenderten sie die Heilige Straße hinab und drehten sich nicht ein einziges Mal um, egal wie groß der Drang war, sich zu vergewissern, dass die Priester nicht auf sie aufmerksam geworden waren.

Erneut kam ein Adler angeflogen und zog seine Kreise über ihnen. Gleichzeitig wurden die Stimmen hinter ihnen lauter, als hätte der Raubvogel mit dem Flügel auf sie gezeigt und gerufen:»Da ist sie!«

Schritte näherten sich, worauf Stephanos seinen Arm von ihrem löste und ihn stattdessen um sie legte. Dabei warf er einen flüchtigen Blick über die Schulter. Sie spürte seine zunehmende Anspannung, gleichzeitig presste er den Arm in ihren Rücken.

»Lauf!«

Instinktiv drehte sie sich um und sah die Männer näher kommen. Ohne zu zögern, raffte sie ihr Gewand und jagte mit Stephanos die Heilige Straße hinunter. Sie kreuzten einen Pfad, auf dem niemand verkehrte. Er zog sie weiter den steilen Weg hinunter. Wie zu ihrer Zeit wuchsen zahlreiche Büsche am Hang, in denen sich der Stoff ihres Kleides verfing. Stoff riss, schon wieder, doch darauf konnte sie keine Rücksicht nehmen.

»Sie sind schnell. Beeil dich, Elli.«

Sie rannte um ihr Leben, Stephanos direkt hinter sich, doch in den Sandalen konnte sie nicht so schnell laufen wie in Turnschuhen. Sie schlitterte und rutschte den Abhang mehr hinunter, als dass sie rannte, ständig in Gefahr, das Gleichgewicht zu verlieren. Doch egal wie sehr sie die Muskeln anspannte, sich zur Höchstleistung antrieb, es reichte nicht. Die Priester holten auf.

Stephanos blieb stehen, die Fäuste erhoben. Panisch drehte sie sich nach ihm um, durch den Schwung schlitterte sie ein Stück über die Erde, bis sie sich fing.»Was machst du? Komm endlich!«

»Nein, renn weiter, Elli. Ich werde sie aufhalten.«

Sie kämpfte sich den Abhang hinauf zu ihm zurück, Erdkrümel und kleine Steine rutschten unter ihren Füßen hinweg, weshalb sie ihre Arme zu Hilfe nehmen musste, um das kurze Stück zu erklimmen. Endlich kam sie bei ihm an und packte ihn am Arm. Dabei streifte sie den Ring an ihrem Finger. »Niemals! Wir müssen zusammen entkommen. Ich lasse dich nicht zurück.«

Gleißend helles Licht erschien, worauf sie die Augen zusammenkniffen. Was war das? Was geschah hier? Griff Zeus persönlich ein und jagte einen seiner Blitze auf sie hernieder?

Fieberhaft hielt sie sich an Stephanos fest, bis das Licht abnahm und sie, ohne zu erblinden, die Lider öffnen konnte. Es dauerte, bis die Blitze in ihrem Sichtfeld verschwanden und sie ihre Umgebung erkannte. Endlich war die Sicht wieder klar.

Sie befand sich mit Stephanos an einem kleinen Bach, der nahezu ausgetrocknet war und der durch das Tal eines mächtigen Gebirges floss. Fassungslos drehte sie sich um die eigene Achse. Wie waren sie hergekommen? Eben waren sie doch noch auf dem Berg gewesen. Und was noch erstaunlicher war: Niemand verfolge sie mehr, keine Rufe waren zu hören. Egal in welche Richtung sie schaute, Plutos' Priester waren verschwunden.

Ungläubig breitete sie die Arme aus. »Wo sind wir? Wo sind die Männer?«

Stephanos schaute sich ebenfalls um, dann warf er ihr einen sonderbaren Blick zu. Binnen einer Sekunde erfasste er die Umgebung.

»Wir befinden uns noch immer im Parnass-Gebirge, in der Pleistos-Schlucht, offenbar jedoch weit genug von Delphi entfernt, weshalb wir außerhalb der Sichtweite der Priester sind.«

»Wie ist das möglich?«

Erneut musterte er sie, ohne etwas zu erwidern.

Fragend deutete sie gen Himmel. »Lag es an dem Adler, der über uns gekreist ist? Hat Zeus irgendetwas damit zu tun?«

Sein Blick war eindringlicher als sonst. »Vermutlich.«

»Aber wieso hat er uns geholfen? Müsste er nicht auf Plutos' Seite stehen, damit die Magie dieser Welt erhalten bleibt?«

Stephanos betrachtete sie, ohne zu antworten, bis er sich abwandte und das Gebirge hinaufblickte. »So oder so war es großes Glück, dass wir ihnen entkommen sind. Ich hätte dich gar nicht nach Delphi bringen dürfen. Es war leichtsinnig und unbedacht.«

»Aber ich war es doch, die die Heilige Stätte sehen wollte! Und uns blieb keine andere Wahl.«

Er ballte die Hände zu Fäusten. »Die gibt es immer. Ich hätte deinem Wunsch nicht nachgeben dürfen.«

»Ich dachte, wir suchen dort nach jemandem, der uns hilft, damit ich in meine Zeit zurückkomme.«

Stephanos brummte. Ohne weiter darauf einzugehen, stemmte er die Hände in die Seiten und überblickte den Horizont, der sich über der Gebirgsformation ausbreitete. Nicht einmal die Dächer der antiken Gebäude waren von hier unten zu erkennen, geschweige denn die Passage, in der sich die Priester befinden mussten – sofern nicht auch sie durch Zeus an einen anderen Ort gebracht worden waren.

»Wir brauchen einen Plan B, denn nach Delphi kehren wir auf keinen Fall zurück.«

Die Situation war mehr als brenzlig gewesen, weshalb sie nickte. Dennoch sackten ihre Schultern nach unten. »Das ist nur vernünftig.« Ein wenig hatte sie gehofft, bei den Pythischen Spielen, den alle paar Jahre stattfindenden Wettkämpfen, zusehen zu können. Sie hätte den Musikanten gelauscht, die Sportler angefeuert und einer antiken Sieger-ehrung beigewohnt. Aber es wäre wirklich ein verdammt großer Zufall gewesen, wenn sie gerade zu dem Zeitpunkt in diese Parallelwelt gereist wäre, zu dem diese Veranstaltung abgehalten wurde. Und natürlich hatte Stephanos recht. Die Priester würden das Gebiet um Delphi von nun an erst recht im Auge behalten. Sie durften nicht dorthin zurückkehren.

Die Enttäuschung darüber schluckte sie hinunter, statt-dessen sah sie sich um. Ein neuer Plan musste her. »Was machen wir dann? Wohin können wir gehen?«

»Erst einmal marschieren wir durch das Tal, um die Distanz zu Delphi und den Priestern zu vergrößern. Wir müssen unter allen Umständen verhindern, ihnen erneut über den Weg zu laufen.«

Nachdenklich blickte sie in den wolkenfreien Himmel. »Wer weiß, ob uns Zeus noch einmal seinen Adler zu Hilfe schickt.«

Er bedachte sie mit einem seltsamen Blick, bevor er nickte und das Flussbett abwärts wies. »Komm, wir dürfen keine Zeit verlieren.«

KAPITEL 14

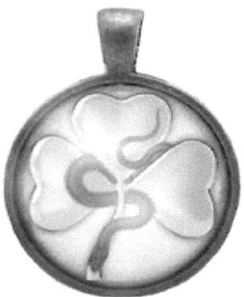

Die Sonne kletterte immer höher, keine Wolke war in Sicht, weshalb die Hitze zunehmend drückender wurde. In der Schlucht wehte ein sachter Wind, eine willkommene Abkühlung. Leider war der Fluss Pleistos, nach dem die Schlucht benannt wurde, ausgetrocknet, sodass sie ihren Durst nicht stillen konnten.

Von ihren Forschungen wusste sie, dass das Flussbett in eine Bucht des Golfs von Korinth mündete. Mächtige Olivenhaine wuchsen am Hang des Gebirges und spendeten ihnen alle paar Schritte ein wenig Schatten, doch Stephanos drängte sie zur Eile, bevor sie sich von der drückenden Sonne erholt hatte.

Zum Glück war sie das Wetter und die Temperaturen gewohnt. Nicht selten hatte sie die Mittagshitze hindurch an ihrem Grabungsschnitt gehockt, völlig selbstvergessen und ohne Pause und Essen durchgearbeitet. Dazu noch ihre tägliche Sportstunde. Als hätte sie sich unterbewusst auf ein solches Abenteuer vorbereitet. Dennoch klebte ihr längst die Zunge am Gaumen.

Sie hatte sich die Tücher ihres Gewandes um den Gürtel gewickelt, damit sie die langen Bahnen nicht ständig hochhalten musste. Dadurch kam sie wesentlich einfacher und schneller voran. Dennoch war es schwierig, mit Stephanos' langen Schritten mitzuhalten. Im Gegensatz zum Morgen nahm er darauf jedoch keinerlei Rücksicht. Er drängte sie voran, als wäre Cerberos, der dreiköpfige Höllenhund, persönlich hinter ihnen her.

Nur ihre Schritte auf dem staubigen Boden und das Rascheln der Sträucher, die sie passierten, waren zu hören. Sie sprachen kein Wort. Die Stille, die zwischen ihnen herrschte, war jedoch nicht erdrückend, sondern angenehm. Generell war es angenehm, Zeit mit Stephanos zu verbringen. Es war vertraut, obwohl sie sich erst wenige Stunden kannten. Lag es daran, was sie gemeinsam erlebt hatten?

Sie warf ihm einen nachdenklichen Blick zu. Sein breites Kreuz mitsamt der Muskeln zeichnete sich unter der griechischen Gewandung ab. Wer war er? Derart zielstrebig, wie er den Flusslauf entlangmarschierte, erweckte es den Anschein, als habe er ein Ziel. Aber welche Möglichkeit außer der Herme hatten sie?

»Hast du dir einen alternativen Plan überlegt?«

Flüchtig drehte er sich zu ihr. »Erst mal verlassen wir das Hoheitsgebiet Delphis. Das ist die Hauptsache.«

Sie deutete auf die scheinbar endlos weite hügelige Landschaft, die in Laufrichtung abflachte. »Eigentlich ist das doch Apollons Wirkungsgebiet und das der Musen. Wieso sind in der Gegend Plutos' Priester aktiv?«

»Weil du hier aufgetaucht bist.« Er warf ihr einen intensiven Blick zu, der ihr durch Mark und Bein schoss. »Mach dir keine Sorgen, Elli. Sie werden dich nicht kriegen.«

Wieso half er ihr? Lag es lediglich daran, dass sie ihm sympathisch war? Empfand er vielleicht ein ähnlich wohliges Kribbeln, sobald sie ihm in die Augen blickte, auch wenn er es unterdrückte, vielleicht weil sie verlobt war? Spürte er ebenfalls die Spannung, die zwischen ihnen lag? Die zwischen ihnen hin- und hersprang, sobald sie einander berührten?

Er wirkte entschlossen und zu allem bereit, sie zu verteidigen. Was für ein Glück, dass er gekommen war. Aber war das wirklich Glück? Oder hatte ihn jemand geschickt? War der »Sponsor« womöglich ein Gott? Aber welche Götter hatten Interesse an ihr – oder daran, Plutos zu schaden? Gab es ein Machtgerangel? War sie zwischen die Fronten geraten?

Die Art, wie er über Plutos gesprochen hatte, war nicht wohlwollend gewesen, nicht einmal im Mindesten positiv. Waren sie Konkurrenten?

Was wusste sie über Plutos? In der überlieferten Kunst wurde er oft als Kind von Demeter, der Göttin des Ackerbaus, gezeigt. Nicht eine einzige Darstellung kannte sie von ihm, auf der er erwachsen war. Welche Mythen rankten sich um ihn? Was war von ihm überliefert?

Gedanklich ging sie das Wissen durch, das sie im Laufe der Jahre angesammelt hatte. Er war der Sohn von Demeter und Iasion, der wiederum von Zeus getötet worden war. Soweit sich Elli erinnerte, wurde Plutos insbesondere in Eleusis, nahe Athen, im Zuge der Eleusinischen Mysterien verehrt. Aber auch dort erfuhr er als das göttliche Kind Verehrung und war auf Vasenbildern und in den überlieferten Textpassagen weder als Erwachsener dargestellt oder betitelt worden, geschweige denn dass er nach Bräuten gesucht hätte.

Womöglich musste sie den Mythos dieser Ringe und der anderen von Hephaistos geschmiedeten Gegenstände lüften. Seltsam, dass sie noch nie etwas darüber gelesen hatte ... Aber wenn all das wirklich so stimmte, wie Stephanos es ihr erklärt hatte – und sie wusste nicht, wieso er sie diesbezüglich anlügen sollte –, war vermutlich nichts davon überliefert, um das Geheimnis zu wahren. Nur die Menschen, die in dieser Zeit lebten, wussten davon. Also auch Stephanos ...

Augenblick, eine Darstellung von Plutos als erwachsenem Mann fiel ihr ein. Sie befand sich auf einem Krater, einem großen keramischen Mischgefäß für Wasser und Wein. Darauf dargestellt war ein Gelage von Dionysos, Hephaistos und dem kleinen Eros inmitten von Satyrn und Mänaden. Und unter ihnen befand sich auch Plutos im Alter eines jungen Manns, der ein Füllhorn in Händen hielt.

Bezog sich diese Darstellung womöglich auf die Planung dieser magischen Parallelwelt? Es war schon auffällig, dass darauf sowohl Hephaistos als auch Plutos dargestellt waren, die beide eine Rolle in dem Ganzen spielten.

»Dort vorne liegt der Golf von Korinth«, unterbrach Stephanos ihre Gedanken.

Sofort war sie wieder im Hier und Jetzt. Ihre Schritte beschleunigten sich automatisch, gespannt, was sie an der Mündung des Flusses erwartete.

Sie wusste von einer antiken Stadt, die sich dort befand. Cirrha, die antike Hafenstadt von Delphi. Allerdings würde

Stephanos sie nach den Erlebnissen in Delphi wohl kaum dorthin führen.

Wie erwartet deutete er ostwärts an den aufragenden Gebäuden vorbei, sodass sie das Flussbett verließen und einen weiten Bogen um die Stadt beschrieben. Schade, aber sie verstand seine Vorsicht und würde ihm nicht widersprechen – zumal auch sie eine gewisse Beklemmung bei der Vorstellung empfand, dass ihr dort die Priester auflauern konnten.

»Was genau hast du vor? Wir können uns schließlich nicht ewig abseits sämtlicher Ortschaften halten.« Zumal sie gerne wüsste, wie es weiterging. Sich völlig einem anderen und dessen Urteil und Planung zu überlassen, entsprach nicht ihrem Naturell.

»Doch, wir können uns von sämtlichen Ortschaften fernhalten. Wir müssen es sogar. Mach dir keine Sorgen, schon bald bist du wieder in deiner Zeit.«

In weiter Ferne verlief eine Straße, die in die Hafenstadt führte. Ein paar Reiter waren darauf zu sehen, die in gestrecktem Galopp über die Straße preschten und von einer Staubwolke verfolgt wurden. Waren es Boten der Priester? Auch wenn sie ein gutes Stück von Delphi entfernt waren, konnten ihre Widersacher mittels Pferde die Distanz in absehbarer Zeit überbrücken. Und wer wusste schon, welche anderen Möglichkeiten sie hatten, um Plutos' Willen zu erfüllen?

Moment, Elli, nun werd mal nicht überängstlich.

Sie durfte die Priester in ihrer Vorstellung nicht zu Übermenschen machen. Das würde nur dazu führen, dass sie vor lauter Angst wie das Kaninchen vor der Schlange hockte, sobald sich ihre Wege erneut kreuzten.

Außerdem drehte sich mit Sicherheit diese antike Welt nicht komplett um sie. Und schließlich war Plutos einer der kleineren Götter und nicht einer der großen zwölf. Es bestand also durchaus Hoffnung, dass es weitaus wichtigere Kulte gab als den von Plutos und seiner neuen Braut.

»Dort vorne befindet sich eine weitere Kreuzung. Sobald die Reiter außer Sichtweite sind, können wir noch einmal versuchen, Hermes oder einen seiner Söhne zu rufen.«

»Aber wieso sollte es hier klappen, wenn es vorhin schon nicht funktioniert hat? Glaubst du nicht, wir sollten in Betracht ziehen, dass Hermes uns einfach nicht helfen will?«

»Einen Versuch ist es wert.«

»Und was machen wir, wenn es wieder nicht funktioniert?«

Stephanos brummte etwas, das sie nicht verstand. Dann wandte er sich ihr zu. »Hältst du noch ein paar Meter Fußmarsch durch?«

Auch wenn die Sandalen nicht soviel Halt boten, wie sie es von ihrem Schuhwerk gewohnt war, würde sie ihm das nicht sagen. Sie winkte ab. »Mach dir um mich keine Sorgen.«

Die Reiter verschwanden aus ihrem Blickfeld und Stephanos drängte sie querfeldein in Richtung des Golfs von Korinth, der sich vor ihnen ausbreitete. Sie konnte bereits das Glitzern erkennen, das die Strahlen der Sonne auf das Wasser warfen. Es sah magisch schön aus.

»Wir setzen uns dort hinten unter die Olivenbäume.« Stephanos deutete auf einen Hain, der sich bis ans Wasser erstreckte. Kommentarlos folgte sie ihm.

Sie ließen sich auf der Erde unweit des Wassers nieder und Elli wickelte die Riemen der Sandalen auf und strich sie sich von den Füßen. Das Schuhwerk war ungewohnt und alles andere als eingelaufen, trotzdem hatte sie weder Druckstellen noch Blasen.

Verwundert strich sie über die unversehrte Haut. Waren die Sandalen der antiken Griechen um einiges besser als die, die man heutzutage trug, oder hatte es etwas mit der Salbe zu tun, die Stephanos ihr am Morgen auf die Füße geschmiert hatte?

Sie wollte ihn danach fragen, doch er kniete bereits am Wasser und schien hochkonzentriert. Vollzog er ein weiteres Ritual? Neugierig beobachtete sie seine Handlungen. Er schöpfte eine Handvoll Wasser aus dem Meer und löste eine kleine Lederflasche von seinem Gürtel. Mit einem leisen Plopp löste sich der Korken und er tropfte eine Flüssigkeit zu dem Wasser in seiner hohlen Hand.

Interessiert beugte sie sich näher. Auch dieses Ritual war ihr gänzlich unbekannt. »Was genau tust du?«

»Wasser ist ein starkes Bindeglied zwischen deiner Welt und meiner. Ich versuche dich damit in deine Zeit zu bringen.«

»Das heißt, du hoffst, dass uns anstelle von Hermes Poseidon hilft?«

»Nein, nicht Poseidon, aber womöglich die Nereiden, die Wassernymphen.«

Nereiden … natürlich. Würde sie diese mythischen Mischwesen noch zu sehen bekommen, bevor sie diese Zeit verließ? Gespannt beobachtete sie das Meer, mit den Augen aufmerksam jede Bewegung verfolgend. Würde gleich eine schöne Frau auftauchen und mithilfe ihres Fischschwanz' aus den Fluten springen?

Doch das Wasser blieb unverändert.

Gleichmäßige Wellen spülten an den Strand und sahen in keiner Weise ungewöhnlich aus. Zu dem Rauschen mischte sich das Geschrei der Möwen, die über dem Wasser durch die Lüfte glitten.

Stephanos murmelte eine Formel, aber auch darauf tauchte nichts Außergewöhnliches aus dem Meer auf. Wenn sie nicht das intakte alte Delphi gesehen hätte, würde sie womöglich in diesem Moment daran zweifeln, sich wirklich in der Antike zu befinden. Aber es war nicht nur die altgriechische Orakelstätte, die sie an Stephanos' Worte glauben ließ, sondern vor allem die Macht von Zeus, die sie vor Plutos' Priestern gerettet hatte. Ja, mittlerweile war sie felsenfest davon überzeugt, dass sie sich nicht mehr in ihrer Zeit befand. Und von allen Fragen, die sich infolge dessen in ihrem Kopf türmten, beschäftigte sie eine am meisten: Wieso hatte Zeus persönlich eingegriffen, um ihr zu helfen?

Ihr Blick fiel auf den Ring an ihrem Finger. Von Hephaistos geschmiedet. Wahnsinn. Gedankenverloren strich sie darüber. Welche Tempel des Gottes Hephaistos gab es? Der in Athen fiel ihr ein, der in der Forschung allerdings auch als Theseion bezeichnet und Hephaistos nicht zweifelsfrei zugeschrieben wurde. Aber sonst?

Hatte er diesen Ring und die anderen Gegenstände möglicherweise in dem Tempel erschaffen oder sogar auf dem Olymp? Moment, nein, die Schmieden des Gottes befanden sich auf Lemnos unter einem Vulkan. Ob es diese Schmieden … wirklich gab? Wie sahen sie aus?

Nachdenklich fuhr sie über die glatte Oberfläche des Rings, als es erneut gleißend hell wurde. Geblendet von dem Licht kniff sie die Augen zusammen, während sie eine Unruhe erfasste. Etwas zog an ihr, zerrte an ihrer Seele.

»Stephanos? Was passiert hier?«

»Elli? Nein! Wart—«

Der Rest seines Satzes wurde verschluckt und urplötzlich befand sie sich in absoluter Finsternis. Oder hatte die Helligkeit sie derart geblendet, dass sie nichts mehr sehen konnte? Sie streckte die Hand aus und blinzelte,bis sie ihre Gliedmaßen erkannte. Ihre Sehfähigkeit war tadellos, vielmehr befand sie sich in einem dunklen … Raum?

Moment, dort vorne war etwas. Ein heller Schein. Ein Feuer.

»Stephanos?«

Ihre Stimme war nur ein Flüstern, dennoch hallte ihr Ruf von den Wänden wider und wider, als befände sie sich nicht mehr unter freiem Himmel. Und offenbar tat sie das auch nicht, wenn sie die Düsternis bedachte.

Er antwortete nicht. Was war geschehen? Hatte sein Zauber funktioniert? War sie mithilfe von Stephanos' Ritual heimgekehrt? Aber sie befand sich nicht in ihrer Zeit, das spürte sie. Vielmehr stand sie in irgendeiner Höhle, in der nichts zu sehen war außer dem Schein eines Feuers, das irgendwo im hinteren Bereich brannte.

Sie wollte loslaufen, als ihr Blick auf ihre Füße fiel. Ihre Sandalen waren fort. Schon wieder barfuß … Klar, ihre Schuhe lagen noch im Gras am Ufer des Korinth. Innerlich verdrehte sie die Augen. Aber sie hatte aus den vergangenen Stunden und ihrer ersten Flucht gelernt. Ohne mit der Wimper zu zucken, riss sie ein paar Streifen am unteren Saum ihres Gewandes ab und wickelte sie sich um die Füße, bevor sie in Richtung des Feuerscheins schlich.

Die Luft war heiß und stickig. Rauchschwaden waberten durch die Dunkelheit. Nur mit Mühe konnte sie einen

Hustenreiz unterdrücken. Ihr Instinkt riet ihr, wo auch immer sie gelandet war, unbemerkt zu bleiben.

Sie lief immer näher zu dem Feuer, von dem ein lautes Hämmern erscholl. Unentwegt halte es durch die Höhle.

Bumm. Bumm. Bumm.

Arbeitete dort vorne jemand?

Langsam schlich sie näher, bis sie im Flackerlicht einen Mann ausmachte. Er stand über einem Steinblock neben dem Feuer und bearbeitete ein Schwert mit dem Hammer.

Überwältigt stand sie still, zu keinem weiteren Schritt fähig. Stumm musterte sie ihn, während sie bereits von einer vagen Ahnung erfasst wurde.

Er war groß, größer noch als Stephanos, hatte einen Bart und strahlte übermenschliche Macht aus. Es war mehr ein Gefühl, ein Instinkt, aber sie wusste, diese Person war unvergleichlich mächtig.

Sein Oberkörper war nackt und um die Hüften trug er ein Tuch gewickelt. Falls sie noch irgendwelche Zweifel gehabt hätte, in wessen Höhle sie gelandet war, so verstummten diese letzten Zweifel in dem Moment, als ihr Blick auf die Krücke fiel, die an der Seite lehnte.

Es war es, höchstpersönlich. Hephaistos, der Gott der Schmiedekunst.

KAPITEL 15

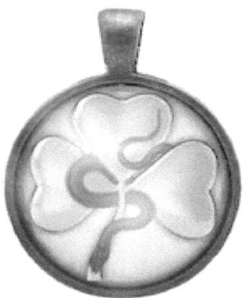

Mucksmäuschenstill verblieb sie im Schatten und beobachtete, wie der Gott der Schmiedekunst das Schwert bearbeitete. Er hielt es in die Glut, zog die Klinge nach einer Weile wieder heraus, legte das glühende Endstück auf den Amboss und schlug mit einem übergroßen Hammer darauf. Wie schwer der war, vermochte sie sich kaum vorzustellen. Mühelos hob Hephaistos ihn wieder und wieder hoch und ließ ihn auf die Klinge niederfahren.

Bumm. Bumm. Bumm.

Neugierig beobachtete sie, wie er auf einem Bein stand, um das andere zu entlasten und dennoch keineswegs schwächlich wirkte. Offenbar tat das Hinken seiner Stärke keinen Abbruch. Als unehelicher Sohn von Hera hatte Zeus ihn kurz nach seiner Geburt aus Eifersucht vom Olymp geworfen. Dabei hatte er sich das Bein verletzt, weshalb er der einzige Gott mit einer Krücke war. Erst später war er wieder auf dem Olymp und als einer der großen olympischen Götter aufgenommen worden.

Wie war sie hergekommen? Sie hatte Zeus' Adler nicht gesehen und auch sonst kein Tier, das auf seine Anwesenheit hingewiesen hätte. Und wieso war Stephanos dieses Mal nicht mitgekommen? Wo war er geblieben? Hatte sein ... Zauber möglicherweise falsch gewirkt? Anstatt sie in ihre Zeit zu entsenden, hatte er sie zum Hersteller des Rings geschickt? So ein Mist! Wie konnte sie ihn benachrichtigen, damit er sie zurückholte, bevor Hephaistos sie bemerkte? Denn sicherlich war der Gott nicht begeistert, dass sie unbefugt durch seine Schmieden schlich, oder?

Die Schultern eingezogen wagte sie es kaum sich zu rühren. Niemand außer ihr und Hephaistos befand sich in der Höhle. Bestimmt war das etwas, was man in der Welt der Götter als Privatgemächer bezeichnete. Oder eine Art Büro. Himmel, wie kam sie hier wieder raus, bevor er sie bemerkte und bestrafte, weil sie unerlaubt eingedrungen war?

»Komm her, Helena.«

Ihr Herz sackte tiefer, während die sonore Stimme des Gottes durch die Finsternis hallte.

Hatte es Sinn so zu tun, als wäre sie gar nicht hier? Doch die Möglichkeit, zu überlegen, wie sie reagieren sollte, blieb ihr nicht. Es fühlte sich an, als hätte der Gott seinen Willen über sie gelegt. Ohne sich dagegen wehren zu können oder bewusst entschieden zu haben voranzugehen, verließ sie langsam die Dunkelheit und trat in den Schein der Flammen.

»Entschuldigung, ich weiß nicht, wie ich hier habe landen können. Ich ...«

»Komm.«

Sie lief auf ihn zu wie ein artiges Kind – was auch sonst blieb ihr im Angesicht des Gottes übrig?

Erst als sie vor ihm stand, legte er den Hammer und das Schwert beiseite und betrachtete sie. Er war so unfassbar groß, dass sie sich vorkam wie ein Zwerg, und angesichts seiner Übermenschlichkeit verschlug es ihr die Sprache.

Sein Blick war wissend und uralt, seine Gesichtszüge entspannt und seine Ausstrahlung einschüchternd und bewundernswert zugleich.

»Ich habe mich gefragt, wann du zu mir kommen würdest.«

Echt? – lag es ihr auf der Zunge zu fragen, doch seine mächtige Aura ließ sie verstummen, bevor sie zu sprechen begonnen hatte.

»Du trägst den Ring, der Plutos zu seiner Macht gereicht. Ich habe ihn einst geschmiedet, doch er hat ihn missbraucht, um seine Kräfte zu steigern. Um ihn aufzuhalten, hat ihn sich die Frau, die ihn vor dir getragen hat, vom Finger gerissen, obwohl es ihren Tod bedeutet hat.«

Elli schluckte. »Sie starb, weil sie ihn … ausgezogen hat?«

Der Gott nickte, dabei ließ er sie nicht einen Moment aus den Augen.

Sie streckte ihm die Hand entgegen, an der das Schmuckstück prangte. »Wie hat sie ihn vom Finger bekommen? Ich kann ihn nicht einmal drehen, geschweige denn abstreifen. Ich dachte, das wäre unmöglich.«

»Die Macht Plutos' verhindert es normalerweise, aber die Frau hatte Hilfe.«

Hilfe – von einem Gott? Wer sonst wäre dazu in der Lage, gegen Plutos' Kräfte anzukommen?

»Wer war es?«

Er schwieg, musterte sie lediglich, bis sie begriff, dass sie keine Antwort erwarten durfte.

»Wie ist der Ring anschließend in meine Zeit gekommen?«

»Diese mutige Frau, ihr Name war Agatha, hat nicht alleine gearbeitet. Sie hatte eine treue Dienerin, der sie das Versprechen abgenommen hat, den Ring zu verbergen.«

»Und diese Dienerin hat einen Bildhauer gefunden, der den Ring im Inneren einer Statuette versteckt hat?«

»Sie selbst hat die Statuette gefertigt.«

Sie selbst? Aber Frauen hatten doch normalerweise nicht als Bildhauerinnen gearbeitet.

Hephaistos beobachtete sie. Konnte er ihre Gedanken hören? »Agatha war die Tochter eines Bildhauers, folglich hatte ihre treue Dienerin Zugang zur Werkstatt. Sie hat den fleißigen Mann beobachtet und war dadurch in der Lage, dieses sichere Versteck zu erschaffen.«

»Aber …?«

»Ja?«

Elli zögerte. »Es war doch gewiss nicht in deinem Sinne, dass die Magie des Rings verloren gegangen ist, oder?«

»Das ist sie dadurch nicht. Seit Jahrhunderten habe ich auf diejenige gewartet, die in der Lage sein wird, den Ring zu finden und Plutos' Macht zu brechen.«

Elli schluckte. »Und das soll ich sein?«

Hephaistos lehnte sich an den Steinblock, verschränkte die muskulösen Arme vor der Brust und ließ den Blick über sie schweifen. »Ja, Elli. Du bist dazu in der Lage.«

»Aber wieso? Ich stamme doch gar nicht aus dieser Welt.«

»Tust du nicht?«

Ellis Herz schlug schneller. »Was willst du damit sagen?«

»Das musst du selbst herausfinden.«

»Aber wie soll ich Plutos aufhalten? Er ist ein Gott!«

»Zuerst musst du deine eigene Geschichte erforschen.« Die Dunkelheit der Höhle verschwand, gleißendes Licht erschien und das letzte, das Elli hörte, waren die Worte: »Such nach dem Stab des Asklepios.«

Als sie ihre Umgebung erkennen konnte, wähnte sie sich am Fluss bei Stephanos. Doch dort war sie nicht. Stattdessen befand sie sich in einem Gebäude, das hohe Wände und dem ersten Blick zufolge zwei Stockwerke aufwies. Gedämpftes Licht drang durch mehrere Fenster und mischte sich zu dem, das von unzähligen Öllampen herrührte. Über Holztreppen gelangte man nach oben und rings herum, soweit das Auge blicken konnte, befanden sich Schränke, in denen sich Schriftrollen stapelten.

Eine Bibliothek?

Aber welche?

Ein Mann, den sie aufgrund der grauen Strähnen in seinem Bart auf Mitte Vierzig schätzte, kam ihr entgegengelaufen. Er war von magerer Statue, als würde er sich ausschließlich durch geistige Kost ernähren. Er trug ein weißes Tuch, das über den Schultern mit Gewandnadeln gehalten und von einem ledernen Gürtel gestützt wurde. Es reichte bis zu seinen Knien.

Die typisch altgriechische Männertracht, wie auch Stephanos sie trug.

»Guten Tag, werte Dame. Mein Name ist Damasos, Dardanos' Sohn. Womit kann ich dienen?« Er verneigte sich ansatzweise. Warum verhielt er sich trotz ihrer zerzausten Aufmachung derart höflich und unterwürfig ihr gegenüber?

Rasch blickte sie an sich herab und sog erstaunt die Luft ein. Kein einziger Riss befand sich in ihrem Gewand, selbst die langen Stoffbahnen waren nicht abgerissen und wiesen keine einzige Verschmutzung auf. Vielmehr war der Saum mit roten und goldenen Farben bestickt und erweckte den Anschein, als wäre sie bislang nur auf Händen getragen worden. Die sauberen weißen Stoffbahnen reichten bis auf ihre Füße und verrieten nichts davon, dass sie Stunden durch die Wildnis marschiert war. Fehlte nur noch die Pediküre. Ihre Füße steckten in edlen Sandalen, deren filigranen Riemchen geflochten waren und auf denen ebenfalls kein einziges Staubkorn zu finden war.

Ungläubig fuhr sie sich mit der Hand über ihr Haar, das nicht zerzaust wie zuvor in einem provisorischen Zopf festgehalten wurde, sondern ordentlich geflochten und am Hinterkopf zu einem Knoten hochgesteckt war.

Wie war das möglich? Hatte Hephaistos ihr Erscheinungsbild mittels seiner Kräfte verändert? Zu welchem Zweck? Damit sie Zugang bekam zu dieser Bibliothek? Aber wieso hatte er sie hierher und nicht zurück zu Stephanos geschickt?

Moment, er hatte ihr gesagt, sie solle sich mit ihrer eigenen Vergangenheit beschäftigen und den Stab des Asklepios finden. Aber wozu hatte er sie dann in eine antike Bibliothek befördert? Welche dieser Schriften sollte sich mit ihrer persönlichen Geschichte beschäftigen? Ihres Wissens besaß sie keine Vorfahren in Griechenland. Oder ging es um den Stab des Heilgottes? Verdammt, hätte Hephaistos ihr nicht wenigstens einen nützlichen Hinweis geben können?

Unentschlossen blickte sie sich um. Vielleicht würde es ihr helfen zu wissen, wo genau sie sich befand. »Wie ist noch gleich der Name dieser Bibliothek?«

»Das ist die staatliche Sammlung von Schriftrollen zu Athen.«

»Athen?« Nur mit Mühe konnte sie einen Aufschrei unterdrücken. Sie befand sich im antiken Athen? Dem Zentrum der altgriechischen Kultur? Wahnsinn! Das war allerdings nicht nur bemerkenswert in ihrer Aufgabe als Archäologin, nein, darüber hinaus befand sie sich kilometerweit von Stephanos entfernt. Wie sollte sie zu ihm zurückfinden?

Ihr Puls beschleunigte sich. Er war ihr einziger Verbündete, der einzige, der ihr half, dem Leben an Plutos' Seite zu entkommen. Doch sie musste – oder wollte – Vertrauen haben. Streng genommen blieb ihr ohnehin keine andere Wahl. In was auch immer sie hineingeraten war, Hephaistos hatte sie hergeschickt. Es musste einen triftigen Grund dafür geben.

Welchen Anhaltspunkt hatte sie? Wonach sollte sie suchen? Es gab wohl kaum eine Schriftrolle, die sich den Vorfahren der Jahrhunderte später lebenden Archäologin Doktor Helena Achilles widmete. Folglich musste Hephaistos sie wegen des Stabs hergeschickt haben.

»Können Sie mir einen Text über den Raub des Asklepiosstabs raussuchen?«

Die Furchen auf seiner Stirn vertieften sich.

»Seit wann soll der gestohlen sein?« Kritisch beäugte er sie. Unverkennbar war ihm der Mythos nicht bekannt. Interessant.

Wonach konnte sie dann fragen? Ihr Blick fiel auf den Ring an ihrem Finger. Letztendlich fing alles damit an – oder endete damit. Zögerlich blickte sie auf. »Gibt es eine Schriftrolle, die sich mit dem Mythos des Rings beschäftigt, den Hephaistos für Plutos geschmiedet hat?«

»Selbstverständlich. Bitte hier entlang.« Damasos wanderte auf leisen Sohlen voran. Sein Gang war wie der eines Seemanns, von links nach rechts schaukelnd. Vielleicht war er früher oft zum Fischen rausgefahren. Oder aber es rührte von einem Hüftleiden. Hoffentlich traf ersteres zu.

Zielstrebig führte er sie zu einer der Treppen, über die sie hinauf in das erste Stockwerk gelangten. Dort wandelten sie unzählige Gänge entlang, die derart verwinkelt waren, dass man sich leicht darin verirren konnte.

Dankbar, an diesem Ort sein zu dürfen, ließ sie ihren Blick über die unzähligen Schriften gleiten. Wie gerne hätte sie die Hand ausgestreckt und ein paar der Schriftrollen an sich genommen, um sie zu studieren. Welche verlorenen Werke wurden an dieser Stelle aufbewahrt? Antike Komödien und Tragödien, Genealogien und historische Gegebenheiten … Landschaftsbeschreibungen, politische Streitschriften? Die Bibliothek war ein Pool an historischem Wissen.

Doch sie zügelte ihren Drang, schließlich wollte sie nicht den Unmut des Bibliothekars wecken. Ohnehin war es verwunderlich, dass er sie ernst nahm und teilhaben ließ an diesem Meer an Schriften. Wenn sich diese erhaltene Sphäre nicht grundlegend von der antiken unterschied, waren die meisten Frauen von derlei Wissen ausgegrenzt.

Damasos deutete auf ein Regal, in dem sich schätzungsweise zwanzig Rollen türmten. »Immer nur drei Schriftrollen auf einmal nehmen und anschließend an den richtigen Platz zurück räumen. Danke.« Mit einer Verbeugung verzog er sich in die Schatten der Bibliothek, während sie wissbegierig an den Schrank trat. Willkürlich zog sie eine der Schriften heraus. Sorgsam darauf bedacht, keine Spuren mit den Nägeln auf dem Papyrus zu hinterlassen, entrollte sie sie ehrfürchtig.

DER MYTHOS DER GÖTTLICHEN GESCHMEIDE

Sie ließ sich an den nächst gelegenen Tisch gleiten und war sogleich gefangen von dem antiken Text.

UM DIE MACHT DER GÖTTER ZU ERHALTEN, OBWOHL IMMER WENIGER MENSCHEN AN SIE GLAUBTEN, SCHMIEDETE HEPHAISTOS EINST IN DEN WERKSTÄTTEN AUF LEMNOS SECHS GEGENSTÄNDE, DIE DEM ERHALT DER GÖTTLICHEN KRÄFTE DIENEN SOLLTEN. UM WELCHE DINGE ES SICH HANDELT, IST NICHT IN GÄNZE ÜBERLIEFERT. WIR WISSEN VON EINEM HANDGROSSEN FÜLLHORN, DAS DEMETER ERHALTEN HAT, EINEM DIADEM FÜR IHRE TOCHTER PERSEPHONE UND EINEM RING FÜR PLUTOS. DIE ÜBRIGEN DREI GEGENSTÄNDE SIND NICHT BEKANNT.

Seltsam, dass er ausgerechnet für Demeter und ihre beiden Kinder Gegenstände geschmiedet hatte. Demeter war eine der großen zwölf Göttinnen, Persephone die Frau von Hades, dem Herrscher der Unterwelt, aber Plutos war ein unwichtiger Gott. Unscheinbar. Vernachlässigbar. Die wenigsten Menschen in heutiger Zeit wussten, dass es ihn gegeben hatte – oder gab.

Neugierig beugte sie sich erneut über den Text, doch er gab darüber hinaus nichts Nützliches preis. Sie legte die Schriftrolle zurück und griff eine andere.

In der kommenden Stunde überflog sie unzählige Texte. Leider hatte sie kein Blatt Papier und keinen Stift, um sich Notizen zu machen, weshalb sie sich alles merken musste. Da allerdings die Passagen nicht viel mehr hergaben als die erste Schrift, war das nicht sonderlich schwer. Dummerweise kam sie dadurch in ihren Recherchen jedoch kaum vorwärts. Schon wollte sie enttäuscht aufgeben, da entdeckte sie eine Schriftrolle, die so weit hinten lag, dass sie ihr bislang nicht aufgefallen war. Rasch zog sie sie hervor, entrollte sie und studierte den Text.

Darin war von weiteren Gegenständen die Rede, ohne sie im Detail zu benennen. Reine Mutmaßungen. Eine Sache jedoch zog ihre Aufmerksamkeit auf sich.

BEGONNEN HAT ALLES MIT DEM STAB DES ASKLEPIOS, DER GESTOHLEN WURDE. WO ER SICH SEITHER BEFINDET, IST NICHT BEKANNT. DURCH DEN RAUB SIND DINGE IN BEWEGUNG GERATEN, DIE SELBST DURCH DIE GÖTTER NICHT MEHR AUFZUHALTEN WAREN. DER GLAUBE DER MENSCHEN WURDE SCHWÄCHER, WORAUF DIE GROSSEN ZWÖLF GÖTTER EINE RATSVERSAMMLUNG EINBERUFEN UND SICH AUF DIE ERSCHAFFUNG EINER EIGENEN WELT VERSTÄNDIGT HABEN.

Hatte Hephaistos nicht gesagt, sie solle sich genau darüber informieren?

Wer hatte den Stab des Gottes der Heilkunst gestohlen? Und wieso? Gespannt beugte sie sich über den Text und überflog ihn, bis sie an eine Stelle gelangte, die mehr darüber verriet.

ES GAB ANHALTSPUNKTE, DIE AUF DEN SOHN EINES GOTTES ALS DIEB HINDEUTETEN, EINEN HALBGOTT. JEMANDEN, DER DADURCH ZUGANG ZUM OLYMP ERHALTEN WOLLTE, WURDE GEMUNKELT. ABER AUFGEKLÄRT SIND DIE UMSTÄNDE BIS HEUTE NICHT.

Interessant, interessant. Nachdenklich fuhr sie die geschwungene Form ihrer Brauen nach. Der Stab des Asklepios wurde vermutlich von einem Halbgott gestohlen und zeitgleich nahm der Glaube der Menschen ab. Ob das eine mit dem anderen zusammenhing, blieb jedoch reine Spekulation. Kurz darauf haben sich die großen Zwölf getroffen und Hephaistos hat die Gegenstände geschmiedet. Der Stab des Heilgottes jedoch war – zumindest zu der Zeit, als dieser Text geschrieben wurde – immer noch versteckt. Wer hatte ihn gestohlen? Bewahrte derjenige ihn immer noch auf?

Sie rollte die Schriftrolle zusammen und legte sie zurück zu den anderen in das Regal. Wirklich viel hatte sie nicht herausgefunden, aber möglicherweise genug, um den Dingen auf den Grund zu gehen. Der Antwort auf die Frage, was sie persönlich mit all dem zu tun hatte, war sie jedoch nicht näher gekommen.

Ohne zu wissen, wonach sie suchte, flanierte sie die Regale entlang und betrachtete die Schriftrollen. Ehrfürchtig fuhr sie mit dem Finger über die alten hölzernen Stühle und Tische, die zum Arbeiten einluden, und die einfach gearbeiteten Regale und Kommoden, die all das Wissen verwahrten. Tief atmete sie den Geruch ein, den der Ort verströmte. Er war dem heutiger Bibliotheken nicht unähnlich. Trotzdem roch es anders. Nach Geheimnissen, sofern Geheimnisse überhaupt irgendeinen Geruch verströmten …

Hephaistos hatte angedeutet, dass sie persönlich in diese Angelegenheit verwickelt war. Aber wie? Ihre Eltern waren bereits verstorben, kurz nachdem sie Abitur gemacht hatte. Geschwister hatte sie keine, weitere Verwandte hatte es nicht gegeben und falls doch, würde sie über diejenigen wohl leichter in ihrer Welt recherchieren können als in einer, die viele Jahrhunderte zurücklag.

Hatten ihre Eltern je über die weitere Verwandtschaft gesprochen? Nun, da sie darüber nachdachte, fiel ihr keine einzige Unterhaltung ein. Allerdings war sie jung gewesen. Wahrscheinlich hatte sie einfach nicht richtig zugehört.

Sie erreichte eine Treppe, die in das höher gelegene Stockwerk führte. Kurz blickte sie sich um. War es in Ordnung, dass sie durch die Etagen stromerte? Da der Bibliothekar nirgends zu sehen war, fasste sie sich ein Herz und stieg die Treppe hinauf, der Forscherinstinkt geweckt.

Auch im nächsten Geschoss reihte sich ein Regal neben das andere, in denen wiederum unzählige Schriftrollen ruhten. Weiter vorne in einer dunkleren Ecke entdeckte sie einen älteren Herrn, der über einem Text brütete. Ein kleines Talglicht auf dem Tisch beschien sein rundliches Gesicht, auf dem ein konzentrierter Blick ruhte. Er schaute nicht auf, als sie näher lief, so versunken war er in seine Studien. Sie wollte ihn nicht stören, entschied sich gerade dafür umzukehren, als ihr Blick auf ein Wandgemälde fiel. Neugierig blieb sie davor stehen und betrachtete es ausführlich.

Das Bild lag ein wenig im Schatten, wodurch es nicht in Gänze zu erkennen war. Es zeigte eine junge Frau, die eine zierliche goldene Kette um den Hals trug und deren auffallend strahlend blondes Haar zu einem eleganten Knoten im Nacken gebunden war. Sie stand zwischen zwei Männern, die beide dunkles Haar hatten, der eine lockig, der andere glatt, und die auf den ersten Blick wie typische Griechen aussahen. Leider waren die Gesichter der drei Personen stark berieben, sodass weder die Gesichtszüge noch Details wir ihre Augenfarben zu erkennen waren. Hatte jemand versucht das Gemälde von der Wand zu schrubben?

Schon wollte sie sich abwenden, als etwas in ihr Blickfeld geriet, das ihre Aufmerksamkeit auf sich zog. Es war der Gegenstand, den die Frau in den Händen hielt. Ein kurzer Stock, um den sich eine Schlange wand.

Der Stab des Asklepios.

KAPITEL 16

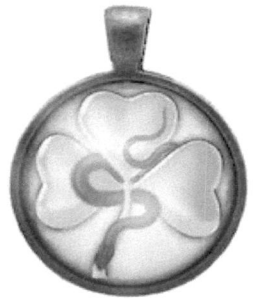

Hörbar sog sie die Luft ein, worauf der ältere Herr von seinen Studien aufblickte. Er beobachtete sie, musterte sie regelrecht, dann stand er auf und kam langsam auf sie zu. Hatte er sie erkannt? Gehörte er zu Plutos und seinen Leuten? Sollte sie sich verstecken, falls er ihr schaden wollte?

Doch sein freundliches Gesicht und seine gemütliche Statur erweckten nicht den Anschein, als wäre er einer von Plutos' Priestern. Auch wenn sein Mund hinter dem dichten weißen Bart verschwand, verrieten die Fältchen in den Augenwinkeln, dass er lächelte. Außerdem erinnerte er sie an ihren Professor für Altgriechisch aus dem dritten Semester. Der war zwar etwas größer gewesen und hatte nicht so einen kugeligen Bauch, aber der Ansatz eines Lächelns unter dem üppigen Bart und das Scharfe in den Augen des

Gelehrten waren mit denen ihres Professors identisch. Vielleicht lag es daran, dass sie instinktiv Vertrauen fasste und abwartete, bis er bei ihr angelangte.

Er blinzelte mehrmals, blieb vor ihr stehen und verneigte sich höflich. »Wie ich sehe, betrachten sie das Gemälde von Eirene, das bereits in Vergessenheit zu geraten droht.«

Halb wandte sie sich der Malerei zu. »Es sieht traumhaft schön aus. Schade, dass man die Gesichter nicht erkennen kann.«

Er musterte sie intensiv, bevor er sich ebenfalls zu dem Gemälde drehte. »In der Tat, eine Schande. Wo kommen Sie her?«

Was sollte sie antworten? »Aus … Delphi.« In der Gegend kannte sie sich hinlänglich aus, um eventuellen Rückfragen gewachsen zu sein.

Seine wachen Augen ruhten auf ihr, während er die Hände gemächlich hinter dem Rücken verschränkte. »Interessieren Sie sich für die Legende des Stabs des Asklepios?«

»Ja, sehr, können Sie mir etwas dazu erzählen?«

»Sicher, aber vielleicht suchen wir uns dafür ein gemütlicheres Ambiente, in dem wir andere Gelehrte nicht bei der Arbeit stören.« Er deutete auf weitere Tische, die in Nischen standen. Erst jetzt erkannte sie, wie viele Männer dort saßen und über Texten brüteten.

Der Herr lächelte sie unverbindlich an, eine leichte Verbeugung andeutend. »Darf ich Sie zu mir nach Hause einladen? Ich denke, die Zeit passt hervorragend für einen schmackhaften Mittagsimbiss.«

Aus der Bibliothek fortgehen? Sie hatte längst nicht ausreichend nach der Legende des Asklepiosstabs geforscht. Und mehr zu dem Gemälde hatte sie auch noch nicht herausgefunden. Aber vielleicht erfuhr sie von ihm etwas Nützliches, immerhin erweckte er den Eindruck, ein Dauergast in der Bibliothek und mit der Geschichte des Gemäldes bestens vertraut zu sein.

Wie auf Kommando knurrte ihr Magen. Verschämt legte sie die Hand darauf, doch der ältere Herr lächelte freundlich.

»Dann ist es entschieden. Mein Name ist Dädalos.«

»Dädalos? Wie der kretische Erfinder?«

Er lächelte, nur ansatzweise, dennoch wirkte es herzlich. »Exakt. Und seinen Wissensdurst habe ich durch die Namensgebung direkt in die Wiege gelegt bekommen.«

Sie grinste, worauf er sie abwartend musterte. Stimmt, sie hatte sich ihrerseits noch nicht vorgestellt.

»Helena.« Wenigstens fiel sie durch ihren Namen nicht auf. Im letzten Moment konnte sie den Automatismus unterdrücken, ihm die Hand hinzuhalten. Denn dass man das in der Antike, insbesondere als Frau, machte, bezweifelte sie.

»Ein sehr treffender Name, bedenkt man ihre mythische Vorfahrin.« Das hörte sie nicht zum ersten Mal, doch normalerweise sagten das Männer, die sich bei ihr einschmeicheln wollten. Er verneigte sich erneut und seine Augen glühten, aber nicht in einer unangemessenen Art. Vielmehr war es freundliche Bewunderung. Zugleich war sein Blick wie der eines Vaters, der seine Tochter betrachtete, völlig frei jeglicher Hintergedanken. »Es ist mir eine Freude, Helena, Sie zu mir nach Hause einladen zu dürfen.«

Ein wenig beklommen lief sie hinter ihm her. Sie kannte Dädalos nicht, wusste nicht einmal, ob das sein richtiger Name war. Doch ihr Instinkt flüsterte ihr zu, dass sie ihm vertrauen konnte. Sein Gang war federnd und entspannt. Er erweckte nicht den Eindruck, als plane er etwas. Ganz im

Gegensatz, er schien sich zu freuen, dass sie seiner Einladung zugestimmt hatte. In ihrer Zeit wäre es schließlich auch nicht ungewöhnlich, sich von Interessiertem zu Interessiertem, oder Gelehrtem zu Gelehrtem bei einem Mittagessen auszutauschen.

Als sie die Bibliothek verließen und auf die Straßen von Athen traten, sog Elli die Luft ein. Mehrere Fuhrwerke, gezogen von Ochsen und Pferden, rumpelten über die Straßen, die aus groben Steinen bestanden, weshalb die Fuhrwerke unerwartet laut waren. Normalerweise hätte sie sich die Ohren zugehalten, doch in diesem Augenblick nahm sie jedes Poltern begeistert in sich auf.

Das wahrhaftige attische Stadtleben … Wahnsinn!

Zwischen den Wagen ritten selbstbewusst wirkende Männer, jüngere wie ältere, auf stolzen Pferden, die sich ihren Weg durch die Stadt bahnten. Sie fluchten, wenn es jemand wagte, ihrem Ross vor die Füße zu laufen, was ein jeder tunlichst versuchte zu vermeiden. Darüber hinaus marschierten Fußgänger an den Seiten der Straße entlang, obwohl es keine Bürgersteige gab und ihr Weg durch nichts von dem der Fuhrwerke und Reiter abgetrennt war. Vermutlich versuchten sie sich auf diese Weise vor den schnalzenden Peitschenhieben der Fuhrwerksleute in Sicherheit zu bringen, die sich unter den lauten Geräuschpegel mischten.

Eine Gruppe Frauen in feinen Gewändern, die Haare geflochten und sorgfältig am Hinterkopf festgesteckt, flanierten auf der gegenüberliegenden Straßenseite entlang. Am liebsten wäre Elli ihnen hinterhergelaufen, um zu wissen, was sie vorhatten. Gingen sie zum Brunnen Wasser holen? In den Gewändern wohl kaum. Sie verlor sie aus den Augen, als eine Horde Jungs an ihr vorbeilärmte und sie dabei beinahe über den Haufen rannte, in den Händen Steine und Murmeln. Selbst hinter denen wäre Elli sofort hergelaufen, um sie beim Spielen zu beobachten, wenn sie nicht ein interessantes Gespräch in Aussicht gehabt hätte mit einem Gelehrten, der ihr untypisches Verhalten hoffentlich nicht bemerkte. Sie warf ihm einen verstohlenen Blick zu, doch er betrachtete sie lediglich versonnen.

Überwältigt von all den Eindrücken, blieb sie zwischendurch immer wieder stehen und schaute sich um. Sie saugte alles in sich auf, versuchte jedes Detail abzuspeichern, um sich später daran zu erinnern. War das dort vorne wirklich ein antiker Tempel, dessen Dach von drei Statuen bekrönt wurde? Aber an dieser Stelle war gar kein Kultbau überliefert! Wem war er geweiht? Wer hatte ihn erbaut – und wann? Wie wunderschön und perfekt das Bauwerk sowie die figürlichen Verzierungen aussahen, als wären ihre Maße zuvor von Computern berechnet worden. Dabei hatten die Erbauer nichts anderes als Griffel und Wachstäfelchen oder Papyrus zur Verfügung gehabt, um ihre Berechnungen festzuhalten. Kein Wunder, dass einige Bildhauer namentlich bis heute überliefert waren. Was für eine Leistung!

»Ist alles in Ordnung?«

Verdammt, offenbar war sie zu lange stehen geblieben. Dabei durfte sie doch nicht auffallen. Sie winkte beiläufig mit der Hand. »Natürlich. Ich bin nur jedes Mal überwältigt, wenn ich von der Stille der Bibliothek hinaus in das städtische Leben trete. Und die Werke der Bildhauer verzaubern mich ein ums andere Mal aufs Neue.«

Gelassen betrachtete er ebenfalls das muntere Treiben. »Ich verstehe voll und ganz, worauf Sie hinauswollen. Kommen Sie, Helena, wir müssen hier entlang.«

Gemächlich führte er sie durch die Straßen des belebten Athen. So schwer es ihr auch fiel, sie warf den Statuen, die sie passierten, nur flüchtige Blicke zu, ebenso den Gebäuden, die mit ihren Säulengängen und Fassaden doch ein wenig anders aussahen, als sie sich diese vorgestellt hatte. Keine einzige Rekonstruktion, die sie je gesehen hatte, vermochte der Wirklichkeit das Wasser zu reichen.

Nur als die Akropolis zwischen zwei großen Bäumen auftauchte, hielt sie einen Moment inne und wischte sich verstohlen eine Träne aus dem Augenwinkel. Was für ein Moment. Was für ein Anblick.

Damals, als sie den Stadtberg mitsamt der Ruinen zum ersten Mal gesehen hatte, an der Seite von Phil, waren ihr auch Tränen in die Augen geschossen. Dieser Ort war Magie pur. Egal ob man ihn von weitem sah oder über den Stadtberg spazierte und die Tempel von nahem bestaunen konnte, die Akropolis war das Highlight der griechischen Antike – zumindest empfand Elli das so, auch wenn sie das in Delphi natürlich niemals laut sagen würde.

Hätte sie es sich aussuchen können, wäre sie lieber in Athen auf Ausgrabungen gewesen. Doch durch den Professor ihrer Uni war sie in Delphi gelandet, was auch schon unglaublich schwer gewesen war – und wenigstens ihrer zweiten Wahl entsprochen hatte. Nur die wenigsten Studenten durften mit auf Ausgrabung fahren und noch viel weniger bekamen im Anschluss an das Studium eine Anstellung an der Uni, während sie die Doktorarbeit schrieben. Dass Elli selbst nach Fertigstellung der Arbeit und Erlangung der Doktorwürde an den Studien zu Delphi teilnehmen durfte, obwohl streng genommen keine Stellen verfügbar gewesen waren, verdankte sie einzig und allein ihrem Eifer und ihrer Begeisterung, die sie unermüdlich hatten arbeiten lassen.

Sie liebte Delphi, keine Frage, auch diese Anlage war etwas Außergewöhnliches und es kam einem Traum gleich, dort ihren Studien nachgehen zu dürfen. Aber Athen war nun einmal … Athen.

Sehnsüchtig blickte sie zur Akropolis hinauf. Was auch immer dieses Abenteuer brachte, sie war unendlich dankbar, hier sein zu dürfen. Sie verdrängte die Angst vor Plutos, die Sorge, seinen Priestern vor die Füße zu laufen, und kostete den Moment in vollen Zügen aus. Sehnsüchtig seufzte sie, leise, aber nicht minder ergriffen. Etwas flatterte in ihr, in ihrem Herzen, ihrer Seele, etwas, das sie mit dieser Zeit verband.

Bevor Dädalos misstrauisch wurde, huschte sie hinter ihm weiter durch die Straßen, bis sie ein breites zweiflügeliges Holztor erreichten. Es bildete den einzigen Zugang durch die dicke Mauer, die mehrere Privatgrundstücke abschirmte.

Der Gelehrte drückte einen der Torflügel auf und sogleich kamen zwei Diener angelaufen, die hoffentlich keine Sklaven waren. »Willkommen zuhause. Belieben Sie und Ihr Gast zu Mittag zu speisen?«

»Das würden wir gerne. Könnt ihr bitte alles im Hof vorbereiten? Ich zeige meiner Begleitung, wo sie sich erfrischen kann, bevor wir uns zum Essen begeben.«

»Selbstverständlich.«

So freundlich, wie Dädalos mit seinen Dienern umging, waren es zumindest keine unterdrückten und schlecht behandelten Sklaven. Auf den ersten Blick entdeckte sie weder Blessuren noch faule Zähne. Auch die Kleidung war ordentlich und sauber und entsprach der typischen einfachen

Kleidung eines vollwertigen Griechen. Sie konnte also vom Besten ausgehen.

Er führte sie über einen weitläufigen Hof in ein etwas abseits gelegenes Gebäude. Auch wenn sie streng genommen mit einem fremden Mann nach Hause gegangen war, fühlte sie sich nicht unwohl. Ganz im Gegenteil. Sie spürte, dass Dädalos ihr nichts Böses wollte. Er war freundlich und zuvorkommend. In gemächlichen Schritten führte er sie in einen Vorraum, von dem eine Treppe nach oben abging.

»Im oberen Stock ist der Bereich meiner Tochter. Sie verweilt bei ihrer Freundin, mit der sie einen Teppich für das bevorstehende Tempelfest webt. Sie können sich in den Räumlichkeiten gerne erfrischen und anschließend treffen wir uns im Hof.« Er verneigte sich und schlenderte hinaus.

Ein bevorstehendes Tempelfest? Hach, wie gerne würde sie daran teilnehmen.

Mit den Gedanken bei der Veranstaltung lief sie die Treppe hinauf, auch wenn sie nicht das Bedürfnis verspürte, sich zu erfrischen. Als Archäologin war sie es gewohnt den ganzen Tag verstaubt herumzulaufen. Aber ein wenig kaltes Wasser für Hände und Gesicht täte ihr bestimmt gut – und es gebührte die Höflichkeit. Außerdem war sie gespannt darauf, den Lebensbereich der antiken Frauen in Augenschein zu nehmen.

Erfüllt von Vorfreude ließ sie die Treppe hinter sich und erreichte eine kleine Diele. Als hätte sie eine sensorische Linie überquert, kam sogleich eine Dienerin aus den Schatten gehuscht. Für einen Moment glaubte sie, es wäre Sophia, die junge Griechin, die sich bei den Entführern um sie gekümmert hatte, und hielt sich erschrocken die Hand an die Brust. Doch die Augen der Dienerin waren ein wenig größer und ihre Wangen hohler. Ansonsten sahen sie sich auffallend ähnlich. Merkwürdig. Aber Zufälle gab es.

Die junge Frau verneigte sich. »Womit kann ich dienen?« Offenbar konnte sie nicht unbeobachtet durch die Gemächer streifen, wie sie es am liebsten getan hätte. Schade, aber wenigstens einen der Räume bekam sie zu Gesicht. »Ich würde mich gerne erfrischen, bevor ich mit Dädalos zu Mittag speise.«

Die Dienerin verneigte sich und deutete auf eine Tür, durch die Elli trat. Dort befanden sich ein einfaches Bett und ein Tisch, auf dem mehrere Tücher ordentlich zusammengefaltet lagen. Womöglich ein Gästezimmer? Der Boden war mit einem gewebten Teppich ausgelegt und auf einem kleinen Beistelltisch stand eine Öllampe. Daneben lagen ein Kamm aus Elfenbein und ein bronzener Spiegel. Begeistert blickte sich Elli um und konnte sich nur mit Mühe beherrschen, nicht alles anzufassen.

Schneller, als sie bemerkt hatte, dass die Dienerin fort gewesen war, kehrte diese mit einer tönernen Kanne zurück. Sie zog eine Schüssel hervor, stellte sie auf den Tisch und füllte Wasser hinein, in das sie zusätzlich ein paar Lavendelblütenblätter und wenige Tropfen aus einem Fläschchen gab. Dann verneigte sie sich erneut und zog sich in die Diele zurück.

»Danke.«

Sobald sie allein war, schlenderte sie durch den Raum und strich über die Felle des Schlaflagers, über den Tisch und den Spiegel und vor allem den Kamm. Was für eine Kostbarkeit. Er war aus Elfenbein gefertigt und die Verzierungen an seinem Griff derart filigran, dass es einem Verbrechen gleichkam ihn zu benutzen.

Mit einem verträumten Lächeln ging sie zum Tisch, schöpfte eine Handvoll Wasser, das nach Lavendel duftete, und strich sich über das Gesicht. Da sie ungeschminkt war, würde es keine Spuren hinterlassen. Tat das gut. Anschließend wusch sie sich die Hände und Arme. Der wohltuende Duft der Blüten stieg ihr in die Nase und zauberte ein Lächeln auf ihr Gesicht. An so ein Leben könnte sie sich gewöhnen.

Als sie das Zimmer verließ und die Treppe hinabstieg, wartete dort bereits eine andere Dienerin, die sie mit einer Verbeugung zurück in den Hof führte. Sie liefen in den hinteren Bereich, wo ein großer Olivenbaum willkommenen Schatten spendete. Unter seiner mächtigen Krone war ein Tisch aufgebaut, eingerahmt durch mehrere metallene Liegen, sogenannte Klinen, die mit Kissen und Decken gepolstert waren. Auf einer davon lag bereits Dädalos und prostete ihr mit einem Kelch zu.

»Haben Sie alles bekommen, was Sie benötigen?«

»Danke, ich fühle mich gleich wohler.«

Dädalos deutete auf eine der Liegen und den Tisch, der auf drei Beinen stand und auf dem sich Schalen voller Obst, Oliven und duftendem Gebäck befanden. »Machen Sie es sich bequem und bedienen Sie sich.«

Waren die Klinen nicht normalerweise nur Männern vorbehalten? Aber wenn Dädalos nichts dagegen sagte, würde sie es gewiss nicht tun. Sie ließ sich auf der Liege neben ihm nieder und nahm sich ein paar der Trauben aus der Schale, die in Reichweite standen. Der süße Saft wirkte belebend, auch wenn sie alles andere als müde war.

Interessiert ließ sie den Blick über die übrigen Schalen schweifen. Es gab eine Portion grüner Oliven, die eingelegt

173

waren mit Tomaten, Petersilie und Olivenöl, Schafskäse und Tomaten, Brotscheiben, die vermutlich mit Olivenöl beträufelt und mit Gewürzen bestrichen waren, verschiedene Gebäcksorten, manche süß, andere nach Kräutern duftend, und eingelegten Fisch. Allein bei dem Anblick wollte ihr Magen erneut grummeln, aber als wüsste er, was sich gehörte, unterließ er es.

Elli beobachtete Dädalos und ahmte nach, wie er nach dem Essen griff und welche Speisen er mischte, damit sie sich durch ihre unüblichen Tischmanieren nicht verriet. Dabei erfreute sie sich an den Köstlichkeiten. Es schmeckte ausgesprochen lecker, vor allem die süßen Gebäckstücke, denen Fenchel beigemischt war. Und so gute Oliven hatte sie auch noch nie gegessen. War daran ein Spritzer Zitrone? Das Rezept der Marinade sollte patentiert werden.

»Wie lange bleiben Sie in der Stadt, Helena?«

»Ich bin mir noch nicht sicher. Es war ein … spontaner Besuch.«

»Verstehe.« Die Art, wie er sie musterte, vermittelte ihr für einen Moment das Gefühl, dass er etwas ahnte. Doch dann lächelte er unbekümmert wie zuvor und trank einen Schluck Wein. Auch Elli nippte zögerlich an ihrem Kelch. Zum Glück gehörte es zum guten Ton in der Antike, den Wein stark mit Wasser zu verdünnen. Sonst wäre sie vor lauter Aufregung und dem wenigen Essen bestimmt schnell angetrunken.

Sie deutete auf die umliegenden Gebäude, die sich um den Innenhof gruppierten. Dädalos gehörte offensichtlich zur wohlhabenden Bevölkerungsschicht in Athen – sonst hätte er wohl kaum vormittags die Zeit, in der Stadtbibliothek seinen Studien nachzugehen.

»Ein schönes Haus. Bewohnen Sie es schon lange?«

»Es ist das Anwesen meines Großvaters. Ich wurde bereits hier geboren, ebenso mein Vater und meine Tochter. Meine liebe Frau ist leider seit ein paar Jahren verstorben, aber zum Glück habe ich mein zauberhaftes Kind, das mein Herz erfreut.«

»Verstehe.«

Sie aßen ein wenig, während Dädalos ihr von seiner Tochter vorschwärmte. Sie hörte interessiert zu, denn der ein oder andere Nebensatz barg eine Information über die Antike, die sie noch nicht gewusst hatte. Leider war gerade über die Welt der Frauen kaum etwas überliefert.

Unvermittelt wechselte der alte Mann das Thema und überrumpelte sie damit. »Waren Sie eigentlich wegen des Wandgemäldes in der Bibliothek oder sind Sie durch Zufall darauf aufmerksam geworden?«

Zum Glück hatte sie eine Traube im Mund, bevor ihr herausrutschen konnte, wie sie dorthin gelangt war. Aber der Moment, bis sie gekaut und geschluckt hatte, reichte, um sie zu erinnern, was sie erzählen durfte und was nicht. Sie zupfte eine Weintraube vom Stängel, für einen Moment erwägend, wie viel sie von ihrer Geschichte preisgeben wollte. »Ich habe das Gemälde zufällig entdeckt. Es ist wirklich schön. Als ich den Stab des Asklepios darauf erkannt habe, konnte ich mich kaum davon losreißen.«

Dädalos schwenkte seinen Kelch. »Es ist ein Mythos, den die Malerin Eirene aufgegriffen hat, der allerdings nicht vielen Menschen bekannt ist.«

Fantastisch, er wusste mehr über das Gemälde. Es war folglich richtig gewesen, die Gelegenheit zu nutzen und ihn nach Hause zu begleiten.

175

»Wie kommt es, dass Sie sich damit auskennen?«

Er zuckte mit den Schultern und lächelte entspannt. Er wirkte, als hätte er alle Zeit der Welt. »Ich war schon immer sehr interessiert und kann mich damit rühmen, nahezu jede Schriftrolle im Athener Archiv studiert zu haben. Ich selbst verfüge ebenfalls über eine bescheidene Sammlung, die ich stetig erweitere. Dabei bin ich über mehrere Mythen gestoßen, über die die breite Bevölkerung nicht Bescheid weiß – nicht einmal der Archivar selbst.«

Wie den Stab des Asklepios …

»Würden Sie mir verraten, was Sie über den Raub des Asklepiosstabs wissen?«

»Sehr gerne, Helena.« Er lehnte sich zurück und trank einen Schluck Wein, bevor er anfing zu erzählen.

KAPITEL 17

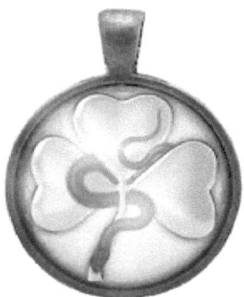

»Ich weiß nicht alles über das Verschwinden des Stabes«, fing Dädalos seine Erzählung an und strich sich durch den weißen Bart, dessen Locken beinahe bis auf seine Brust reichten, »aber während meiner Studien bin ich immer wieder über Bruchstücke gestolpert, die ich zusammengefügt habe. Es ist mein Fachgebiet und ich habe vor einiger Zeit damit begonnen, eine Gelehrtenschrift darüber zu verfassen.«

Eine spontane Idee schoss ihr durch den Kopf. Vielleicht hatte Hephaistos sie nicht in die Bibliothek geschickt, um Schriftrollen zu studieren, sondern damit sie Dädalos traf. Und vielleicht auch, damit sie das Gemälde entdeckte …

Konzentriert lauschte sie dem Gelehrten, der versonnen in die Ferne blickte.

»Asklepios selbst war ein Heilkundiger und vermutlich das Kind von Apollon selbst. Sein Wirken als Mensch oder Halbgott auf der Erde war bemerkenswert, bis es ihm sogar gelungen ist, einen Toten zum Leben zu erwecken. Damit überschritt er jedoch seine Befugnisse, die göttliche Ordnung drohte aus dem Gleichgewicht zu geraten, weshalb Zeus ihn mit einem Blitz tötete. Asklepios landete allerdings nicht im Hades, der Welt der Toten, sondern wurde als einer der großen zwölf Götter in den Olymp aufgenommen.«

Da sie Archäologie studiert hatte, kannte sie die Geschichte, doch sie wollte ihn nicht unterbrechen. Sie nickte lediglich zum Zeichen, dass sie verstand.

»Der Stab wurde ihm erst viele Jahre später zugeschrieben, dennoch gehört er zu ihm und ist damit ein heiliger Gegenstand. Ein göttlicher Gegenstand, um genau zu sein. Obwohl er ein Halbgott war, hat er nicht nur Zutritt zum Olymp erhalten, sondern wurde darüber hinaus als vollwertiger Gott unter die großen Zwölf aufgenommen. Das rief viele Heroen und Halbgötter auf den Plan, sich ebenfalls Zugang zum Olymp zu verdienen – oder aber auch zu erkämpfen. Dabei schreckten sie vor keinen Tricks zurück. Schließlich hatte auch Asklepios die Götter erzürnt und war dennoch durch seine außergewöhnlichen Fähigkeiten als einer von ihnen aufgenommen worden.«

Sie beugte sich vor, nun wurde es interessant, doch eine junge Dienerin trat an sie heran und unterbrach die Erzählung. Mit einer Verbeugung stellte sie eine frische Kanne Wasser auf den Tisch und schenkte ihnen ein. Das leise Plätschern des Wassers durchdrang die Stille, in der Dädalos seine Gedanken sammelte und Elli innerlich mit den Nägeln auf den Tisch klapperte.

Nachdem die Dienerin sich endlich zurückgezogen hatte, fuhr Dädalos fort. »Asklepios hatte den Stab stets bei sich, bewahrte ihn folglich auf dem Olymp auf. Dass er eines Tages verschwunden ist, verwunderte alle, da kein Gott ihn brauchte, um Zutritt zum Olymp zu bekommen, jedoch kein anderer auf dem göttlichen Berg verweilen durfte. Auch heimlich war es unmöglich, dass einer der übereifrigen Heroen und Halbgötter dorthin gelangt war.«

»Sehr verwunderlich.« Elli spitzte die Ohren.

»Asklepios schwor, den Stab nicht auf die Erde gebracht zu haben, weshalb der Dieb streng genommen unter den Göttern auf dem Olymp zu suchen war. Doch bevor der Diebstahl aufgeklärt, geschweige denn ein Verdächtiger ermittelt werden konnte, schwand der Glaube der Menschen in einem Maße, dass sich die Götter ernsthaft Gedanken machen mussten.«

Wie Stephanos bereits erwähnt hatte, war das eine unmittelbar auf das andere gefolgt. Nur warum? »Wie hing das mit dem Raub des Stabs zusammen?«

Dädalos trank einen Schluck Wein und lehnte den Arm anschließend auf seinen Bauch, der sich unter dem Gewand abzeichnete und bezeugte, wie gern er dem griechischen Essen zusprach. »Ich vermute, dass die göttlichen Gegenstände schon immer die Macht der Götter verstärkt haben. Dadurch, dass der Stab, also ein göttlicher Gegenstand, gestohlen wurde, bekam diese Macht Risse.«

»Aber Hephaistos hat doch neue Geschmeide mithilfe seiner Mächte geschmiedet, die diese göttliche Kraft bewahren sollten.«

Dädalos nickte anerkennend, seine runden Augen blitzten auf. Je länger sie ihn betrachtete, desto häufiger musste sie an die Porträts denken, die von Sokrates überliefert waren. Das längliche Gesicht, der üppige Bart, die hervorstehenden Augen und das entspannte Lächeln …

»Ich sehe, Sie sind eine Schwester im Geiste. Auch Sie haben sich bereits mit dem Mythos befasst.« Für einen flüchtigen Augenblick schaute er auf den Ring an ihrem Finger, doch lediglich so kurz, dass sie es sich möglicherweise nur eingebildet hatte. Sollte sie ihm sagen, was es mit dem Schmuckstück auf sich hatte?

Bevor sie eine Entscheidung traf, kehrte Dädalos zu seiner Erzählung zurück. »Die Gegenstände von Hephaistos haben es ermöglicht, die Mächte soweit zu bündeln, dass der Glaube an die Götter und damit ihre Kraft aufrechterhalten werden konnten. Doch der Stab des Asklepios ist notwendig, um die wahre Magie der Götter zurückzubringen. Die, die keiner zusätzlichen Gegenstände bedarf.«

Die wahre Magie der Götter …

Die Geschichte war verworrener, als sie anfangs geglaubt hatte. »Das heißt, die Götter müssen den Stab finden und suchen auch nach ihm, richtig?«

»Natürlich, das tun sie. Deshalb stellt sich mir die Frage, warum sie ihn nicht längst gefunden haben.«

Das war allerdings die Frage. Aber wer außer ein anderer Gott wäre dazu in der Lage, den Stab vor den wachsamen Augen der großen Zwölf zu verbergen? »Das spricht definitiv dafür, dass ein anderer Gott den Stab gestohlen hat. Nur er wäre in der Lage, den Stab zu verstecken, meinen Sie nicht?«

»Das glaube ich auch.« Er musterte sie, als überlege er, noch etwas hinzuzufügen. Doch er tat es nicht. Stattdessen nippte er an seinem Wein und naschte eine Handvoll Oliven.

Ihr Blick fiel auf den Ring an ihrem Finger. Unschlüssig versuchte sie ihn zu drehen, doch wie die Stunden zuvor vermochte sie ihn nicht auch nur ein bisschen zu bewegen. »Was wissen Sie über die Gegenstände, die Hephaistos geschmiedet hat? Es waren sechs an der Zahl, oder?«

»Das Wissen darum hüten die Götter, was angesichts der Situation verständlich ist. Nur sehr wenig ist bis zu uns Sterblichen vorgedrungen. Doch wie sie vielleicht bereits durch das Studium der Schriftrollen herausgefunden haben, werte Helena, sind einzelne Geschmeide überliefert. Und zwar diejenigen, die Hephaistos für Demeter und ihre Kinder Persephone und Plutos geschmiedet hat.«

»Für Demeter ein Füllhorn, für Persephone ein Diadem und für Plutos einen Ring.« Sie vermied es, dem Gelehrten in die Augen zu schauen, doch als sie aufsah, lag sein Blick auf dem Ring, den sie nicht vom Finger bekam.

»Ist er es?«

Elli zögerte, dann nickte sie. »Ja, ich soll die Zukünftige von Plutos sein.«

Dädalos atmete tief durch. »Ich erkenne, dass das nicht in Ihrem Sinne ist. Wie sind Sie ihm und seinen Priestern entkommen?«

»Ich bin geflohen, dank der Hilfe eines Freundes.« Ihre Gedanken wanderten zu Stephanos. Sie vermisste ihn. Ihr Herz rief nach ihm – was angesichts der kurzen Zeit, die sie miteinander verbracht hatten, absolut unangebracht war. Ob er glaubte, sein Spruch habe gewirkt und die Nereiden hätten sie zurück in ihre Welt gebracht?

Der Gelehrte beobachtete sie, die Augen noch ein wenig runder als zuvor. Er setzte an, suchte nach Worten, bis er sie derart direkt ansah, als wollte er sie mit seinem Blick regelrecht festnageln. »Und haben Sie die Magie des Rings bereits für sich nutzen können?«

Elli klappte der Mund auf. »Ist das denn möglich?«

»Eigentlich habe ich noch nicht davon gehört, aber … etwas sagt mir, dass Sie dazu in der Lage wären.« Prüfend betrachtete er sie. »Stimmt es? Haben Sie die Magie genutzt?«

Innerlich ließ sie die vergangenen Stunden Revue passieren. Es waren ein paar Dinge geschehen, die sie auf Zufälle oder Zeus' Adler zurückgeführt hatte. Zum Beispiel als sie in der Nacht ihrer Flucht dringend Hilfe gebraucht hatte und wie aus dem Nichts Stephanos aufgetaucht war. Oder während sie vor den Priestern geflohen und urplötzlich außer Reichweite der Männer gewesen waren, kurz bevor diese sie hatten ergreifen können. Oder als sie zu Hephaistos in die Schmiede gelangt war. Nur danach, als sie in der Bibliothek in Athen anstatt bei Stephanos gelandet war, hatte nicht sie selbst das Ziel vor Augen gehabt oder den Wunsch, dorthin zu gehen, sondern vermutlich der Gott der Schmiedekunst persönlich.

Zögerlich blickte sie auf. »Ich denke schon. Es sind ein paar Dinge geschehen. Unerklärliche Dinge.«

Dädalos langte nach einer Scheibe Brot. Während er sie aß, ließ er Elli nicht aus den Augen. Derweil versank sie wieder in ihren Gedanken. Wenn sie es tatsächlich gewesen war, die diese Dinge bewirkt hatte, zu was war sie darüber hinaus in der Lage?

Konnte sie Stephanos zu sich holen? Oder sich selbst zu ihm bringen? Vermochte sie jeden beliebigen Gott in seiner Wirkungsstätte zu besuchen? Nein, das konnte sie sich nicht vorstellen. Außer die Magie der Götter war tatsächlich derart am Schwinden, dass die Kräfte der geschmiedeten Gegenstände von Hephaistos denen der Götter gleichkamen.

»Würden Sie mir erzählen, was Sie mithilfe des Rings gewirkt haben?«

»Natürlich.« Vielleicht war Dädalos in der Lage, ihr weiterzuhelfen – zumindest schien er sich außergewöhnlich gut mit der Geschichte auszukennen. So detailliert wie nötig fasste sie zusammen, was geschehen war und wie sie jedes Mal den Ring berührt und unbewusst einen Wunsch geäußert hatte, bevor etwas Außergewöhnliches passiert war.

»Erstaunlich.« Er musterte sie von Kopf bis Fuß und ein Glanz trat in seine Augen, den sie schon bei anderen Wissenschaftlern gesehen hatte, sobald sie etwas Besonderes entdeckt hatten. »Ich möchte ehrlich mit Ihnen sein, Helena. Wenn die Priester Sie entdecken, werde ich nicht in der Lage sein, Sie vor ihnen zu schützen. Aber ich verspreche Ihnen, mein Möglichstes zu tun, um Ihnen zu helfen. Und das sage ich nicht nur als Gelehrter, der an dem Mythos teilhaben möchte. Ich betrachte Sie, wie bereits gesagt, als Schwester im Geiste. Ich denke nicht, dass es Ihrem Verstand angemessen ist, die Braut eines selbstherrlichen Gottes zu werden, die nach einem Jahr ausgetauscht wird.«

Erleichtert atmete sie auf. »Danke, das weiß ich sehr zu schätzen.«

Er lächelte sie an, derart unbekümmert, als gäbe es nichts zu befürchten. »Soweit ich weiß, sind Sie die erste Erwählte, die auf die Kräfte des Ringes zugreifen kann.«

»Wie kamen Sie darauf, dass ich dazu in der Lage bin?«

»Es war ein Gefühl.« Er holte Luft, als wolle er noch etwas hinzufügen, doch er tat es nicht. Sollte sie ihm sagen, dass sie bei Hephaistos gewesen war? Dass der Gott angedeutet hatte, sie würde aus dieser Welt stammen und könne deshalb auf die Magie zugreifen? Irgendetwas ließ sie zögern. Eine Ahnung, dass es ein … Geheimnis war. Dennoch war Dädalos vielleicht in der Lage, ihr bei der Suche nach der Antwort zu helfen.

»Glauben Sie, ich kann jederzeit darauf zugreifen? Dann könnte ich auch meinen Freund zu mir rufen. Er wird außer sich vor Sorge sein. Ich weiß nicht wieso, aber er ist auf meiner Seite und will mir helfen.«

»Sind Sie sicher, dass Sie ihm trauen können?«

»Natürlich. Er hat mir mehrfach geholfen, damit mich die Priester nicht in die Hände bekommen.« Auch wenn sie nicht vollends sicher war, aus welchem Grund er ihr half, würde sie die Gefühle, die sie an seiner Seite empfand und die möglicherweise auch er spürte, nicht mit Dädalos teilen. Das war ihr zu privat – zumal sie streng genommen noch verlobt war. Zumindest wusste sie nun, was sie zuerst erledigte, sobald sie wieder in ihre Zeit gelangte.

»Gut, dann werden wir uns auf Ihr Urteil verlassen müssen, aber ich würde Ihren Freund noch nicht herrufen. Schließlich will er Sie von der Kraft des Ringes trennen und wir wollen doch vorher noch klären, weshalb ausgerechnet Sie dazu in der Lage sind, auf die Magie des Geschmeides zuzugreifen.«

Das stimmte. Dennoch fühlte es sich falsch an, Stephanos im Ungewissen zu lassen, nun, da sie wusste, dass sie ihn zu sich holen konnte. Aber sie würde ihn im Anschluss an die Unterhaltung mit Dädalos immer noch kontaktieren können. Und das würde sie tun, egal, was der Gelehrte dazu sagte. Sie wollte sich auf ihr Gefühl verlassen und das sagte ihr, dass sie Stephanos ebenso trauen konnte wie ihm – nur, dass die beiden Männer unterschiedliche Interessen verfolgten, weshalb sie ihr halfen. Zumal es notwendig war, dass sie irgendjemandem vertraute – wie sonst sollte sie wieder nach Hause finden?

»Es ist erstaunlich, dass Sie an den Ring geraten sind, da er seit Jahren verschwunden war. Wie Sie sich vorstellen können, ist Plutos deshalb mehr als ungehalten. Sie stammen aus Delphi, haben Sie gesagt? Wie sind Sie an den Ring gekommen?«

»Ich …« Sie wollte ihm nicht verraten, dass sie aus einer anderen Zeit oder Welt stammte, das würde er ihr ohnehin nicht glauben. Und da sie einmal gesagt hatte, sie stamme aus Delphi, würde er ihr möglicherweise misstrauen, sobald er erfuhr, dass sie nicht die ganze Wahrheit gesagt hatte. »Ich bin in der Nähe des Rundtempels auf eine Statuette der Göttin Athena gestoßen. Sie war in der Erde vergraben. Sofort ist mir das leichte Gewicht aufgefallen, weshalb ich sie zerbrochen habe. In ihr war der Ring versteckt.«

»Höchstinteressant. Der Gott selbst vermochte nicht den Ring zu finden, doch Sie waren dazu in der Lage. Womöglich war das Schmuckstück durch Athenas Kräfte geschützt, worauf die Statuette hindeutet. Seltsam, dass die Göttin geholfen hat, den Ring zu verstecken.«

Stimmt, daran hatte sie noch gar nicht gedacht. Wieso war der Ring in einer Figur von Athena versteckt und nicht von Plutos selbst oder Demeter oder Persephone? Was hatte die Göttin der Weisheit mit dem Ring zu schaffen?

»Glauben Sie wirklich, dass Athena das getan hat?«

»Zumindest hat derjenige, der den Ring versteckt hat, Athena um Hilfe gebeten, sonst hätte Plutos den Ring längst finden müssen.«

Hatte dazu Stephanos nicht auch etwas erzählt? Oder war es Hephaistos gewesen? Aber ja, endlich fiel es ihr ein. »Die letzte Braut, ihr Name war Agatha, hat den Ring abgestreift, obwohl das ihren Tod bedeutet hat. Ihre treue Dienerin hat daraufhin die Statuette in der Werkstatt eines Bildhauers gefertigt und den Ring darin versteckt. Anschließend hat sie sie fortgebracht.«

Dädalos fuhr sich durch den dichten Bart. »Dieses Detail war mir bislang nicht bekannt. Deshalb liebe ich es, über meine Studien zu sprechen. Im Zuge solcher Unterhaltungen erfährt man oft ebenso viel, wie wenn man sich in den Archiven vergräbt und eine Schrift nach der anderen konsultiert. Nun verraten Sie mir noch, weshalb Sie den Ring übergestreift haben.«

Sie blickte in die Ferne, in Gedanken bei dem Augenblick, als sie das verhängnisvolle Schmuckstück in der Sonne hatte schimmern sehen.

»Es war beinahe, als … riefe er nach mir. Es war ein Drang, dem ich nicht widerstehen konnte. Ich habe überhaupt nicht nachgedacht, ihn einfach genommen und angezogen. Und kurz darauf habe ich die Stimmen der früheren Bräute gehört, die die Priester zu mir geführt haben.«

»Höchst erstaunlich, höchst erstaunlich.« Er leerte seinen Kelch und blickte in die Ferne. Elli unterdessen langte ein zweites Mal bei dem leckeren Essen zu. Wer wusste schon, wann sie das nächste Mal solche Köstlichkeiten aufgetischt bekäme? Sie würde ihn einen Moment seinen Gedanken überlassen und anschließend noch einmal auf das Gemälde zurückkommen. Das Gemälde mit der Frau und den zwei Männern. Bestimmt hatte er zusätzliche Informationen, die er noch nicht mit ihr geteilt hatte.

Sie naschte ein paar Oliven, knabberte Brot und Gebäck und trank einen weiteren Schluck Wein, der so stark verdünnt war, dass er nicht einmal für ein bisschen ihre Sinne benebelte. Mit jedem Bissen, den sie nahm, entspannte sie mehr, als urplötzlich ein Donner erscholl und ein gleißend heller Blitz in den Hof hinabfuhr.

Instinktiv schlug sie die Hände vors Gesicht, um ihre Augen vor der blendenden Helligkeit zu schützen. Sie hatte das Gefühl zu schweben, fortgezogen zu werden und hörte eine dunkle Stimme reden, die ihr ein Schaudern den Rücken hinauf sandte.

»Endlich ist der Ring wieder aufgetaucht. Endlich habe ich dich gefunden, meine schöne Braut. Und nun, nun führe ich dich heim.«

KAPITEL 18

So schnell wie der Blitz aufgetaucht war, verschwand er wieder. Elli blinzelte mehrmals, ihre Augen brannten, als würden tausende Nadeln hineinstechen. Das Brennen war so intensiv, dass sie zu keinem klaren Gedanken fähig war. Sie schrie und presste die Handflächen auf die Lider.

Endlich ließ der Schmerz nach. Den Schreck noch in den Gliedern setzte sie sich auf ihrer Liege auf – doch sie konnte nichts sehen. Nichts. Alles war hell und weiß, als schwebten dichte Wolken um sie herum. Sie sprang auf und versuchte sie beiseite zu schieben, doch sie bekam sie nicht zu fassen.

»Dädalos? Was ist passiert?«

»Der alte Mann ist nicht mehr hier. Dafür bist du dort, wo du hingehörst. Bei mir.«

Wer sprach zu ihr?

Die Stimme kam ihr vertraut vor, aber sie konnte niemanden erkennen. Langsam schälten sich Formen und Umrisse aus dem Nebel, die sich zu nichts Vertrautem verbanden. Halb blind tastete sie sich vorwärts, doch sofort wurde sie zurückgedrückt, ohne von jemandem berührt zu werden. Sie landete auf einem weichen Lager. War es die Liege, von der sie aufgestanden war? Aber es fühlte sich so anders an …

»Wer bist du?«

»Der Gebieter des Rings!«

O Gott.

Plutos …

Gänsehaut kroch ihr über den Rücken, während ihr die blanke Angst im Nacken saß. Wann bekam sie endlich ihre volle Sehfähigkeit zurück? Sie war schutzlos – wie sollte sie sich wehren, wenn sie nichts sehen konnte?

Sie blinzelte und blinzelte, wischte sich über die Augen, doch es nützte nichts.

»Wo bist du?«

»Ganz nah bei dir, meine Schöne. Ganz nah …«

Seine Worte wurden leiser, er entfernte sich von ihr. Gleichzeitig kehrte ihre Sehkraft zurück, zunächst nur Schemen, dann immer schärfere Umrisse, Linien, Kanten, bis sie endlich ihre Umgebung erfassen konnte. Und was sie sah, ließ sie aufkeuchen. Sie saß nicht länger bei Dädalos im Hof, nein, stattdessen befand sie sich in einem Raum, den sie sofort wiedererkannte.

Es war das Zimmer, in dem sie als Gefangene erwacht war.

Panisch blickte sie zum Fenster, über das neue Tierhaut gespannt war, sprang auf und lief hin. Auch ohne Scherbe wollte sie es beschädigen, kaputtreißen, zerfetzen, um erneut hinunterzuspringen. Doch es war unmöglich. Nicht an einer einzigen Stelle schaffte sie es, durch die Haut zu dringen, egal ob sie die Faust benutzte, die Fingernägel oder beide Hände zugleich. Lag ein besonderer Schutz darauf? Wieso sonst vermochte sie nicht einmal mit ihren Fingernägeln wenigstens einen kleinen Kratzer hineinzuritzen?

Doch sie gab nicht auf. Niemals. Wieder und wieder versuchte sie es, ohne Erfolg.

»Bitte setzt Euch, damit ich Euch herrichten kann«, erklang eine schüchterne Stimme.

Perplex fuhr sie herum. In ihrer Rage war ihr nicht aufgefallen, dass sich jemand im Zimmer befand oder hereingekommen war. Vor der verschlossenen Tür stand Sophia. Die kleine Dienerin ließ die Schultern hängen und schien alle Willenskraft zu brauchen, um nicht in Tränen auszubrechen. Ihre Unterlippe war geschwollen und ein Bluterguss prangte an ihrer Schläfe. War sie geschlagen worden?

Mit wenigen Schritten war Elli bei ihr und umfasste sie an den Schultern, worauf die Dienerin zurückschreckte. Beschwichtigend hob Elli die Hände. »Du brauchst keine Angst vor mir zu haben. Was ist geschehen? Haben sie dich verletzt?«

Sophia senkte den Kopf. »Ich wurde bestraft, weil ich nicht bemerkt habe, dass Ihr eine Scherbe zurückbehalten habt und entkommen konntet.«

Die kleine Dienerin hatte dafür bezahlen müssen? Ein flaues Gefühl wanderte durch ihren Magen. Das hatte sie nicht kommen sehen. Verdammt, diese Entführer wussten, wie man sie erpressen konnte. Am liebsten hätte sie das junge Mädchen in den Arm genommen, doch sie respektierte die Distanz, die sie verlangte.

»Es tut mir leid. Ich habe das nicht gewollt.«

Sophia hob kurz den Kopf. »Haltet Ihr Euch nun an die Regeln und hört damit auf, Fragen zu stellen?«

Sie biss sich auf die Unterlippe. Sie würde kein Versprechen geben, das sie nicht halten konnte. Andererseits wollte sie bestimmt nicht, dass Sophia erneut misshandelt wurde. Sie setzte ein freundliches Gesicht auf, das ihr erstaunlich leicht gelang. »Möchtest du mir das Haar kämmen?«

Ein zaghaftes Lächeln erschien auf Sophias schmalen Lippen und sie zückte einen elfenbeinernen Kamm aus ihrem Beutel. Elli setzte sich auf einen Schemel und ließ sich von ihr herrichten. Ihr fiel nichts anderes ein, womit sie die junge Dienerin besänftigen konnte, aber eines stand fest. Wenn sie das nächste Mal floh, musste sie Sophia mitnehmen.

Der Tag näherte sich bereits dem Abend – soweit es das schwindende Licht vermuten ließ –, als Sophia das Zimmer verließ. Sie hatte Ellis Haar gekämmt und zu einer kunstvollen Frisur geflochten. Anschließend hatte sie ihr die Hände und Füße gewaschen und mit Rosenöl massiert. Obgleich der Duft wohltuend war, beruhigte er Ellis angespannte Nerven nicht.

Plutos wusste nun von ihr. Er hatte sie zurück in die Gewalt der Priester gebracht. Selbst wenn ihr erneut die Flucht gelänge, würde sie es ohne Sophia nicht wagen.

Niemals könnte sie mit der Schuld leben, oder auch nur der Vorstellung, was der Dienerin infolge dessen angetan werden würde. Aber sie gab nicht auf. Es musste einen Weg geben. Es musste einfach so sein!

Verstohlen musterte sie immer wieder den Ring an ihrem Finger. Natürlich könnte sie versuchen, mit seiner Hilfe zu fliehen. Sie würde sich bei Sophia einhaken, sobald die Dienerin das nächste Mal bei ihr war, und sich zu Stephanos wünschen. Ihn hatte sie schließlich auch einmal mitgenommen, weshalb sie wusste, dass es funktionierte. Allerdings würde das Plutos sofort bemerken.

Er hatte nun ein Auge auf sie. Wieso hatte er sich ihr nicht zu erkennen gegeben, sondern war im gleißenden Licht geblieben? Vielleicht, weil er ein Gott war? So oder so würde er es spüren, sobald sie die Magie des Rings anzapfte, das stand außer Frage.

Eine Möglichkeit blieb ihr. Sie könnte Stephanos herrufen. Doch sie zögerte. Plutos würde es bemerken und wahrscheinlich brachte sie Stephanos dadurch in unnötige Gefahr. Und das wollte sie nicht. Weder er noch Sophia sollten darunter leiden, dass sie sich dem eitlen Gott verweigerte.

Die Zeit verstrich und sie grübelte hin und her. Als das Zimmer bereits in Dunkelheit verschwand, kehrte Sophia zurück und brachte ihr kleine Schalen voller Pfirsiche, Trauben und Honigmelone. Dazu eine Kanne frisches Wasser. Und diesmal verließ sie den Raum nicht, sondern verblieb im Schatten der Tür. Offensichtlich hatte sie den Befehl erhalten aufzupassen, dass Elli nicht wieder das Geschirr zerbrach oder abhaute.

Lächelnd hielt Elli ihr eine der Schalen entgegen. »Möchtest du mitessen?«

Sophia schüttelte den Kopf und senkte den Blick, dabei behielt sie die dünnen Arme hinter dem Rücken verschränkt.

»Komm schon, bitte. Es ist mehr als genug für zwei und du hast doch bestimmt Hunger. Es macht keinen Spaß, alleine zu essen. Erst recht, wenn jemand zuschaut.«

»Daran werdet Ihr Euch als Braut eines Gottes gewöhnen müssen.«

»Das kann ich morgen immer noch. Heute würde ich gerne mit dir zusammen essen.«

Sophias Mundwinkel zuckte. Rasch blickte sie über die Schulter in die Ecke. Dort befand sich weder eine Tür noch ein Fenster, aber womöglich ein Guckloch, durch das sie beobachtet wurden. Elli verstand.

Da die Dienerin erneut mit dem Kopf schüttelte, versuchte sie es kein weiteres Mal. Stattdessen ließ sie sich das Obst schmecken, erst recht als sie bemerkte, wie viel Freude es der Dienerin bereitete, wenn sie aß. Sobald die Schüsseln leer waren, schüttete Sophia etwas Wasser in eine Schale und reichte ihr ein Handtuch, damit sie sich die Hände waschen konnte. Anschließend massierte die Dienerin ihre Hände wieder mit Rosenöl ein.

Nein, diese liebe Person würde sie nicht noch einmal in Gefahr bringen. Aber vielleicht … vielleicht konnte sie fliehen, sobald sie sich nicht mehr in ihrem Gewahrsam befand. Dann konnte die Dienerin nicht dafür bestraft werden. Und damit ihr das gelang, musste sie mehr über den großen Tag erfahren.

Verstohlen linste sie zu ihr. »Darf ich fragen, wann die Hochzeit stattfindet?«

»Morgen.«

Morgen schon?

Ihr Herzschlag beschleunigte sich.

Morgen.

Die Zeit verrann. Sie musste rechtzeitig entkommen, aber damit ihr das gelang, musste sie ruhig bleiben. Nur mit Mühe schaffte sie es, nach außen hin gelassen zu reagieren.

»Und wo?« Elli legte den Kopf schräg und lächelte Sophia an, in der Hoffnung, dass sie ihr die erneute Fragerei nicht übelnahm. Doch offenbar war die Art von Fragen in Ordnung, da die Dienerin bereitwillig antwortete.

»Die Prozession startet am Rundtempel und läuft über die Heilige Straße zu Delphi bis hinauf ins Theater. Dort wird eine Vorstellung aus Musik und Schauspiel aufgeführt und anschließend werdet Ihr dem Gott als Erwählte übergeben. Was daraufhin geschieht, vermag kein Sterblicher zu sagen. Aber es heißt, Plutos bringt seine Bräute in sein Haus, wo Euch jeder Wunsch von den Augen abgelesen wird.« Sophia strahlte, als wäre das der Traum einer jeden Frau. Aber wenn man aus derlei einfachen Verhältnissen stammte wie die kleine Dienerin, so war die Sorglosigkeit, die damit einherging, vermutlich erstrebenswert.

Auch wenn ihr die Zwangsheirat noch immer gegen den Strich ging, ertappte sie sich dabei, wie sich ein kleiner Teil in ihr auf die Veranstaltung freute. Wie spannend war es, ein so großes kulturelles Fest mitzuerleben? Allerdings wäre es natürlich besser, als Zuschauer vom Rand aus zuzuschauen, als mit einem Unbekannten den Bund fürs Leben einzugehen.

»Das hört sich aufregend an. Wann werde ich meinen Zukünftigen zu Gesicht bekommen? Zu Beginn der Prozession oder wird er im Theater auf mich warten?« Am besten, sie floh, bevor sie dem Gott unter die Augen trat. War sie erst

194

einmal an seiner Seite, würde es schwerer werden, wenn nicht sogar unmöglich.

Sophia zuckte mit den Achseln. »Das kann ich Euch nicht sagen.«

Seltsam, dabei hatte die Dienerin doch anfangs so begeistert auf die Veranstaltung reagiert und schien über jedes Detail Bescheid zu wissen. Wieso wusste sie nicht, wann Plutos in Erscheinung trat, wenn sie es als Ehre bezeichnete, eine seiner Erwählten zu sein? Hatte sie womöglich noch nie an der Prozession und der Verlobungsfeier teilgenommen?

Nachdenklich musterte Elli sie. »Warst du schon einmal bei einer dieser Zeremonien dabei?«

Sophia schüttelte den Kopf. »Als Frau des einfachen Volkes bin ich dazu nicht berechtigt. Aber es ist mir eine Ehre, dass ich Euch vorbereiten und herrichten darf. Dadurch habe auch ich Anteil an dem Kult und trage zu seinem Gelingen bei – im Gegensatz zu den meisten anderen Menschen.«

»Heißt das, es nehmen überhaupt keine Menschen an dem Kultfest teil?«

»Doch, am Rande der Prozessionsstraße stehen viele Menschen, die Euch zujubeln werden. Aber im Theater selbst dürfen nur auserwählte Familien Platz nehmen. Das sind natürlich diejenigen, die über viel Macht und Reichtum verfügen. Und diejenigen, die große Verdienste dem Volk oder den Göttern gegenüber geleistet haben. Kein Wunder, angeblich wohnen der Zeremonie sämtliche Götter, Halbgötter und Heroen samt ihrer Familien bei.«

Sie riss die Augen auf. Das hieß doch nicht etwa, dass Athena dort sein würde, Aphrodite, Apollon, Artemis, ja sogar Zeus, Hades und Poseidon …? Heroen und Halbgötter, hatte Sophia noch erwähnt. Saßen auch Herkules, Theseus und Perseus im Publikum?

Bevor sie alle Namen in Gedanken aufzählen konnte, die ihr je beim Studium der griechischen Mythologie untergekommen waren, fuhr Sophia fort. »Ich weiß nicht, ob sie vom Olymp aus zusehen und Ihr sie erst dort zu Gesicht bekommen werdet, oder ob sich nicht sogar der ein oder andere bereits im Theater zu Delphi aufhalten wird. So oder so wird es ein unvergleichliches Erlebnis und es ist eine unvorstellbare Ehre, als Mensch daran teilzunehmen und darüber hinaus von Plutos auserwählt zu werden.«

»Aber das hat er doch eigentlich gar nicht. Schließlich habe ich den Ring gefunden und angezogen, ohne dass er etwas damit zu tun hatte.«

Sophia kicherte. Offenbar hatte sie in ihren Augen etwas sehr Dummes gesagt. »Und wie stellt Ihr Euch vor, wart Ihr dazu in der Lage, den Ring zu finden? Doch nur, weil der Ring und damit der Gott nach Euch gerufen haben.« Sie kicherte erneut. »Nein, nicht Ihr habt den Ring gefunden. Der Gott hat Euch erwählt. So läuft es seit jeher ab. Ihr seid nur eine Marionette im Spiel der Götter – ebenso wie wir anderen. Und das werden wir für immer bleiben.«

Nachdenklich blieb Elli auf ihrer Liege, während Sophia die Schüsseln und die Kanne einsammelte. Ein letztes Mal durfte sie ein paar Schluck Wasser aus dem Kelch trinken, bevor ihr auch dieser genommen wurde. Dieses Mal achtete die Dienerin akribisch darauf, dass kein Geschirr im Zimmer verblieb, das sie zerbrechen konnte.

Nur beiläufig nahm sie es wahr. Sophias Worte wanderten wieder und wieder durch ihren Kopf. Die Menschen waren nur Marionetten im Spiel der Götter. War es das? Ein Spiel?

Aus anderen Mythen wusste sie, dass die Götter regelmäßig kleine oder auch größere Wettkämpfe austrugen. Wer ist die Schönste? Wer ist der Schnellste? Wer ist der Mächtigste? Jedes Mal, wenn Menschen in die Schusslinie geraten waren, hatte das die Götter nicht aufgehalten. Sie waren launisch und eitel. Sich miteinander zu messen, schien ein alltäglicher Zeitvertreib zu sein.

War es das? Ein neuer Wettkampf? War Elli zwischen die Fronten geraten?

Wer war daran beteiligt? Plutos offensichtlich und Athena auch, wenn man die Statuette bedachte, in der der Ring gesteckt hatte. Hephaistos spielte auch eine Rolle. Schließlich war sie bei ihm gewesen und er hatte den Ring gefertigt.

Hatte Zeus auch seine Finger mit im Spiel? Immerhin war mehrmals ein Adler über ihr gekreist …

Die Angelegenheit war in jedem Fall undurchsichtiger als erwartet. Elli würde all ihre Kenntnisse der griechischen Antike benötigen, um den Mythos zu entschlüsseln. Zumindest hoffte sie, dass ihr Wissen ausreichte. Denn sonst … sonst würde sie als Braut eines Gottes enden und nach einem Jahr als Geist seine zukünftigen Frauen heimsuchen. Und das entsprach so gar nicht der Zukunft, die sie für sich ausgemalt hatte.

KAPITEL 19

ER

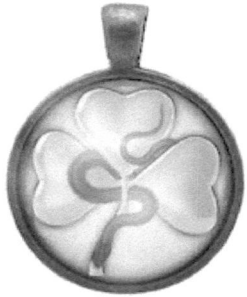

Auf Zehenspitzen schlich er durch die Schatten zu der Höhle, in der das gleichmäßige Hämmern dröhnte. Es war nicht schwer gewesen, ihrer Spur zu folgen, doch es hatte ein wenig Zeit gekostet. Sie hatte die Magie des Rings benutzt, ohne es zu bemerken.

Hätte er ihr die Möglichkeiten, die das Schmuckstück bot, erklären sollen? Wäre sie dann noch bei ihm und in Sicherheit? Unweigerlich ballte er die Hände zu Fäusten. Es nutzte nichts, sich Vorwürfe zu machen. Er hatte sich dafür entschieden, ihr möglichst wenig zu sagen, damit ihre Neugierde nicht unnötig geweckt wurde, und dabei blieb er.

Schließlich tat er es zu ihrem Schutz.

Sein Magen drehte sich um bei der Vorstellung, dass Plutos sie zu sich geholt haben könnte. Doch daran durfte er nicht denken. Es war noch nicht so weit. Er hätte es gespürt. Davon war er felsenfest überzeugt. Er hätte es gespürt, wenn sie ihm für alle Zeit …

Das Donnern erstarb, worauf er stehen blieb. Er atmete flach, verblieb tief in den Schatten und wartete ab.

»Du wagst es, in meine Schmiede zu kommen? Ausgerechnet du?«

Jeder andere wäre bei der Stimmgewalt zusammengezuckt, doch er blieb gelassen, auch wenn es nicht sein Plan gewesen war, von Hephaistos bemerkt zu werden. Er richtete sich zu seiner vollen Größe auf und trat aus der Dunkelheit in das flackernde Licht des Schmiedefeuers. Die Schatten züngelten über seine muskulösen Arme, die er automatisch anspannte.

»Ich suche nach jemandem.«

Ungeduldig schlug Hephaistos mit der flachen Hand auf den Amboss. »Ich weiß, wen du suchst. Wann hörst du endlich auf, dich in ihr Geschick einzumischen? Ohne dich ist sie besser dran!«

»Nein, das ist sie nicht. Soll ich sie etwa dem selbstgefälligen Plutos überlassen?«

Der Gott brummte, griff nach dem Schwert und dem Hammer und fuhr fort, die Klinge zu schmieden.

»Wohin ist sie gegangen, nachdem sie bei dir war?«

»Ich habe sie dorthin gebracht, wo sie Antworten erhält.«

»Antworten? Aber sie darf nicht wissen, was —«

»… du ihr angetan hast?«

»… damals geschehen ist.«

Hephaistos brummte, was einem Donnergrollen gleichkam. Nicht umsonst war er einer der zwölf großen Götter. Dann wandte er sich ihm zu. »Ich habe sie dorthin gebracht, wo sie Antworten erhalten wird. Sie darf nicht in ihre Zeit zurückkehren, bevor sie es weiß.«

»Das werden wir sehen«, presste er zwischen zusammengebissenen Zähnen hervor. Bevor Hephaistos reagierte, kehrte er zurück in die Schatten und suchte weiter. Suchte nach ihr, für die sein Herz schlug, nach der seine Seele rief und die er dennoch niemals lieben durfte.

KAPITEL 20

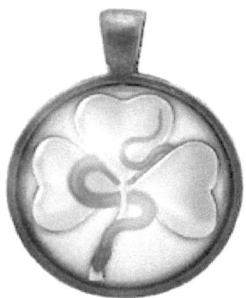

Die Nacht verstrich und sie bekam kein Auge zu. Selbst wenn sie eine erneute Flucht hätte wagen wollen und es ihr egal gewesen wäre, was mit Sophia geschah, wäre ihr das nicht gelungen. Mehrmals hatte sie versucht, die Tierhaut vor dem Fenster mit den Fingern zu durchlöchern. Erfolglos.

Eine Weile hatte sie auf der Liege geruht und versucht zu schlafen, doch es war ihr nicht möglich zu entspannen. Irgendwann war sie ans Fenster getreten, wo sie seither verblieb.

Auch wenn sie draußen nur den Schein einer schwachen Laterne ausmachen konnte, der gedämpft durch die Tierhaut drang, war es ihr liebster Ort – sofern eine Stelle in diesem Gefängnis diese Bezeichnung überhaupt verdiente.

Eingesperrt zu sein, entsprach so gar nicht ihrem Naturell. Sie war eines der Kinder gewesen, das immer hatte draußen spielen wollen, und eine Jugendliche, die viel unterwegs gewesen war. Hätten ihre Eltern das Geld gehabt, wäre sie mit ihnen bereitwillig um die Welt gereist. Da sie jedoch in ärmlichen Verhältnissen aufgewachsen war, hatte sie das Beste daraus gemacht und war mit dem Fahrrad oder zu Fuß auf Entdeckungstour gegangen.

Ärmlich bedeutete in dem Fall nicht, dass sie hatte in Lumpen herumlaufen und um Essen betteln müssen. Ihre Eltern hatten gut für sie gesorgt und es hatte ihr an nichts gefehlt, das ein Kind zum Leben brauchte. Aber darüber hinaus hatte es nur wenig gegeben. Das größte Geschenk zum Geburtstag war für sie damals ein Mitgliedsausweis in der Stadtbibliothek gewesen, worauf sie gemeinsam mit ihrem Vater die Abteilung über griechische Mythologie gestürmt hatte.

An der Universität hatte sie Glück gehabt und frühzeitig einen der Aushilfsjobs ergattert. Sonst hätte sie sich das Studium kaum leisten können, erst recht nicht, als ihre Eltern gestorben waren. Sie hatte früh gelernt, mit wenig auszukommen, was ihr damals wie heute nützlich war.

Glücklicherweise hatten im Zuge des Studiums jede Menge Exkursionen stattgefunden, manche nur für ein paar Tage in der näheren Umgebung, andere für Wochen nach Griechenland. Endlich war sie mal rausgekommen und hatte Fernluft geschnuppert. Von da an hatte sie jeder bevorstehenden Reise entgegengefiebert. Zum Glück gehörten zu ihrem Studienfach zahlreiche Ausflüge dazu. Und das Gepäck, mit dem sie reiste, war damals wie heute bescheiden, sodass sie problemlos von Ort zu Ort kam. Mittlerweile hatte sie zwar keine Geldprobleme mehr, aber viel benötigte sie trotzdem nicht.

Phil hatte sich oft mit einem charmanten Lächeln darüber lustig gemacht, dass sie theoretisch nur ein Zelt brauchte, um glücklich zu sein. Manchmal fragte sie sich, wie sie mit diesem Mann, der die größten Luxusapartments besaß, hatte zusammenkommen können. Es waren wohl ihre gemeinsame Sehnsucht nach Griechenland und ihre Begeisterung für die Antike gewesen.

Als sie sich das erste Mal begegnet waren, hatte sie sich auf einer Vortragsreihe in Athen befunden. In der Kaffeepause am Nachmittag waren sie ins Gespräch gekommen und sie hatten bis spät in die Nacht hinein diskutiert. Sie war beeindruckt gewesen von seinem Wissen, gepaart mit seiner charmanten Ausstrahlung und seinem guten Aussehen. Und scheinbar hatten durch ihrer beider Begeisterung für die griechische Antike ihre Herzen im Gleichklang geschlagen.

Er hatte ihr unglaublich geholfen, damit sie vorankam in ihrem Beruf und viel Zeit in Griechenland verbringen konnte. Seine Kontakte waren von großem Vorteil gewesen, hatten ihr Türen geöffnet, die andernfalls verschlossen geblieben wären. Nicht umsonst war sie eine der jüngsten Expertinnen für Delphi, die es je gegeben hatte.

Sie verdankte ihm viel, weshalb sie die Beziehung mit ihm nicht leichtfertig hatte beenden wollen, obwohl schon eine Weile nichts mehr rosig gewesen war. Nicht weil sie sich noch mehr von ihm erhoffte, sondern weil sie nicht undankbar sein und etwas, was vielleicht nur vorübergehend nicht funktionierte, frühzeitig hatte aufgeben wollen.

Mit einem Seufzen dachte sie an Phil. War es wirklich seine Schuld, dass sie sich voneinander entfernt hatten? Lag es ausschließlich daran, weil er sich nicht mehr für ihre Arbeit interessierte, oder hätte nicht auch sie für ihn mehr Raum in ihrem Leben lassen müssen? Was zählte denn seit Jahren für sie mehr? Ihre Arbeit oder die Zeit mit ihm? Und was sagte das über ihre Gefühle aus?

Sie biss sich auf die Lippe. Nein, sie konnte gewiss nicht ihn allein für das Scheitern ihrer Beziehung verantwortlich machen. Und das wollte sie auch nicht.

Wie aus dem Nichts tauchte Stephanos in ihren Gedanken auf. Sein verstecktes Grinsen, seine dunkelblauen Augen, die sie an ein Gewitter in der Nacht erinnerten, seine charmante, unaufdringliche Art, darüber hinaus seine Begeisterung für die Antike – nun, die war wohl kaum verwunderlich, war er doch noch immer ein Teil dieser altertümlichen Zeit.

Was hatte es mit seiner Geschichte auf sich? War er wirklich der Sohn eines Gottes? Der Sohn von Asklepios womöglich, da er sie so rasch hatte heilen können? Was tat er gerade? Schlief er selig mit dem Gedanken, dass sein … Zauber gewirkt hatte und sie wohlbehütet in ihrer Zeit angekommen war? Oder wusste er, dass etwas schiefgelaufen war, und suchte sie?

Sollte sie es vielleicht doch wagen, mithilfe des Rings zu ihm zu springen? Sie fuhr mit dem Finger über das kühle Metall, das sie kaum sehen konnte, so dunkel war es in dem Zimmer. Nein, sie würde die Magie des Rings nur im größten Notfall einsetzen. Was nutzte es schließlich, zu Stephanos zu springen und eine Sekunde später von Plutos wieder zurückgeholt zu werden?

Andererseits, wenn sie ihm Bescheid sagte, dass sie noch immer in dieser Welt verweilte, und ihm verriet, wo sie gefangen gehalten wurde, half er sicherlich, sie zu befreien …

War das die Idee? Sollte sie zu ihm reisen, ihm Bescheid sagen und sofort wieder in ihr Gefängnis zurückkehren, bevor Plutos Wind davon bekam? Augenblick, eine Sache hatte sie dabei nicht bedacht: Stephanos würde sie nicht in ihr Gefängnis zurückkehren lassen. Und dass sie womöglich auch nicht zurück gehen wollte, war ebenso wahrscheinlich. Wieso sollte sie sich, einmal entkommen, erneut von den Fesseln ihrer Entführer knebeln lassen?

Doch, sie würde zurückkehren, denn es gab einen triftigen Grund. Noch einmal durfte Sophia nicht für ihr Verschwinden bestraft werden. In Gedanken sah sie die Verletzungen der jungen Frau. Andererseits … wenn ihr die Flucht mithilfe des Ringes gelang, konnte die kleine Dienerin doch schlecht dafür verantwortlich gemacht werden, oder?

Nachdenklich strich sie über den Ring an ihrem Finger. Sie versuchte gar nicht mehr ihn zu drehen oder abzustreifen. Ob das nur daran lag, dass sie sich ohnehin keine große Hoffnung machte, oder daran, dass sie befürchtete, wie die vorherige Braut dabei zu sterben?

Während die Minuten verstrichen, fasste sie einen Entschluss. Sie musste alles versuchen, um dem Gefängnis und der Heirat zu entkommen. Ohne einen Augenblick länger zu zögern, strich sie über den Ring und stellte sich vor, bei Stephanos zu sein. Sie streichelte über das Gold, konzentrierte sich auf den Griechen und spannte die Muskeln an. Erneut rieb sie über das Schmuckstück, fester, intensiver. Doch es geschah nichts. Wieso funktionierte es nicht mehr?

Sie strich über den Ring, wieder und wieder, bis eine Stimmte ertönte, die ihr eiskalte Schauer den Rücken hinunter jagte. »Du kannst mir nicht entkommen, Helena. Nun gehörst du mir!«

Noch bevor das erste Licht der Morgensonne in ihr Zimmer drang, schlug Sophia die Tür auf und rief fröhlicher als am gestrigen Tag: »Guten Morgen.«

Geblendet vom Schein der Kerze, die ihr die Dienerin direkt vors Gesicht hielt, blinzelte Elli. »Guten Morgen.«

Sie lag auf ihrer Liege. Wann war sie eingeschlafen? Die Nacht kam ihr in den Sinn. Hatte sie wirklich versucht die Macht des Rings zu nutzen – erfolglos? Hatte sie tatsächlich die Stimme des Gottes gehört, der behauptete, sie könne ihm nicht entkommen? Oder hatte sie das alles nur geträumt?

»Seid Ihr bereit für den großen Tag?« Sophia setzte sich auf die Liege und strich Elli eine verirrte Strähne aus dem Gesicht. »Hopp, hopp, setzt Euch auf. So zerzaust, wie Ihr aussseht, haben wir eine Menge Arbeit vor uns.« Sie wartete gar nicht, bis Elli sich aufrichtete, sondern stellte die Kerze auf den Beistelltisch und zog Elli hoch.

»Okay, okay, ich bin schon wach.« Sie fühlte sich wie erschlagen. Lag es an der Erkenntnis, dass sie nicht länger über die Magie des Rings verfügen konnte, oder an den wenigen Stunden, die sie geschlafen hatte? Dabei war heute der große Tag. Heute musste sie einem Gott entwischen.

Langsam kehrte Leben in ihre Glieder. Ein paar Tassen Kaffee wären definitiv von Vorteil, aber den gab es in der griechischen Antike noch nicht. Stattdessen gab es … sie suchte den Tisch und den Boden ab … nichts?

»Kann ich etwas zu trinken haben?«

Sophia schüttelte den Kopf. »Ihr müsst dem Gott rein und entgiftet entgegentreten, andernfalls käme es einer großen Beleidigung gleich.«

Was sie nicht sonderlich stören würde … Aber da sie schlecht an Sophia vorbei in die Küche stürmen und sich eine Schüssel Getreidebrei mit Aprikosen und literweise Kaffee – den es dummerweise noch nicht gab – einverleiben konnte, blieb ihr wohl nichts, als ihr Bauchgrummeln zu ignorieren.

So ein Mist. Heute war der Tag der Tage, was bedeutete, dass es nichts zu essen gab. Aber hatte Sophia nicht ursprünglich etwas von Wasser gesagt?

»Ich dachte, Wasser dürfte ich trinken?«

»Nur das Wasser im Zuge der Prozession, aber ich darf Euch nichts mehr geben.«

Ihr Mund fühlte sich trocken an. Hätte sie gewusst, dass es heute nichts gab, hätte sie gestern Abend mehr getrunken. Ohne Essen kam sie eine Weile aus, aber Wasser zählte ebenso wie Kaffee zu ihrem Lebenselixier.

Der zweite Tag ohne Kaffee … Ihr Kopf dröhnte. Lag das an der Angst oder war das nicht viel mehr ihr Koffeinentzug?

Auch wenn ihr nach Maulen zumute war, riss sie sich zusammen und ließ sich von Sophia frisieren. Die Dienerin löste den Zopf, den sie gestern geflochten hatte, kämmte ihr langes blondes Haar und massierte erneut ein wenig Öl in die Längen. Die Spitzen glänzten wie noch nie zuvor und der Duft belebte Ellis Sinne.

Es dauerte, bis Sophia fertig war, dann deutete sie auf ein Gewand, das sie auf die Liege gelegt hatte – vermutlich, als sie noch geschlafen hatte. Der dünne fließende Stoff, der an blühenden lilafarbenen Flieder erinnerte, gefiel ihr. Daneben lagen ein geflochtener Gürtel und Blumen in der gleichen Farbe, letztere sollten ihr vermutlich ins Haar gesteckt werden.

»Stellt Euch hin, ich werde Euch helfen.«

Elli zögerte. Sie sollte sich vor der Griechin nackt ausziehen? Andererseits hatte Sophia sie wohl schon einmal unbekleidet gesehen. Immerhin war ihre bequeme Kleidung von zuhause verschwunden und sie hatte ein griechisches Gewand getragen, als sie das erste Mal in diesem Raum erwacht war.

Kurz schielte sie in die Ecke, in die Sophia am gestrigen Abend geblickt hatte, nachdem sie ihr etwas zu essen angeboten hatte. »Beobachtet mich auch niemand? Schließlich bin ich die Braut eines Gottes, der es bestimmt nicht gutheißt, wenn mich andere Männer nackt sehen.«

»Keine Sorge, dort sitzen nur Frauen.«

Na toll. Da ihr kein anderes Argument einfiel, stellte sie sich hin und ließ sich von Sophia entkleiden. Die Dienerin löste die Spangen an ihrer Schulter, worauf der Stoff zu Boden glitt. Nicht einmal ihre Unterhose hatten sie ihr gelassen.

Mit geschickten Händen drapierte Sophia den lilafarben Stoff um Ellis Körper. Diesmal verwendete sie goldene Spangen, um die Stofflagen über ihren Schultern zu befestigen. Sie waren schwerer als die vorherigen und kunstvoll verziert. Beide zeigten in einem Relief ein Füllhorn, das mit Trauben, Getreideähren und Nüssen gefüllt war. Lorbeerblätter zierten die restliche freie Fläche. Unglaublich, wie filigran es gestaltet war. Wäre es Diebstahl, wenn sie das Gewand mitsamt der Spangen mit in ihre Zeit nahm? Jedes Museum würde sich darum reißen.

Unter der Brust gürtete Sophia das Kleid mithilfe des geflochtenen Bandes, das ein wenig dunkler war als das Gewand selbst. Die Farbe erinnerte an Blüten von Lavendel. Es sah alles ausgesprochen hübsch aus. Wäre die Angelegenheit eine andere, hätte sie sich möglicherweise wohl gefühlt und gefreut, aber so …

Nachdem Sophia die Blumen in ihr Haar gesteckt hatte, umrandete sie ihre Augen mit schwarzer Kohle und wollte anschließend etwas wie Rouge auf ihre Wangen und Lippen tupfen, doch unvermittelt winkte sie ab. »Eure natürliche Röte reicht aus, um den Gott um den Finger zu wickeln.« Sie kicherte.

Elli war nicht nach Kichern zumute. Vielmehr beschleunigte sich zusehends ihr Puls. Den Durst hatte sie verdrängt, ebenso wie das Hungergefühl. Je mehr Zeit verstrich, desto angespannter wurde sie. Hoffentlich gab es im Zuge der Zeremonie wirklich eine Möglichkeit zur Flucht.

Sophia stemmte die Hände in die Seiten und betrachtete sie stolz. »So, fertig. Lasst mich sagen, dass Ihr die schönste Braut seid, die ich je habe herrichten dürfen.« Sie verbeugte sich vor ihr und entfernte sich.

Elli hob die Hand. »Warte, Sophia, ich —«

Doch die Dienerin drehte sich um, als hörte sie sie nicht.

Die Tür stand offen, sodass sie einen Blick in den schwach beleuchteten Flur werfen konnte. War der Moment der Flucht gekommen?

Wie auf Kommando schälten sich zwei muskulöse Männer aus den Schatten. Mit Speeren in den Händen stellten sie sich stramm neben der Tür auf und richteten die Augen unablässig auf sie.

Wohl eher nicht.

Die Wachen verbeugten sich unerwartet höflich und bedeuteten ihr, zu ihnen zu treten. »Kommt, Braut des Plutos.«

Am liebsten hätte sie geschrien: »Ich habe einen Namen!«

Doch sie verbiss es sich. Sie würde sich fügen und das klaglose Weibchen spielen, damit die Priester sie unterschätzten, bis der richtige Moment zur Flucht gekommen war.

»Wir geleiten Euch zu Eurem Zukünftigen.« Sie sagten es mit einem feierlichen und demütigen Unterton, als wäre Elli bereits eine Halbgöttin oder Ähnliches, vor deren Zorn sie sich fürchteten. Vielleicht konnte sie sich das nachher zunutze machen …

Mit klopfendem Herzen trat sie aus der Tür. In dem schwach beleuchteten Flur fehlte von Sophia jede Spur. Stattdessen standen dort weitere Männer, bewaffnet mit Speeren, allesamt durchtrainiert und die Augen unentwegt auf sie und die Umgebung gerichtet. Sie trugen typische griechische Männerkleidung, dazu Waffengürtel, die reichlich bestückt waren.

Würden etwa all diese Männer sie bis zu Plutos begleiten? Wie sollte sie so vielen wachsamen Augen entrinnen?

Ihre Hände zitterten. Entschieden ballte sie sie zu Fäusten. Auch wenn es im Moment so aussah, als gäbe es kein Entkommen, würde sie die Hoffnung nicht aufgeben. Egal, wie übermächtig die Krieger wirkten, egal wie aussichtslos ihre Situation erschien, sie würde die Hoffnung nicht aufgeben. Niemals!

KAPITEL 21

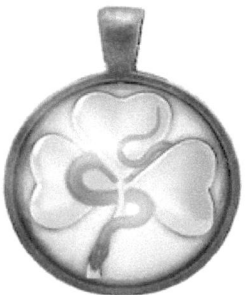

Es war stockfinster, als die Männer sie aus dem Gebäude in einen weitläufigen Hof führten, der spärlich von den Fackeln in ihren Händen beleuchtet wurde. Die Nachtluft war kalt, aber trocken. Eine Eule schrie, sonst war nichts zu hören.

Nur für einen Moment schloss Elli die Augen. Kühler Wind strich ihr um die Nase und vermittelte ihr ein wohltuendes Gefühl. Vielleicht, weil es in Gefangenschaft keinen Wind gab. Wind war ein Zeichen davon, dass man sich draußen aufhielt, dass man frei war. Wind war endlos, er wanderte um die Welt, wehte nur kurz bei einem vorbei, bevor er weiterzog und das Versprechen zurückließ, dass es noch so viel mehr zu entdecken galt, so viel mehr zu erleben. Wie ein Sog zerrte der Wind an ihr und am liebsten wäre sie auf seine Schwingen gesprungen und hätte sich fort wehen lassen.

»Los!« Der harsche Befehl holte sie in die Gegenwart zurück. Umringt von den Priestern lief sie widerstandslos mit ihnen zu einem Pferd, das von weiteren Männern bewacht wurde. Auch wenn sie durchtrainiert und bewaffnet waren, wurde sie das Gefühl nicht los, dass es sich bei ihnen nicht nur um Krieger, sondern auch um Priester handelte.

Als einer der Krieger sie unvermittelt um die Hüfte packte und auf das Ross setzte, schoss Hoffnung in ihr Herz. Ein Pferd – welche bessere Fluchtmöglichkeit hätten ihr die Männer liefern können? Doch als ihr Blick auf die berittenen Krieger fiel, die vor dem Tor auf der Straße warteten und ebenfalls zum Zuge derer gehörten, die sie nach Delphi brachten, schwand ihre Zuversicht.

Verlier die Hoffnung nicht, Elli. Es wird einen Moment geben.

Ein Priester schnalzte mit der Zunge, worauf die Pferde – auch das, auf dem sie saß – lostrotteten. Wie eine Dame in früheren Zeiten saß sie mit den Beinen auf einer Seite auf dem Schimmel und ritt gemächlichen Schrittes die Straße entlang, über die sie in der vorherigen Nacht geflohen war. Begleitet wurde sie von so vielen Kriegern, dass sie sie kaum zu zählen vermochte. Einige von ihnen trugen zusätzlich zu ihren Waffen Fackeln, um den Weg zu beleuchten, deren flackerndes Licht die bedrohliche Stimmung befeuerte.

Sie verließen die Stadt, worauf sie das Feld entdeckte, durch das sie fortgelaufen war. Sehnsüchtig dachte sie daran, wie Stephanos sie in der vergangenen Nacht gefunden hatte. Wo war der Fehler gewesen, weshalb sie erneut in Plutos' Fänge geraten war? Wie hätte sie ihm entkommen können?

Wie sich vor den übermächtigen Kräften des Gottes verstecken, obgleich sie seinen Ring am Finger trug?

Sie war eine Getriebene gewesen. Getrieben von den Ereignissen und der Macht des Rings, von der sie anfangs nichts gewusst hatte. Und getrieben vom Willen der Götter, begonnen mit Hephaistos, der sie von Stephanos fort zu Dädalos geführt hatte, und anschließend vom Willen Plutos', der sie in die Gewalt der Priester zurückgebracht hatte und ihr seither den Zugang zur Kraft des Rings verwehrte.

Seufzend betrachtete sie die dunkle Landschaft, die sich vor ihr ausbreitete und von der sich nur schwache Schemen abzeichneten. In nicht allzu weiter Ferne entdeckte sie schwach das Massiv des Parnass-Gebirges, an dessen Hang Delphi erbaut worden war. Als hätte sie reiten gelernt, passte sie ihre Bewegungen mühelos denen des Pferdes an, sodass es angenehm war, von dem ruhigen Tier getragen zu werden. Obwohl sie lieber wie die Männer breitbeinig auf dem Schimmel gesessen hätte, fühlte sie sich sicher. Zärtlich strich sie dem schönen Tier über den weißen Hals. Die Berührung war warm und tröstlich. Das Ross schnaubte leise, was ihr ein Lächeln aufs Gesicht zauberte. Sie wiederholte die Geste, worauf die Bewegungen des Pferdes noch sanfter wurden.

»Du liebes Tier«, dachte sie mehr, als dass sie es laut aussprach, und ihr Herz schlug ein wenig freier.

Sie versuchte am Hang des Parnass' die Tempel von Delphi auszumachen, doch noch immer zeichnete sich kein heller Streifen am Horizont ab, der die Sichtverhältnisse verbessert hätte. Wahrscheinlich startete die Prozession in Delphi, sobald die Sonne aufging.

Das helle Fell des Pferdes schimmerte matt im Dunkeln, ein tröstlicher Lichtpunkt, ebenso wie die Wärme, die das

Tier ihr spendete. Einer Eingebung folgend legte sie sich für einen kurzen Augenblick auf den Hals des Pferdes, soweit es in ihrer schräg sitzenden Position möglich war, und umarmte es. Erneut schnaubte das Tier leise und sie lächelte. Eine Gewissheit breitete sich in ihrem Herzen aus, die ihr half, die Zuversicht zu bewahren. Sie hatte einen Freund gefunden.

Nach einer Weile ragten die Umrisse der Tempel vor dem Gebirge auf. Fackeln beleuchteten den Weg, der bis zu dem Rundtempel führte, die ihrerseits erloschen, sobald Elli mitsamt ihrer Begleiter den Wegabschnitt passierte.

Der marmorne Rundtempel war mit unzähligen Sträußen aus Ähren, Kerzen, Blumen und Bändern geschmückt. Die Heilige Straße hinauf zeichneten sich schwach die Silhouetten derjenigen ab, die die Prozession bejubeln würden. Doch im Moment war alles still und keiner der Teilnehmer rührte sich. Nur die steten Huftritte hallten durch das Gebirge wie Trommeln, die den Festakt ankündigten.

Beim Anblick der rituell beleuchteten Straße und der unzähligen Menschen stieg ihre Nervosität. Sie wollte keine Angst zeigen, ja, sie nicht einmal verspüren, aber angesichts der vielen Anhänger des Kults und der Macht, die das gewaltige Heiligtum mitsamt der vorbereiteten Kulthandlung verströmte, schwand ihre Hoffnung.

Sie ballte die Hände zu Fäusten und kämpfte mit aller Gewalt die Tränen zurück, die sich bildeten.

Ich bleibe stark. Ich werde einen Ausweg finden.

Doch die Angst war übermächtig und drohte sie zu lähmen. Die erste Träne bildete sich in ihrem Auge, worauf der Schimmel erneut leise wieherte. Und dieses kaum hörbare Geräusch war tröstlicher als alles, was ihr jemand zur Aufmunterung hätte sagen können.

Lächelnd strich sie dem Pferd über den Hals. Sie war nicht mehr alleine. Sie hatte einen Verbündeten, wie auch immer das so schnell möglich gewesen war.

Die Kraft kehrte in ihr Herz zurück, gemeinsam mit dem Willen, dem Ganzen zu entkommen. Sie klopfte dem Tier liebevoll an den Kopf und richtete sich auf seinem Rücken auf. Stolz. Selbstbewusst. Niemand sollte sie für schwach halten. Vor allem nicht sie selbst.

Ein Mann erschien wie aus dem Nichts. Um die Hüften und die Oberschenkel trug er ein weißes Tuch und sein nackter Oberkörper war mit Öl eingerieben, weshalb seine Haut im Licht der Flammen glänzte. Er ergriff das Halfter ihres Pferdes und führte sie an den Beginn der Heiligen Straße. Eigentlich hatte sie damit gerechnet, dass sie zu Fuß hinauflaufen musste, aber offenbar würde sie auf dem sanften Tier reiten. Instinktiv wusste sie, dass es ein Hengst war. Und gemeinsam mit ihm würde der Weg bis hinauf zum Theater nicht nur wesentlich weniger anstrengend werden, sondern vor allem weniger beängstigend.

Der Grieche hielt ihr Pferd am Halfter und wartete. Sämtliche Fackeln erloschen auf ein stilles Kommando, lediglich der Rundtempel wurde von Öllampen beleuchtet. Von weiter oben im Gebirge, vermutlich dem Theater oder auch dem Apollontempel, drangen flackernde Lichtscheine an die Felsen, hervorgerufen durch Feuer in Schalen.

Die Stimmung war mystisch und intensiv und sie griff regelrecht nach ihr, nach ihrem Innersten. Sie musste sich konzentrieren, um nicht dem Drang zu erliegen, emotional in dem Ritual aufzugehen.

Im Zentrum des Rundtempels entzündeten die Priester ein Feuer und legten Zweige darüber und warfen etwas wie kleine gelbliche Steine hinein. Dem Geruch nach zu urteilen, handelte es sich dabei um Weihrauch und Myrrhe. Der Duft wanderte bis zu ihr, tief in ihren Kopf, in jede einzelne Zelle. Ihre Sinne drohten abzudriften, sich voll und ganz dem Ritual hinzugeben, so durchdringend und angenehm zugleich war der Duft. Wie viel Grünzeug und Harze hatten die Priester auf das Feuer gelegt? Oder bedurfte es nur geringer Mengen?

Durch die heiße, geruchsstarke Luft klebte ihre Zunge noch quälender am Gaumen. Was gäbe sie für ein Glas Wasser. Vielleicht war es dieser natürliche Instinkt, der ihr half, bei Sinnen zu bleiben. Nicht weit entfernt, das wusste sie, existierte eine Quelle. Wenn man daraus trank, so besagte der Mythos, verliehen einem die Götter kreatives Geschick. Darauf war sie zwar nicht sonderlich scharf, aber wenn sie Glück hatte, war es Teil der Zeremonie, dass sie aus dieser besonderen Quelle einen Schluck trinken durfte. Hatte Sophia nicht angedeutet, dass sie im Zuge der Prozession klares Wasser zu trinken bekam? Hoffentlich. Lange hielt sie es nicht mehr ohne aus.

Die Pferde wurden unruhig, die Anspannung steigerte sich zum Zerreißen, nur ihr Hengst blieb entspannt stehen. Unvermittelt setzten Trommeln ein und wenige Augenblicke später drang der erste Lichtschein über den Horizont. Das sanfte Licht drängte die Nacht zurück und läutete den Beginn der Zeremonie ein.

Im Rhythmus der Trommelschläge setzte sich die Spitze des Zugs in Bewegung und zahlreiche Fackeln entbrannten am Wegesrand in den Händen der Zuschauer. Erst jetzt erkannte sie die Ausmaße des Festzugs, dessen Zentrum sie bildete.

Angeführt wurde er von zwei Priestern, die ebenfalls nur ein Tuch um die Hüften trugen und deren Oberkörper durch das viele Öl glänzten. Sie waren kraftvoll und durchtrainiert. Mit Spannung im Körper trugen sie jeder eine Fackel und schritten stolz voran.

Hinter ihnen setzte sich eine Gruppe Jünglinge in Bewegung, die ebenfalls durchtrainiert und zäh wirkten. Elli schätzte sie auf ungefähr zehn Jahre. Sie trugen Kisten, in denen sich vermutlich Weihgaben befanden.

Auf die Jünglinge folgte eine Schar junger Frauen, die in weiße Gewänder gekleidet waren und Kannen auf den Köpfen trugen. Elli kannte sie von Reliefdarstellungen anderer Prozessionen. In der Archäologie wurden sie Kannephoren genannt, was übersetzt Kannenträgerinnen bedeutete.

Den jungen Frauen folgten ältere, die Getreidebündel, Blumenkränze und Schalen voller Obst in den Armen hielten. Der süße Duft der Blüten und Früchte mischte sich zu dem der verbrannten Kräuter und Harze und unterstrich die festliche Note der Zeremonie.

Im Anschluss an die Gabenträgerinnen trabten die Priester von Plutos, in deren Mitte Elli auf ihrem Hengst ritt. Sie umringten sie, als befürchteten sie einen Angriff von außen gleichermaßen wie ihre Flucht.

Der Zug an Reitern um sie herum schien kein Ende zu nehmen und wer hinter den Priestern oder Kriegern folgte, konnte sie nicht erkennen, so weit reichte er. Dazu waren aller Augen der Menschen, die am Straßenrand standen, auf sie gerichtet. Eine Flucht schien aussichtslos.

Frauen wie Männer, dazwischen ein paar Kinder winkten ihr zu, bewunderten ihr Kleid und den Blumenschmuck, doch am meisten bestaunten sie ihr golden glänzendes Haar.

»Eine wahre Braut für einen Gott.«

»Was für eine Ehre.«

»Welch ein Geschenk an Plutos.«

»Die Götter werden uns gnädig sein.«

Die Rufe wurden lauter und der nächste schien den vorherigen überbieten zu wollen. Elli hörte sie alle. Und jeder Ruf ließ ihr ein Schaudern über die Arme wandern. Es waren hunderte, wenn nicht sogar tausende Menschen anwesend. Und sie alle würden ihren Teil dazu beitragen, dass sie am Ende dieser Veranstaltung Plutos als Braut in sein Haus folgte.

Es waren Mächte im Spiel, die nicht greifbar waren. Die nicht im Lehrbuch standen. Und die keiner ihrer Professoren für möglich halten würde.

Sie spürte die Kraft, die mystische Gewalt. Instinktiv wusste sie, dass es nicht von der Magie herrührte, die dieser Parallelwelt zugrunde lag. Es war die Energie, die die Menschen selbst erschufen. Durch ihren Glauben, durch den Ablauf der Prozession und vor allem durch ihr gemeinsames Handeln. Ob sie wussten, wie stark sie waren?

Zum Schein ergriffen von dem Ritual thronte sie auf dem Ross, in Wirklichkeit waren ihre Sinne zum Zerreißen gespannt. Sie hielt Ausschau nach einem Loch in der Menschenkette, die sich die Heilige Straße hinaufreihte wie Sprossen an einer Leiter. Lauschte, ob ein Tier oder irgendein anderes Geräusch auf eine Störung hindeutete. Eine Unruhe, die die Aufmerksamkeit der Teilnehmer auf sich ziehen und damit von ihr fort lenken könnte. Und sie hielt all ihre Muskeln angespannt, um dem treuen Tier von jetzt auf gleich die Fersen in den Leib zu drücken und damit zum Galopp anzuleiten.

Doch es geschah nichts. Niemand störte die Prozession. Selbst die Tiere, die im Gebirge lebten, schienen den Atem anzuhalten und zu lauschen.

Sie passierten die Schatzhäuser der verschiedenen griechischen Städte und in einem jeden davon brannten Öllichter oder Fackeln. Darüber hinaus waren sie mit Blumenkränzen und Schalen voller Obst geschmückt. War von jeder Ortschaft eine Gesandtschaft anwesend, um dem Gott ihre Ehrerbietung zu bezeugen? Moment, keine einfache Gesandtschaft war da, wenn sie sich richtig an Sophias Erzählungen erinnerte. Vermutlich waren die anwesenden Menschen angesehene und wohlhabende Bürger mitsamt ihrer Familienangehörigen. Und im Theater selbst hatten die reichsten und mächtigsten von ihnen Platz genommen.

In gemächlichem Tempo schritten die Pferde mitsamt der Prozessionsteilnehmer den Berg hinauf, bis der Apollontempel nur noch wenige Schritte entfernt war. Goldene Schalen waren zwischen den Säulen aufgestellt, in denen Feuer brannten. Auch von ihnen drang ein herber Geruch zu ihr. War das Thymian? Oder Rosmarin?

Unmittelbar vor dem Tempel hielt die Prozession inne und einer der Priester trat auf Ellis Pferd zu. Er hob sie vom Rücken, als könnte sie nicht selbst absteigen, und schob sie die Stufen hinauf.

Die Stimmung war unheimlich. Die Flammen der Feuerschalen warfen ihr Flackerlicht auf die steinernen Wände und die steten Schläge der Trommeln verfolgten sie wie eine Drohung. Ihr Rhythmus war so durchdringend, dass sie sich unbewusst mit ihren Schritten anpasste. Sie versuchte ihr Tempo zu verändern, ihre Bewegungen nach ihrem Willen zu gestalten, doch es gelang ihr nicht. Als läge der Wille des

Gottes oder auch mehrerer Götter auf ihr – oder vielleicht auch der der vielen Menschen selbst.

Sie durchschritt das Innere des Tempels, bis sie in den hinteren Raum gelangte, das Adyton, in dem seit vielen hundert Jahren schon die Weissagungen durch die Pythia verkündet wurden. Sollte auch sie eine Prophezeiung erhalten?

Die Spannung über das, was in diesem Raum passieren würde, überdeckte für einen Moment ihren Willen zur Flucht. Das, was nun geschah, hatte sie schon immer fasziniert. Jeden Text, den es über diese Weissagungen gab, studiert. Jede Darstellung auf Vasen oder Reliefs bestaunt. Und nun … nun würde sie selbst diejenige sein, der die Pythia, die Priesterin des Apollon, die Zukunft weissagte.

Der intensive Geruch nach Weihrauch drang ihr in die Nase, der so konzentriert war, dass es ihr in den Augen brannte. Angeblich stammte er aus einer Felsspalte im Boden. Neugierig suchte sie nach dem Ursprung, doch die Dämpfe waren so dicht, dass sie kaum etwas von dem erkennen konnte, was sich unterhalb ihrer Hüften abspielte. Dazu bildeten sich durch den stechenden Dampf Tränen in ihren Augen, die ihre Sicht verschleierten.

Nur langsam schälte sich aus dem dichten weißen Nebel eine schmale Gestalt, die auf einer Art Hocker saß, dem sogenannten Dreifuß. Die junge Frau war in weiße Tücher gekleidet, die zudem ihr Haupt verschleierten. Das lange, leicht lockige Haar fiel ihr bis über die Brust und war schwarz wie die Nacht. Hinter ihr im Halbdunkel hielten sich Priester auf, die der Weissagung beiwohnten.

Die Pythia hielt den Kopf gesenkt, so dass Elli ihr Gesicht nicht erkennen und ihr Alter nicht schätzen konnte.

Entweder tat sie es, um den beißenden Dampf auszuhalten oder aber weil der Geruch sie benebelte – wie es der Konsens in der Wissenschaft war.

Die Art, wie sich die junge Frau anspannte, verdeutlichte, dass sie ihre Anwesenheit bemerkte. Zunächst langsam, dann immer schneller warf sie den Kopf hin und her und bewegte den Körper in weichen Bewegungen, als befände sie sich tatsächlich in einer Art Trance.

Elli hatte sich eine solche Weissagung immer hoffnungsvoll und hell vorgestellt, magisch und bedeutungsvoll. Doch das, was sie erlebte, war beängstigend und bedrohlich. Ob es die Macht der Götter war oder des Ortes selbst, sie beschlich das Gefühl, nicht tief und frei atmen zu können und – was für sie das schlimmste war – schutzlos zu sein. Schutzlos vor dem, was Apollon beschloss, das ihre Zukunft sein sollte.

Die figürlichen Verzierungen im Inneren des Tempels spendeten ihr keinen Trost. Vielmehr blickten die dargestellten Figuren drohend auf sie herab, als warteten sie nur darauf, sich auf sie zu stürzen. Und die hohen Wände bargen keinen Raum zum Atmen, sondern unterstrichen vielmehr die Macht, der sie ausgeliefert war, unter deren Schirm sie sich befand und die jederzeit auf sie niederschlagen konnte. All die Verzierungen und großartigen architektonischen Details, die sie in den Jahren ihrer Forschungen bewundert hatte, waren keine reine Zierde, vielmehr betonten sie die übermenschliche Macht, der sie sowie jeder andere schutzlos ausgeliefert war.

Als die Pythia den Mund öffnete, klang ihre Stimme nicht hoch, wie es angesichts ihres Geschlechts zu erwarten war, sondern tief und rau.

»ICH SAGE, HELENA, TOCHTER DES ACHILLS,
DU BIST DIE BRAUT, DIE DER GOTT BEDARF.
EINST WIRST DU AUF DEN OLYMP EINKEHREN
UND DAS SPIEL DER GÖTTER STÖREN.
DENN DU BIST DIEJENIGE,
IN DER GROSSE MACHT RUHT.«

Noch bevor Elli über die Bedeutung nachdenken konnte, wurde sie von dem Priester an den Schultern gepackt und hinausgeführt. Ihre Schritte folgten den Trommeln, selbst ihr Herzschlag schien sich dem Rhythmus zu unterwerfen, vollends durchdrungen von der schleierhaften Weissagung der Pythia.

KAPITEL 22

Ohne Widerstand ließ sie sich von dem Priester zurück zu ihrem Pferd führen und auf den Rücken heben. Der Schimmel wieherte leise. Erst durch dieses Geräusch erwachte sie aus der seltsamen Trance. Sie spürte ihre Glieder und Muskeln, allmählich folgte der Puls wieder ihrem persönlichen Tempo. Zeitgleich kehrte ihr Wille zurück. War er ihr etwa durch die Dämpfe und die Trommeln geraubt worden?

Die Weissagung der Pythia im Kopf, hielt sie sich an der Mähne des Pferdes fest, das sich gemeinsam mit dem Festzug in Bewegung setzte, weiter den Berg hinauf. Eine seltsame Schwäche lastete auf ihr. Entschieden schüttelte sie den Kopf und warf damit die letzten Reste der Benommenheit von sich.

Was hatte das Orakel damit sagen wollen, dass sie das Spiel der Götter störe und in ihr große Macht ruhe? Sie musste den Vers von Anfang an analysieren und dafür musste sie völlig klar im Kopf sein.

Die Pythia hatte sie Tochter des Achilles genannt, da ihr Nachname Achilles war. Sie konnte nicht wissen, dass Elli aus einer Zeit stammte, in der der Nachname nichts mehr über die unmittelbare Herkunft aussagte. Anschließend hatte sie behauptet, Elli sei die Braut, die der Gott bedarf. Das war vermutlich der Satz, den sie hatte sagen müssen, den die Priester verlangt hatten. Wie sonst sollten Plutos' Anhänger rechtfertigen, die Prozession mit ihr als Braut fortzuführen?

Einst würde sie auf den Olymp einkehren, hatte die Prophezeiung gelautet, und das Spiel der Götter stören. Auch das war sicherlich ein Teil dessen, was die Priester hören wollten, zumindest den Part mit dem Einzug auf den Olymp. Die Pythia hatte höchstwahrscheinlich ausgesprochen, was ihr zuvor aufgetragen worden war – oder was sie sagen musste, um alle zufriedenzustellen. Auch wenn Elli grundsätzlich an die griechische Mythologie glaubte, war doch recht offensichtlich, dass die Pythia für sie keine Weissagung getroffen, sondern vielmehr einen zuvor auswendig gelernten Text aufgesagt hatte.

Somit konnte sie auch den Rest des Orakels vernachlässigen. Er war nur Teil eines Singsangs einer jungen Frau, die dem guten Willen der Priester ausgeliefert war, mehr noch als dem Willen der Götter.

Dennoch vermochte sie die Gänsehaut nicht zu vertreiben, die sich auf ihren Armen gebildet hatte. Auch wenn es keine wirkliche Prophezeiung war, die Stimmung im Tempel war bedrohlich und geheimnisvoll gewesen. Sie hatte immer davon geträumt, bei einer solchen Prozedur anwesend zu sein. Nun betete sie, dass sie nie wieder daran teilnehmen musste.

Der intensive Geruch der Dämpfe schien sich in ihrer Kleidung und in ihrem Haar festgesetzt zu haben. Noch immer begleitete sie der Duft, obgleich die Menschen am Wegrand nur einfache Fackeln trugen. Es dauerte, bis die Süße der Früchte sich unter das Herbe der Kräuter und das Frische des Harzes mischte und endlich fühlte sie sich wieder komplett klar im Kopf. Und sogleich schoss ihr ein Gedanke in den Sinn.

Sie musste fliehen.

Wie hatte sie das vergessen können?

Der Festzug hatte bereits den Apollontempel passiert und es dauerte nicht mehr lange, bis sie das Theater erreichten. Wenn sie erst einmal auf dem Sitz thronen würde, neben dem womöglich sogar Plutos höchstpersönlich Platz nahm, würde die Flucht schwerer werden.

Die Sorge, dass alles bereits zu spät war, wollte sich in ihre Gedanken schleichen, doch sie drückte sie mit aller Kraft zurück. Aufgeben kam nicht infrage. Punkt.

Sie ließen den großen Tempel hinter sich und erreichten den Eingang des Theaters. Ihre Augen wurden kugelrund. Das zweistöckige Gebäude, auf das der halbrunde Ring der Zuschauerplätze ausgerichtet war, lag im Schatten der aufgehenden Sonne und wurde beleuchtet von Fackeln und Kerzen. Nur die Fundamente und Bruchstücke davon waren in heutiger Zeit erhalten.

Fasziniert bestaunte sie die architektonische Kunst, auch wenn sie von ihrer Position aus nicht die vollen Ausmaße erkennen konnte. Die meisten Reliefs waren verdeckt,

Statuen nur zu erahnen. Für einen Augenblick erwog sie, freiwillig mit in das Theater zu gehen, nur um sich alles in Ruhe anzusehen. Aber das durfte sie nicht. Es war zu gefährlich. Sie musste Plutos und seiner Glaubensschar entkommen. Jetzt. Sofort.

Möglichst unauffällig schielte sie zu den Seiten und den Berg hinab, doch die Menschenmassen strömten dicht gedrängt hinter dem Festzug her. Auch wenn die meisten von ihnen das Theater nicht betreten durften, wollten sie offenbar in unmittelbarer Nähe stehen bleiben und zumindest hören, was geschah. Vielleicht hofften sie sogar, einen Blick auf den Gott zu erhaschen oder Augenzeuge zu werden, wie Elli in den Olymp auffuhr.

Sollte sie einfach durch die Menschenmenge galoppieren? Aber wie viele Unschuldige würde sie dabei verletzen? Und wie lange dauerte es, bis die erfahrenen Krieger auf den Pferden sie eingeholt hatten?

Ein Augenpaar blitzte in der Menschenmenge auf, das sogleich wieder verschwand. Die Augen waren dunkelblau gewesen und hinterließen einen Hoffnungsschimmer in ihrem Herzen.

Stephanos …

Konnte es sein? War er es wirklich?

Aber wie sollte er sie ohne Unterstützung aus dieser vertrackten Situation befreien?

Sie machte sich größer, wollte ihn erneut in der Zuschauermenge finden, doch sie entdeckte ihn nirgends. Am liebsten hätte sie seinen Namen gerufen, doch sie musste sich unauffällig verhalten. Wenn er sich wirklich unter die Festteilnehmer gemischt hatte, durfte niemand Verdacht schöpfen.

Angespannt und zu allem bereit, schärfte sie erneut die Sinne. Doch egal wie lange sie wartete, wie intensiv sie lauschte und wie verbissen sie nach ihm Ausschau hielt, es geschah nichts. Zumindest nichts, das ihr zur Flucht verholfen hätte. Vielmehr drängten sie die Priester und die Zuschauer durch den Eingangsbereich des Theaters hin zu den zwei thronartigen steinernen Sitzen. Sie waren geschmückt mit unzähligen Blumen und roten Schleifen, gepolstert mit Kissen und Decken und die Lehnen mit goldener Farbe bemalt.

Beide Plätze waren leer, Plutos noch nicht anwesend. Kein Wunder, welcher Gott wartete schon auf seine menschliche Braut?

Die Minuten, in denen die Flucht noch möglich war, schwanden. Verdammt, wo blieb Stephanos? Was hatte er vor? Wieso geschah nichts? Oder war sie ein Esel, sich darauf zu verlassen, dass er sich unter den Anwesenden aufhielt und sie rettete? War gar nicht er es gewesen, zu dem das Augenpaar gehörte? Sollte sie nicht vielmehr selbst versuchen, diesem Irrsinn zu entkommen?

Aber wie? Wie zum Teufel konnte ihr das gelingen?

Die Panik drohte sie zu überfallen. Um sich zu beruhigen, strich sie dem Pferd über den Hals, das wie auf Kommando den Kopf und den Körper herumriss und sich durch die Zuschauer zurückkämpfte.

»Hey, was soll das? Das Pferd geht durch!«, schrien die Priester.

Der Hengst musste ihre Geste als Aufforderung empfunden haben. Er hatte ihr die Entscheidung, was zu tun war, abgenommen und sie würde ihn bestimmt nicht bremsen.

Kurz schwankte sie und drohte vom Rücken zu rutschen, doch sogleich packte sie die Mähne des Tieres, das sich nur beschwerlich durch die Krieger kämpfen konnte, und klammerte sich daran fest. Mit aller Kraft hielt sie sich auf dem Rücken des Pferdes.

Plötzlich sprang jemand hinter ihr auf das Tier. Verdammt. Ein Priester?

Sie drehte sich um, willens, jeden hinunterzuschupsen, der sie versuchte aufzuhalten. Nur, dass hinter ihr niemand saß. Aber sie spürte doch, dass dort jemand war. Ganz sicher.

»Wer –?«

»Pst!«, raunte eine tiefe Stimme.

Stephanos? Wieso konnte sie ihn nicht sehen?

Mit erhobenen Lanzen stellten sich ihnen die berittenen Krieger in den Weg. Es gab kein Durchkommen.

Ihr Pferd bäumte sich auf und hätte sie mitsamt demjenigen, der sich hinter ihr befand, fast vom Rücken geworfen. Arme schlangen sich um ihren Körper, Beine drückten von hinten gegen ihre Oberschenkel und bevor sie gemeinsam mit dem Unsichtbaren hinabrutschte, kehrte der Hengst auf seine vier Hufe zurück.

»Wo sind sie hin?« Die Krieger stürmten auseinander und blickten sich ziellos um, obwohl Elli und das Pferd mitten unter ihnen waren. Offenbar konnten sie sie nicht sehen.

»Halt dich fest«, raunte die tiefe ruhige Stimme in ihr Ohr. Stephanos.

Sie stellte keine Fragen, auch wenn ihr tausende durch den Kopf schossen. Stattdessen umfasste sie die Mähne des Pferdes fester und klammerte sich am Leib des Tieres fest. Gerade rechtzeitig, denn der Schimmel sprengte durch die Menge den Berg hinab.

»Was ist geschehen?«, riefen die Krieger durcheinander und stoben in alle Richtungen. »Wo ist die Braut hin?«

»Sag keinen Ton«, raunte Stephanos hinter ihr und als sie nun über die Schulter schielte, konnte sie ihn hinter sich sitzen sehen. Er drängte noch näher an sie, um sich ebenfalls an der Mähne des Tieres festzuhalten. Gleichzeitig stützte er sie mit seinen Oberschenkeln. Wer hatte sich ausgedacht, dass Frauen die Beine nur auf einer Seite lassen durften? Sobald sie in langsamerem Tempo ritten, würde sie sofort das eine Bein auf die andere Seite schlingen, doch bei dem Galopp war das unmöglich.

Das Pferd preschte den Berg hinab, ohne dass ihnen jemand folgte. Wie Stephanos zuvor schienen Elli und der Hengst ... unsichtbar zu sein.

»Wie ist das möglich?«, wisperte sie und warf Stephanos einen prüfenden Blick zu. Vollführte er irgendeinen Zauber? Irgendeine Form von göttlicher Magie? Erst jetzt bemerkte sie die Kappe, die er auf dem Kopf trug und deren kugelige Form ihr durch ein Relief vertraut war. In Windeseile zählte sie eins und eins zusammen. Das war die Tarnkappe von Hermes, die unsichtbar machte. Perseus hatte sie angehabt, als er gegen Medusa, die Frau mit dem Schlangenhaar, kämpfen musste. Davon gab es unzählige überlieferte Darstellungen. Bloß wo hatte Stephanos die Tarnkappe her?

Obgleich ihre Verfolger sie nicht sehen konnten, jagte eine Gruppe hinter ihnen her. Zwar gab es nicht sonderlich viele Wege, die vom Theater fortführten, doch auf jedem davon preschte eine Horde Reiter entlang. Rufend. Schreiend. Staub aufwirbelnd. Und eine Gruppe folgte ihnen.

Sie rutschte ein Stück und beugte sich nach vorne, sodass Stephanos besseren Halt hatte. Die Rufe der Priester und

Schreie der Menschen folgten ihnen das Gebirge hinab ebenso wie die Meute Reiter. Chaos brach am Theater aus, doch sie ignorierte es und konzentrierte sich auf den Weg, der vor ihnen lag. Unzählige Steine und Büsche erschwerten ihre Flucht, doch das Pferd schien Übung zu haben.

Ihr Herz klopfte schneller und schneller, fast im Gleichklang mit den Hufen des Hengstes, und unentwegt schoss Gänsehaut über ihren Körper. Stephanos' Wärme mischte sich mit der des Pferdes und hüllte sie ein, als spürten die zwei ihre Unruhe. Dankbar nahm sie den Trost an und ließ sich von den beiden den Berg hinab auf einen unscheinbaren Feldweg und von ihrem schaurigen Schicksal fortführen, bis endlich die Rufe der Krieger in der Ferne verklangen.

Stephanos lenkte das Pferd den Parnass hinauf, ungefähr in die Richtung, in der das Versteck lag, in der er mit ihr schon einmal Zuflucht gefunden hatte. Aber ritten sie nicht zu hoch?

»Befindet sich deine Hütte nicht den Berg weiter hinab, etwas unterhalb von Delphi?«, wollte sie wissen, die Stimme noch immer ein Flüstern.

»Dort sind wir nicht sicher. Ich bringe dich woanders hin.«

Da die Krieger aus ihrem Sichtfeld verschwunden und die Rufe der Zuschauer verklungen waren, wurde Elli mutiger. Die Fragen kehrten in ihre Gedanken zurück und die erste, die sie zu fassen bekam, stellte sie. »Wie hast du es geschafft, die Macht der Tarnkappe auf das Pferd und mich auszudehnen? Normalerweise obliegt sie doch nur demjenigen, der sie auf dem Kopf trägt.«

»Später, ich muss mich konzentrieren.«

»Aber die Krieger sind nicht mehr zu sehen.«

»Sie nicht, aber Plutos persönlich sucht nach dir.«

Das Herz in der Hose, wenn sie eine angehabt hätte, blickte Elli gen Himmel. Das letzte Mal hatte der Gott sie wie aus dem Nichts von Dädalos' Hof fortgebracht, ohne dass ihr Freund etwas dagegen hatte ausrichten können. Der Gelehrte allerdings hatte gewarnt, dass er nicht in der Lage sein würde, sie vor der Macht des Gottes zu schützen.

Stephanos hingegen schien ein Teil der Götterwelt zu sein. Erst die rasche Heilung, weshalb sie gemutmaßt hatte, er sei der Sohn Asklepios', nun die Tarnkappe, die zu Hermes, dem Gott der Übergänge, gehörte und bei der er sogar in der Lage war, den Zauber zu verstärken, damit er auch sie und das Pferd verbarg. Wie gelangte er an die verschiedenen göttlichen Hilfsmittel? War er einer von denen, die überall seine Kontakte hatten? Oder …? Oder …? Allmählich gingen ihr die Ideen aus.

»Helena!«, erscholl ein unvorstellbar lauter Ruf durch das Gebirge, der sie erzittern ließ. Wie ein Donnern breitete er sich über die Landschaft aus und es dauerte, bis sein Echo verklang.

Es war Plutos selbst, der ihr Fehlen bemerkt hatte.

Erneut erscholl seine Stimme und drang in jede Erdspalte und unter jeden Stein. »Ich finde dich, denn du gehörst mir!«

Ein grauenhaftes Schaudern rann ihr den Rücken hinab, das sie nicht abzuschütteln vermochte. Verbissen schloss sie die Augen. Sie wollte keine Angst empfinden. Sie wollte es nicht. Doch die Übermacht des Gottes donnerte über die Landschaft und ein jeder schien sich ihr zu beugen. Außer Stephanos und das treue Pferd.

Konzentriert lenkte Stephanos den Hengst. Die Ruhe und Entschlossenheit, die er dabei ausstrahlte, halfen ihr, die

Angst vor dem Gott zu verdrängen. Mit jedem Atemzug erschien es ihr leichter sich vorzustellen, unter der Tarnkappe Schutz zu finden.

Verdammt, sie trug den Ring, durch den Plutos sie jederzeit finden konnte. Mit zitternden Fingern versuchte sie ihn abzustreifen, doch er saß so fest, als wäre er ein Teil von ihr.

Stephanos nahm ihre Unruhe wahr und legte für einen Augenblick sein Kinn auf ihrem Scheitel ab. »Er findet uns nicht«, schien er zu sagen, ohne dass ein Wort über seine Lippen drang. Und es stimmte. Obwohl sie den Ring am Finger trug, wusste Plutos nicht, wo sie war. Aber für wie lange vermochte Stephanos sie vor dem Gott des Reichtums zu verbergen? Mithilfe eines Gegenstandes, der nicht einmal der seine war – oder?

Wer war Stephanos? Und wieso war ihm das Pferd, auf das die Priester sie gesetzt hatten, derart vertraut, als wäre es das seine? Hatte er es Plutos' Anhängern untergejubelt? Hatte er Maulwürfe unter ihnen? Oder hatte er das Pferd binnen Sekunden seinem Willen unterworfen?

Wenn sie doch nur wüsste, wer er war. Und wenn sie doch nur selbst etwas ausrichten könnte, um Plutos zu entkommen! Nun war sie einem Mann ausgeliefert, dessen Kräfte sie nicht einschätzen konnte. Dabei war sie Elli, die Frau, die niemandem die Zügel überließ – nicht einmal Phil, der so oft versucht hatte, ihr Leben nach seinen Vorstellungen zu gestalten. Aber nicht einmal ihm, der es gewohnt war, niemals ein Widerwort zu hören, war es gelungen, sie zu beeinflussen und nach seinem Gutdünken zu führen.

Als ein Donnern über die Ebene hallte, zog sie unvermittelt den Kopf ein.

Stephanos lehnte sich an sie.

»Vertrau mir«, schien er zu sagen, auch wenn sie die Worte nicht gehört hatte.

»Vertrau ihm«, schien auch das Pferd zu sagen, ohne dass sie wusste, wie das möglich war.

Und weil ihr nichts anderes übrig blieb, schmiegte sie sich an den Hals des Pferdes und legte ihr Schicksal in die Hände des treuen Tieres und des Mannes, über den sie nichts wusste … und dessen Beweggründe sie nicht kannte. Mochten die Götter mit ihr sein.

KAPITEL 23

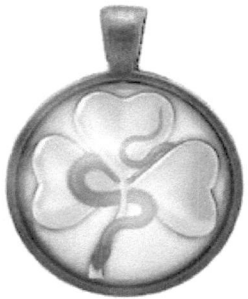

Auf dem Rücken des treuen Pferdes erklommen sie den Parnass. Die Aussicht war atemberaubend. Im Osten erschien die Sonne als rotleuchtende Kugel und zauberte warmes Licht an den Himmel, das sich über das Gebirge legte. Der Hengst führte sie in einer Mischung aus Trab und Galopp über den Gebirgskamm, je nach Beschaffenheit des Weges, bis sie an einen Trampelpfad gelangten, der zwischen den Gipfeln abwärts führte. Stephanos schien das Tier überhaupt nicht anleiten zu müssen. Das Ross kannte den Weg. Aber woher? War es tatsächlich Stephanos' Pferd oder vermochte er auf irgendeine Weise mit ihm zu kommunizieren, die ihr entging?

Plutos hatte nicht noch einmal nach ihr gerufen, doch instinktiv wusste sie, dass er seine Fühler nach ihr ausgestreckt hatte. Sie fühlte es. Sobald sie nicht mehr unter dem Schutz der Tarnkappe stand oder die Macht des Rings nutzte, erfuhr er, wo sie war, und würde sie binnen Sekunden dorthin bringen, wo sie seiner Meinung nach hingehörte. In das Theater, wo ihre Trauung stattfinden sollte. Oder direkt in sein Haus. Welcher Gott brauchte schon die Anwesenheit der Menschen, um eine Trauung zu bezeugen, oder die offizielle Zeremonie selbst, um eine menschliche Frau an seine Seite zu holen?

Trotz Stephanos' Wärme konnte sie die Anspannung nicht von sich streifen. Plutos würde das Geschehene nicht auf sich sitzen lassen. Nicht eher ruhen, bis er sie in seiner Gewalt hatte. Gewiss setzte er alles daran, den Menschen seine göttliche Macht zu demonstrieren, nachdem sie ihn durch ihre Flucht regelrecht vorgeführt hatte.

Die Schritte des Tieres wurden langsamer, der Weg felsiger. Nach einer Weile stoppte das Pferd, ohne dass irgendein Haus oder ein anderes Ziel zu erkennen war.

»Wieso halten wir? Ist der Hengst erschöpft?«

»Nein, Philos könnte noch ewig weiterreiten.« Philos war also der Name des Tieres. Das Wort bedeutete Freund. Wie treffend. Liebevoll strich sie ihm über den Hals, während Stephanos fortfuhr. »Aber wir sind da. Bleib auf ihm. Ich steige zuerst ab und hebe dich runter.«

»Ich kann durchaus selbst von einem Pferd absteigen.« Es wurde Zeit, dass sie zu ihrer gewohnten Selbstbestimmtheit zurückfand.

»Ich weiß, Elli, aber nur solange wir Körperkontakt halten, kann ich dich mit der Tarnkappe vor ihm schützen.«

Jetzt verstand sie. Körperkontakt war notwendig, damit sie unsichtbar blieb. Also spürte auch Stephanos, dass Plutos noch gegenwärtig war. Fröstelnd hob sie den Blick gen Himmel.

»Sobald wir drinnen sind, bist du außer Gefahr.«

»Drinnen?« Stirnrunzelnd sah sie sich um. Was meinte er mit drinnen? Sie sah nur Felsen, Felsen und noch mehr Felsen.

Er glitt vom Pferd und hob sie hinab, bevor sie eine Antwort erhielt. Seine Hände um ihre Hüften waren stark und fest. Dennoch würde sein Griff keine blauen Flecken hinterlassen, wie es die krallenartigen Finger der Priester gewiss taten. Durch den Schwung fiel sie in seine Arme, brachte jedoch sofort einen angemessenen Abstand zwischen sich und ihn. Bevor sie ihm entglitt, umfasste er ihre Hand. Die Berührung war bestimmt, von Zärtlichkeit keine Spur, dennoch strahlte eine Wärme von seiner Hand aus, die ihr mehr als willkommen war.

»Er hat uns nicht bemerkt.« Stephanos war die Erleichterung anzusehen, dennoch ließ er in seiner Wachsamkeit nicht nach.

Interessiert blickte sie sich um. Sie befanden sich inmitten mehrerer Bergspitzen, in einer Art Kuhle, die so tief lag, dass die Sonne erst zur Mittagszeit ihre Strahlen herschicken würde. Stellenweise war sie mit ausgedörrtem Gras und Sträuchern bewachsen, der Rest bestand aus nacktem Fels. Ein einzelner Trampelpfad führte hinab, derselbe, über den sie gekommen waren. Die restlichen Seiten schienen zu steil, als dass ein Pferd daran entlangreiten konnte.

Erfolglos suchte sie nach einer Behausung, bis Stephanos auf die Felswand in ihrem Rücken deutete. Aufmerksam musterte sie den kahlen Stein, bis sie, zunächst nur schemenhaft, eine Art Tür erblickte.

War das ein Zugang? Befand sich in dem Felsen eine Höhle?

»Komm, dort bist du vorerst sicher.« Er geleitete sie zu der Felswand, ohne seine Finger von ihren zu lösen. Mit der anderen Hand drückte er gegen die Steintür, die sich nur widerwillig öffnete. Allumfassende Schwärze lag auf dem Raum, dennoch folgte sie ihm hinein, ohne zu zögern.

Er ließ ihre Hand erst los, sobald die Tür hinter ihnen geräuschlos zugeschlagen war. Sofort verschluckte sie die Dunkelheit, nichtsdestotrotz fühlte sie sich sicherer als zuvor.

»Was ist mit Philos?«

»Er bedarf unserer Hilfe nicht.«

Wenn Stephanos sicher war, dass sich das Tier außer Gefahr befand, entsprach das sicherlich den Tatsachen. Sie hatte die Verbindung der beiden während des Ritts gespürt, eine Vertrautheit, als wäre es nicht das erste Abenteuer, das sie miteinander erlebten. Stephanos würde das Tier gewiss nicht im Stich lassen.

Mit einem Zischen entzündete er eine Fackel und steckte sie in eine Halterung an der Wand. Sie hatte nicht gesehen, wie er die Flamme gemacht hatte. Mit einem Flintstein? Mit Magie?

Der flackernde Schein drängte die Finsternis zurück und hüllte sein Gesicht in warmes Licht. Sein markantes Kinn erschien dadurch noch scharfkantiger, seine Lippen geschwungener. Er trug noch immer das griechische Gewand, das knapp über den Knien endete, die Füße steckten in Lederstiefeln.

Die Arme vor der breiten Brust verschränkt musterte er sie von Kopf bis Fuß, worauf sie an sich herabblickte und das Haar befühlte. Ihre Frisur war schon wieder zerzaust und der Saum des Gewandes verstaubt. Typisch Elli. Darüber hinaus sah sie für ihre Verhältnisse ausgesprochen ordentlich aus. Weder war das Gewand zerfetzt noch hatte sie Staub im Gesicht – glaubte sie zumindest.

»Geht es dir gut?«

Sie nickte, viel dringendere Fragen im Kopf. »Wieso kann uns Plutos hier drinnen nicht finden?«

»Er gebietet über die Dinge, die aus dem Boden wachsen und die seinen Reichtum ebenso bilden wie all die Schätze, welche er besitzt. Die Felsen hingegen sind ein natürlicher Schutz vor seiner Macht, ähnlich wie Wasser.«

Erleichtert atmete sie aus, dennoch würde sie es nicht lange eingesperrt in dieser Höhle aushalten. Diese Dunkelheit, die Beengtheit … Sie brauchte frische Luft und einen kräftigen Wind um die Nase, um frei atmen zu können.

Stephanos schien ihre Gedanken zu lesen. »Unser Aufenthalt ist nur vorübergehend.« Er schmunzelte, worauf ein wohliges Ziehen durch ihren Magen wanderte. Als hätte er es gespürt, schaute er sie unverhohlen an und ihre Blicke verhakten sich ineinander. Nur mit Mühe konnte sie dem Drang widerstehen, sich in seine Arme zu werfen.

Sie räusperte sich, was den Bann zwischen ihnen löste, und sah sich in der Felsenhöhle um. Der Unterschlupf bot alles, was man brauchte, um es sich eine Weile gemütlich zu machen. Liegen mit Kissen und Decken, einen breiten Tisch, auf dem Öllampen standen, einen Kamin mit einer Kochstelle und einen Schrank, auf den Stephanos zulief.

Neugierig trat sie neben ihn. Der Schrank war voll mit haltbar gemachten Lebensmitteln, eingelegten Oliven, getrockneten Früchten, gesalzenem oder eingelegtem Fisch. Daneben fanden sich eine Amphore und tönerne Töpfe.

Wie viele solcher Notverstecke betrieb er?

Als er ihr verdutztes Gesicht sah, lachte er leise. »Wie du siehst, ist für uns gesorgt. Hier haben wir Mehl und Honig, in der Amphore ist Wein. Wir können es uns gut gehen lassen, während wir einen Plan schmieden, wie wir dich zurück in deine Zeit schicken können.«

Ungläubig bestaunte sie die Zutaten. Allein die Vorstellung, welche Gerichte man damit zaubern konnte, ließ ihr das Wasser im Mund zusammenlaufen. Erst jetzt bemerkte sie ihre Zunge, die am Gaumen klebte.

Als spürte Stephanos, was in ihr vorging, reichte er ihr einen Kelch mit klarem Wasser. Begierig trank sie ihn in einem Zug leer. Tat das gut.

Mitfühlend musterte er sie. »Hast du Hunger?«

Wie aufs Stichwort grummelte ihr Magen. Stephanos grinste und deutete auf eine Liege, die verführerisch bequem aussah. »Setz dich, ruh dich aus, während ich etwas zubereite.«

Das ließ sie sich nicht zweimal sagen. Nachdem sie einen weiteren Becher Wasser ausgetrunken hatte, sank sie bereitwillig auf das Lager und streifte die Sandalen von den Füßen, um sich in die Decke einzukuscheln. Es war so gemütlich, gepaart mit dem leisen Geklimper, das aus Stephanos Richtung erklang, weshalb sie eindöste.

Eine hässliche Fratze ließ sie aus ihrem tiefen Schlaf hochfahren und erschrocken setzte sie sich auf. Sofort stand Stephanos neben ihr und legte ihr die Hand an den Rücken.

»Du hast nur geträumt.«

Sie blinzelte und mit jedem Lidschlag verschwamm das erschreckende Gesicht, bis sie es nicht mehr zu fassen bekam. Was hatte sie nur geträumt? Bevor sie sich erinnern konnte, drang der Geruch nach etwas Süßem und Herbem zugleich in ihre Nase. »Mhmm… riecht das lecker.«

»Pfannkuchen.«

»Pfannkuchen?« Erst jetzt fiel ihr Blick auf den Tisch, der von Öllichtern beleuchtet wurde und auf dem sich zwischen zwei Tellern und Trinkbechern ein Berg Pfannkuchen stapelte. Pfannkuchen. Er hatte ihr wirklich Pfannkuchen gebacken.

Fassungslos sah sie ihn an, worauf er lediglich mit den Schultern zuckte. Als wäre es nichts Besonderes. Aber das war es.

»Ich dachte mir, etwas Vertrautes wird dir gut tun.«

Überglücklich betrachtete sie den riesigen Berg, den er gebacken hatte. »Fantastisch.«

»Komm.« Er streckte ihr die Hand entgegen, doch bevor sie sie ergreifen konnte, zog er sie zurück und deutete auf den Tisch. Als wollte er etwas gutmachen, zog er ihr den Stuhl zurück und verbeugte sich dezent in ihre Richtung. Dankend ließ sie sich darauf nieder und der Anblick des Pfannkuchenbergs zauberte ein Strahlen auf ihr Gesicht. Nur mit Mühe konnte sie sich beherrschen, nicht drei auf einmal auf den Teller zu häufen.

Obgleich ihr Magen in den Kniekehlen hing, langte sie zuerst nach dem Glas und trank. Es war Wasser und nichts anderes hätte sie in diesem Moment lieber getrunken. Nicht einmal Kaffee. Schmeckte Wasser immer so weich und klar oder lag es an ihrer Erschöpfung?

Stephanos deutete auf eine Amphore. »Wir haben auch Wein, wenn du dir das Wasser mischen möchtest. Kaffee konnte ich leider nicht auftreiben.«

»Wasser ist gut, danke.«

Er wies auf die Schalen, die er auf dem Tisch verteilt hatte. »Wir haben Quittenmarmelade, Honig sowie Schinken, Oliven und Schafskäse. Ich wusste nicht, ob du lieber süß oder salzig isst, weshalb ich die Pfannkuchen nur minimal mit Honig gesüßt habe. Sie schmecken auch mit pikanter Füllung.«

Strahlend betrachtete sie die dargebotenen Speisen und konnte sich nicht entscheiden, nach was sie zuerst langen sollte. »Ich werde beides probieren.« Und das tat sie.

Schweigend und überglücklich aßen sie einen Pfannkuchen nach dem anderen. Gab es etwas Besseres, um die Angst der vergangenen Stunden zu vertreiben? Die Stille, die herrschte, war nicht unangenehm, vielmehr trug sie zu ihrer beider Entspannung bei.

Sobald sie satt war – und zwar verdammt satt, sie hatte nämlich kein bisschen daran gedacht, sich vor ihm zurückzuhalten –, lehnte sie sich glücklich in ihrem Stuhl zurück und legte sich die Hände auf den Bauch. »Das war sehr lecker. Hiermit engagiere ich dich offiziell als meinen persönlichen Pfannkuchenbäcker. Ist das dein Zuhause?«

»Vielmehr einer meiner Unterschlupfe.«

Interessant. Offenbar brauchte er öfter ein Versteck. Nun hatte er ungewollt doch ein Detail von sich preisgegeben. Vielleicht war er bereit, mehr zu verraten …

»Woher hast du Hermes' Tarnkappe?«

»Eine Leihgabe.«

»Bist du immer so wortkarg?«

»Wenn es um mich geht, schon.«

»Aber du wirst doch verstehen, dass ich mir Fragen stelle. Wie ist es dir gelungen, den Schutz der Tarnkappe auf Philos und mich auszudehnen?«

Er zuckte mit den Schultern, auf den Lippen ein geheimnisvolles Grinsen. Okay, die Antwort würde er ihr schuldig bleiben. Sie musste in unverfänglichere Gefilde gehen und würde sich langsam vortasten.

»Hattest du meine Befreiung geplant?«

»Natürlich. Hast du etwa daran gezweifelt?«

Unsicher zuckte sie mit den Schultern.

»Es war bestimmt nicht einfach, meiner Spur zu folgen, oder …?«

Seine Augen blitzten geheimnisvoll.

»Doch, das war es.«

Sie wusste, er würde ihr nicht mehr dazu sagen, weshalb es keinen Sinn ergab nachzuhaken. Der Schein der Kerze tauchte seine kantigen Gesichtszüge in mystisches, warmes Licht. Welches Geheimnis verbarg sich hinter seiner Person?

»Wie hast du es geschafft, dass mich die Priester auf Philos und kein anderes Pferd gesetzt haben?«

»Ich habe meine Kontakte.«

»Das habe ich mir bereits gedacht.« Sie schwieg.

»Keine weiteren Fragen, Dr. Achilles?«

»Ich überlege.«

»Alles andere hätte mich auch enttäuscht.« Die Art, wie sich seine Lippen kräuselten, ließ sie erschaudern, doch sie verbarg es hinter einem prüfenden Blick.

»Bist du der Sohn eines Gottes?«

Sie wusste, er würde ihr keine Antwort geben. Die Frage war zu persönlich, doch sie hoffte auf ein Zucken seiner Mundwinkel, ein Heben seiner Brauen, irgendetwas, das sie an seiner Mimik ablesen konnte und das ihr einen Hinweis lieferte. Doch erneut kräuselten sich lediglich seine Lippen. Das Pokerface hatte er drauf.

»Ich fühle mich geehrt, für einen Gott oder Halbgott gehalten zu werden, Dr. Achilles, doch ich befürchte, wir müssen unser Verhör an dieser Stelle beenden.«

»Weil die Antwort Ja lautet und du es mir nicht verraten willst? Oder darfst?«

Statt zu antworten, langte er nach der Amphore. »Etwas Wein?«

»Doch nicht am Morgen!«

»Wie kommst du darauf, dass es Morgen ist?«

Rasch blickte sie zur Tür, doch weder drang ein Lichtstrahl durch einen Ritz noch entdeckte sie irgendwo ein Fenster. »Wir sind doch morgens angekommen und ich habe mich nur für ein paar Minuten hingelegt.«

»Nur für ein paar Minuten?« Sein Blick wurde zärtlich. »Ein wenig länger hast du schon geruht.«

Elli sah ungläubig auf und suchte nach irgendetwas, das ihr die Uhrzeit oder zumindest die Tageszeit verriet. »Wie spät ist es denn?«

»Ist das relevant?«

»Wenn ich bedenke, dass ich am Abend Plutos auf den Olymp folgen soll, schon, ja.«

Seine Mimik wurde ernst. »Das wirst du nicht. Mach dir keine Gedanken.«

»Weil du mich vor ihm beschützen wirst?«

»Genau.«

»Und wie willst du das schaffen?«

»Während du geschlafen hast, habe ich mir einen Plan ausgedacht. Wenn alles funktioniert – wovon ich ausgehe –, wirst du ihm nicht noch einmal begegnen.«

Neugierig beugte sie sich vor. »Wunderbar. Auch wenn ich am liebsten die gesamte antike Welt erkunden würde, kehre ich lieber früher als später in meine Zeit zurück. Bevor ich wie ein hilfloses Frauchen am Herd auf dem Olymp ende, nehme ich lieber nur das mit, was ich bis jetzt beobachten konnte.«

»Das freut mich zu hören. Wir müssen allerdings noch ein wenig abwarten. Wir werden erst im Morgengrauen aufbrechen.«

Hellhörig lehnte sie sich noch ein Stück vor, bis sich ihre und Stephanos' Knie unter dem Tisch berührten. Räuspernd rückte sie auf ihrem Stuhl ein Stück zurück und stützte die Unterarme auf den Tisch. »Wohin aufbrechen?«

»Das werde ich dir jetzt erklären. Aber trink dazu ein wenig Wein. Den wirst du brauchen.« Erneut langte er nach der Amphore, die mit Efeuranken verziert war, und diesmal fragte er nicht nach ihrer Erlaubnis.

Stirnrunzelnd sah sie zu, wie er eine nicht unbeträchtliche Menge in ihren Kelch goss. Mit einer Geste forderte er sie auf, einen Schluck zu nehmen. Misstrauisch folgte sie seiner Aufforderung. Der Alkohol war nicht stark, dennoch brannte er einen Moment in ihrem Magen.

Sie stellte den Kelch ab und musterte ihn gespannt. »Also? Was hast du vor?«

In seinen Augen glänzte der Schalk. »Bist du schon einmal auf einem Delfin geritten?«

KAPITEL 24

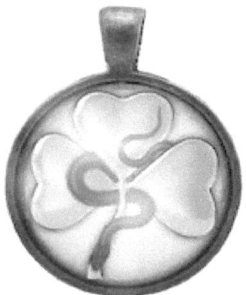

Perplex sah sie ihn an. »Ob ich schon einmal auf einem Delfin geritten bin?«

Er schmunzelte. »Lass es mich dir erklären. Wasser entzieht sich ebenso wie Stein Plutos' Machtbereich. Als du von mir fortgeholt wurdest von Hephaistos persönlich …«

Sie schnappte kaum hörbar nach Luft. Woher wusste er das? Doch Stephanos entging ihr Staunen nicht. »Hast du geglaubt, ich passe nicht auf dich auf, obwohl ich es versprochen habe? Ich werde nicht eher ruhen, bis ich dich sicher und frei in deiner Zeit zurückweiß. Du bist nicht dafür gemacht, einem Gott als Weib zu dienen.«

Endlich hatte es mal einer begriffen.

»Ich hatte gerade damit begonnen, die Nereiden zu rufen, da wurdest du fortgebracht. Wasser ist nicht nur ein Element, über das Plutos nicht gebieten kann, nein, es verbindet auch die verschiedenen Welten miteinander. Deshalb werden wir dich darüber nach Hause bringen.«

Nachdenklich strich sie sich mit den Fingern durchs Haar und zog es über die Schulter nach vorne. Sie war nicht gewohnt, es offen zu tragen. »Bist du dir sicher, dass das klappen wird?«

Er beobachtete ihre Geste, das Gesicht eine undurchdringliche Maske. »Wenn ich nicht davon überzeugt wäre, würde ich es nicht vorschlagen. Mehr noch als du selbst bin ich mir der Gefahr bewusst, in der du steckst. Ich würde dein Leben nicht riskieren, Elli.«

»Und wieso nicht?«

Sein Blick wurde durchdringend, das dunkle Blau seiner Augen klar und zugleich tiefgründiger. Für einen Moment glaubte sie in dem nächtlichen Sturm seine Seele in Form eines kleinen Lichts aufblitzen zu sehen. Doch so schnell, wie er sich geöffnet hatte, verschloss er sein Innerstes wieder. Räuspernd setzte er sich in seinem Stuhl auf. »Sagen wir es so. Ich habe mit Plutos noch eine Rechnung offen.«

Das durfte doch nicht sein Ernst sein.

»Rivalität? Sag mir bitte nicht, ich bin in ein dämliches Männerduell geraten.«

»Nein.« Stephanos' Blick wurde hart. So hart, dass sie wusste, er erinnerte sich an etwas, das ihm zu schaffen machte.

Beschwichtigend hob sie die Hände.

»Das war nicht böse gemeint, aber ich wüsste einfach gerne, welche Spielregeln gelten. Ich kenne dich nicht. Offenbar hast du dich unter Vorspielen einer falschen Identität in mein Leben geschlichen und zu dem Zeitpunkt wusstest du bereits, dass in der Statuette der Ring versteckt war, oder?«

»Ich —«

»Du wusstest davon, wusstest von der Gefahr und hast mir dennoch nichts gesagt. Du hast riskiert, dass nicht nur ich den Ring berühre, sondern auch Kerstin, meine Kollegin aus der Fundbearbeitung.«

»Sie —«

Sie sprang vom Tisch auf und lief auf und ab. »Und offenbar hast du Kontakte zu den Leuten, die mich entführt haben. Zu Plutos' Priestern. Sonst hättest du wohl kaum dein Pferd einschleusen können. Was hast du mit all dem zu tun? Wie steckst du da mit drinnen?«

»Willst du —«

»Und dann heilst du mich. Ich hatte Wunden, keine schlimmen, klar, operiert werden musste ich nicht. Aber es waren keine so kleinen Kratzer, dass man sie mit einmal Salbe draufschmieren verschwinden lassen könnte. Dir ist das gelungen. Und das war noch nicht alles. Außer Fähigkeiten, die du dir entweder von Asklepios ausgeliehen hast oder die er dir vererbt hat, tauchst du mit der Tarnkappe auf, die du ebenfalls von einem der großen zwölf Götter geliehen hast. Wie kommt das? Wer bist du? Und was geht dich mein Schicksal an?« Aufgebracht warf sie die Hände in die Luft, den Zorn an ihren zusammengekniffenen Brauen deutlich abzulesen.

Er sah sie an, ohne zu antworten, worauf sie sich zurück an den Tisch setzte. Er musterte sie und gleichzeitig musterte sie ihn. Trauer lag in seinem Blick und eine Sehnsucht, die ihr Herz erweichen wollte. Doch jetzt würde sie nicht nachgeben. Sie würde auf Antworten bestehen. Jetzt. Hier. Sofort!

»Also?«

»Ich kann dir die Wahrheit nicht sagen. Entweder du akzeptierst das oder auch nicht. Aber mir bleibt keine Wahl. Ich bin … kein freier Mann.«

Ihr Herz rutschte tiefer. »Bist du … verheiratet?«

Er lachte halbherzig auf. »Meine Unfreiheit besteht aus mehreren Komponenten. Ich kann es dir nicht erklären, aber eins kann ich dir versprechen: Ich habe keine unlauteren Hintergedanken.«

»Was willst du mir damit sagen? Dass du körperlich kein Interesse an mir hast?«

Sein Blick verschloss sich. »Ich darf nicht, Elli.«

Ich darf nicht? Was zum Teufel hatte das zu bedeuten?

Seine breiten Schultern sackten tiefer, nur ein klein wenig, und in seiner Stimme klang Melancholie mit. »Wenn ich könnte, würde ich es dir erklären, aber dadurch brächte ich nicht nur mich in Gefahr.«

Vielleicht war es nur ein Trick. Womöglich kannte er sie bereits so gut, dass er wusste, welche Argumente bei ihr zogen, denn das Letzte nahm ihr den Wind aus den Segeln.

»Okay.«

Er lächelte, traurig, sehnsüchtig. Er bereute die Umstände, das erkannte sie. Verdammt, wie gerne hätte sie gewusst, was in ihm vorging, wer ihn in der Mangel hatte, welche Ketten ihn knechteten. Doch er würde es nicht verraten.

Sie deutete auf die Amphore. »Jetzt hätte ich gerne ein Glas Wein.«

»Dein Wunsch sei mir Befehl.«

Seine Stimme war gefühlvoll, und aufrichtiger Dank schwang darin mit, ebenso wie in seiner Mimik. Sie glaubte nicht, dass er das Argument nur genutzt hatte, um sie zum

Schweigen zu bringen. Auch wenn ein kleiner Restzweifel blieb.

Er schenkte ihnen beiden großzügig ein. Während sie trank, beobachtete sie ihn, beobachtete, wie er ebenfalls den Kelch an die Lippen hob, wie sich seine Kehle bei jedem Schluck bewegte. Etwas Schweres lastete auf ihm. Und vielleicht … vielleicht konnte sie ihm, bevor sie ging, irgendwie helfen.

»Also, was genau hast du geplant?«

Er legte den Kopf schräg. Dabei rutschte ihm eine dunkle Strähne in die Stirn. Am liebsten hätte sie sie ihm zur Seite gestrichen, doch ein Gefühl sagte ihr, dass das Versprechen, dass sie ihm ungesagt gegeben hatte, das Versprechen, nicht weiter in ihn zu dringen, körperliche Annäherung mit einschloss. Tief atmete sie durch und schloss die Augen, um sich zu konzentrieren und den Wunsch, ihn zu berühren, abzustreifen. Dabei fuhr sie sich durchs Haar, ließ es über die Schultern gleiten und schüttelte es aus. Was gäbe sie für ein Haargummi.

Als sie die Lider öffnete, starrte Stephanos sie an. Seine Lippen waren leicht geöffnet und in seinen Augen lag ein dunkler Glanz, der ihr durch Mark und Bein fuhr. Herrgott, wie sollte sie sich beherrschen, wenn er sie auf diese Weise betrachtete? Doch sie straffte die Schultern und diese Bewegung löste ihn aus seiner Trance. Er blinzelte mehrmals und räusperte sich, die Faust vor dem Mund.

»Ich habe mit den Nereiden gesprochen. Sie haben zugesagt dich nach Hause zu bringen, sofern Plutos nichts davon erfährt. Ich habe noch etwas gut bei ihnen, aber mit dem Gott des Reichtums anlegen, wollen sie sich auch nicht. Das heißt, wir müssen dich unbemerkt ans Meer bringen.«

Sie deutete auf das Schmuckstück an ihrem Finger. »Den Ring kann ich leider nicht benutzen. Plutos spürt es. Er wüsste sofort, wo ich bin.«

»Ich weiß, deshalb habe ich die hier besorgt.« Unter dem Tisch holte er ein Paar Schuhe hervor, an denen jeweils zwei Flügel befestigt waren.

Ungläubig starrte Elli sie an. »Hermes' Flügelschuhe?« Sie streckte die Finger aus, doch im letzten Moment zog sie sie zurück. Ehrfürchtig betrachtete sie die magischen Schuhe und schüttelte langsam den Kopf. »Gibt es irgendwo einen Laden, wo man sich die göttlichen Utensilien ausleihen kann?«

Leise lachte er. »Ich dachte mir, dass du sie erkennst.«

Erkennst? Auf unzähligen Reliefs und bemalten Vasen hatte sie das Schuhpaar gesehen, immer an Hermes' Füßen. Sie sahen stabil aus, waren aus Leder gefertigt und die kleinen Flügelchen wirkten wie die von Engeln. Flauschig, aus weißen Federn. Das Leder selbst wies keinen einzigen Kratzer auf, obgleich die Schuhe so bequem aussahen, als wären sie seit Jahren eingetragen.

»Wie kann der Götterbote arbeiten, wenn du seine Schuhe besitzt?«

»Ich besitze sie nicht. Sobald wir sie nicht mehr benötigen, bringe ich sie ihm zurück.«

»Aber wie …?«

»Sagen wir so: Es ist seine Entschuldigung dafür, dass er nicht an der Herme aufgetaucht ist, als ich nach ihm gerufen habe.«

Seine Entschuldigung? Einer der großen olympischen Götter machte ein Fehlverhalten, oder besser gesagt ein Versäumnis wieder gut bei dem Mann, der vor ihr saß? Wer war

Stephanos? Über welche Macht verfügte er? Oder wer stand hinter ihm und hielt schützend seine Hand über ihn?

Andererseits konnte er es nur bedingt mit Plutos aufnehmen. Der Gott des Reichtums gehörte nicht zu den großen zwölf olympischen Göttern und dennoch fürchtete Stephanos seine Macht. Okay, fürchtete war vielleicht nicht das richtige Wort. Aber er respektierte sie, erkannte sie, er unterschätzte Plutos nicht. Und er hatte gesagt, er könne Elli nicht aus Plutos' Fängen befreien, sollte sie einmal an seiner Seite sein.

Verdammt, wieso nur konnte sie nicht mehr über Stephanos erfahren?

Eines jedoch nahm sie sich vor. Sobald sie wieder in ihrer Zeit war, würde sie sämtliche Bibliotheken durchkämmen auf der Suche nach einem Mann in der griechischen Mythologie, der die Macht und die Möglichkeiten besaß, wie es Stephanos tat. Das schwor sie sich. Wenn er ihr schon keine Antworten lieferte, würde Elli sie sich selbst beschaffen.

KAPITEL 25

Bei Wein und Oliven saßen sie beisammen, den flackernden Schein der Kerzen auf ihren Gesichtern. Obwohl sie die Hände auf den Tisch gelegt hatten, als warteten sie beide nur darauf, dass der andere es wagte, wiederum den anderen zu berühren, kam es nicht dazu.

Anschließend blieben sie eine Weile stumm sitzen, blickten in den Schein der Kerze und hingen ihren Gedanken nach, bis Elli die Unterhaltung wieder aufnahm.

»Das nächstgelegene Meer ist der Golf von Korinth, richtig?«

»Exakt. Mit den Flügelschuhen und der Tarnkappe wird es uns gelingen, unsere Route vor Plutos zu verbergen.«

»Werden wir mit den Flügelschuhen … fliegen?«

Stephanos schmunzelte.

»Nein, ich werde sie dir an die Füße ziehen, falls etwas Unerwartetes dazwischenkommt. Dann bist du schneller als der Wind. Aber wir gehen nicht vom Schlimmsten aus, deshalb reiten wir auf Philos, unter dem Schutz der Tarnkappe.«

»Wieso sind wir nicht sofort ans Meer geritten, wo wir vorhin ohnehin bereits auf Philos unterwegs und unter dem Schutz der Tarnkappe versteckt waren?«

»Weil sämtliche Krieger rund um Delphi nach dir gesucht haben. Da wir das letzte Mal auch Richtung Meer geflohen sind, wollte ich heute zunächst eine andere Route einschlagen. Wir warten die frühen Morgenstunden ab. Bevor die Sonne aufgeht, werden wir uns auf den Weg machen. Zu dem Zeitpunkt rechnen sie am wenigsten mit uns.«

»Glaubst du, sie haben bis dahin die Suche nach uns aufgegeben?«

»Mit Sicherheit nicht, aber der Schutz der Nacht wird uns helfen, und bei Sonnenaufgang sind wir längst auf dem Meer in Sicherheit. Vielleicht bist du dann sogar schon in deiner Welt angekommen.«

»Aber für Philos wird der Weg gefährlich sein, wenn es dunkel ist, oder? Nicht, dass er sich etwas bricht. Das würde ich mir nie verzeihen.«

Stephanos betrachtete sie eindringlich. »Ich bin über die Verbindung erstaunt, die ihr zwei eingegangen seid. Normalerweise ist das nicht möglich, denn ...«

Hellhörig beugte sie sich vor. »Ja ...?«

Stephanos winkte ab. Offenbar wieder eines der Geheimnisse, über das sie nicht mehr erfahren durfte. Wenn sie nicht bald in einer Bibliothek Nachforschungen betreiben konnte, würde sie noch verrückt werden.

»Um Philos musst du dir keine Sorgen machen«, unterbrach er ihre Gedanken. »Er verfügt über die Fähigkeit, bei Tag wie bei Nacht zu sehen.«

Sofort ging sie in Gedanken den imaginären Katalog durch, den sie in all den vergangenen Jahren in ihrem Kopf aufgebaut hatte. Doch ihr fiel kein Pferd ein, das über derlei Fähigkeiten verfügte.

»Was kann ich tun, um Plutos abzulenken, oder besser gesagt, damit er seine Aufmerksamkeit nicht auf uns richtet?«

»Spiel nicht an dem Ring herum, versuche nicht ihn abzuziehen und berühre ihn am besten auch nicht. Erst recht nicht, sobald wir unterwegs sind. Du weißt, die letzten Male hat ein Gedanke und ein beiläufiges Streicheln genügt, um die Magie zu aktivieren.«

»Okay, und darüber hinaus? Was kann ich zum Gelingen deines Plans beitragen?«

»Darüber hinaus hältst du dich an Philos' Mähne fest und überlässt mir die Führung.«

Na toll, genau das hatte sie hören wollen. Wenigstens ein Gutes hatte ihre Welt. Dort würde sie ihren gewohnten Alltag wiederhaben und in dem hatte sie die Zügel in der Hand.

»Wie lange dauert es, bis wir aufbrechen?« Ihr Blick fiel auf eine Sanduhr, die an der Seite stand und durch die unablässig Sand von der oberen Kammer in die untere rieselte. Seltsam, dass sie ihr bislang nicht aufgefallen war. »Hast du uns eine Art Wecker gestellt?«

Stephanos stand so rasch auf, dass sein Stuhl umkippte. Doch anstatt ihn aufzuheben, eilte er zur Sanduhr und verbarg sie an seiner Brust mit seinen Armen, sodass Elli sie nicht mehr sehen konnte.

»Die Uhr hat nichts mit dir zu tun. Und jetzt schlaf! Ich wecke dich, sobald wir aufbrechen.« Mit den Worten verschwand er so rasch in den Schatten der Höhle und aus ihrem Sichtfeld, dass sie kaum begriff, was geschehen war.

Sie stand auf, wollte ihm folgen, doch als sie in die Schatten trat, in denen sie ihn wähnte, fand sie dort lediglich eine steinerne Wand. Wie war das möglich? Sie drückte gegen den nackten Fels, doch egal wie viel Kraft sie aufwandte, er ließ sich nicht zur Seite schieben. Wahrscheinlich gab es einen geheimen Mechanismus und Stephanos hatte sich in einen verborgenen Raum zurückgezogen, zusammen mit der Sanduhr.

Was hatte es damit auf sich? War sein Schicksal mit ihr verwoben? Was war sein Schicksal?

Sie tastete noch eine Weile über die unbehauenen Steine, doch selbst wenn sie die Tür öffnen könnte, würde sie ihn nicht stören wollen. Sein Abgang war alles andere als höflich gewesen, aber es gab Dinge, die mussten privat bleiben. Obwohl er mehr Geheimnisse zu haben schien als ein Geheimorden, würde sie es respektieren. Deshalb ließ sie ab und kehrte zurück auf ihren Platz. Sie naschte ein paar Oliven und etwas Schafskäse, bevor sie abräumte und das Geschirr in einer kleinen Schüssel spülte. Mit den Gedanken woanders, stapelte sie die Teller und räumte sie mitsamt der Trinkbecher in den Schrank. Anschließend legte sie sich wieder auf die Liege.

An Schlafen war nicht zu denken, auch wenn die Kissen verführerisch weich waren. Dazu schwirrten ihr zu viele Fragen durch den Kopf. Gleichzeitig spürte sie eine Unruhe in sich. Sie wusste, dass der Zeitpunkt näher rückte, zu dem sie diese Welt verließ. Diese magische Antike.

Anfangs hatte sie geglaubt, alles wäre nur ein Traum. Doch schon nach kurzer Zeit hatte sie begriffen, dass all das echt war. Dass es die Götter und die Heroen wirklich gab, dass diese Parallelwelt tatsächlich existierte.

Lag es daran, mit welcher Inbrunst die Menschen, zunächst Sophia, später die Priester und Zuschauer, an die Götter glaubten? Oder an Dädalos, der ihr in der Athener Bibliothek begegnet war und ihr von dem Mythos des verschwundenen Asklepiosstabs erzählt hatte? Er war ein Gelehrter, jemand, der nicht grundlos an irgendwelche Mythen glaubte. Oder lag es an Hephaistos selbst, dem Gott der Schmiedekunst, der ihr nicht nur seine Macht demonstriert, sondern sie darüber hinaus zu sich geholt hatte? In seine Schmiede, sein persönliches Heim, ja, sogar mit ihr geredet hatte?

Sie wusste nicht, ob es nur einer der Gründe war oder all diese Dinge zusammen. Elli glaubte an diese Welt. Sie existierte wahrhaftig. Ebenso wie es den Olymp wirklich gab. Und so wie Stephanos als einer von Wenigen dazu in der Lage war, zwischen den Welten zu wandeln.

Hatte er das nicht mit Hermes gemeinsam? Auch dem Götterboten wurde diese Fähigkeit zugesprochen. War er womöglich sein Sohn? Sein Bruder? Der Gott selbst? Einen Zusammenhang gab es sicherlich, bedachte man die göttlichen Artefakte, die er von ihm ausgeliehen hatte.

Elli fuhr sich durchs Haar. Nicht mehr lange und es war so verstrubbelt wie üblich. Sie stopfte sich ein zweites Kissen in den Nacken, verschränkte einen Arm hinter dem Kopf und starrte an die Decke. Sie mochte es gar nicht zu warten. Erst recht nicht, wenn nicht sie diejenige war, die den Zeitpunkt bestimmte, an dem die Warterei ein Ende hatte.

Phil hatte sich häufig darüber lustig gemacht – auf eine charmante Art. Er hatte sie nie für ihre Marotten ausgelacht oder sich derart verhalten, dass sie sich minderwertig vorgekommen wäre. Dabei schrieben ihm viele diesen Charakterzug zu. Er wäre selbstherrlich, großspurig, herablassend. Elli gegenüber war er das nie gewesen und sie hatte ein solches Verhalten seinerseits auch nie jemand anderem gegenüber beobachtet. Andernfalls hätte sie niemals mit ihm zusammen sein können. Erst recht nicht so viele Jahre.

Phil war ein selbstbewusster Mann, der es gewohnt war Befehle zu erteilen und dass die Menschen taten, was er von ihnen verlangte. Sie jedoch hatte sich ihm nie unterworfen, war unempfänglich gewesen für seine autoritäre Ausstrahlung und wahrscheinlich war es genau das, was ihn an ihr reizte. Oder gereizt hatte. Weder war sie beeindruckt gewesen von seinem Reichtum noch seinem guten Aussehen. Vielmehr hatte sie sein Wissen bewundert und es genossen, stundenlang mit ihm über die griechische Mythologie zu debattieren. Schade, dass er das Interesse daran verloren hatte. Sonst wäre ihre Beziehung möglicherweise nicht gescheitert.

Wie jedes Mal, wenn sie in letzter Zeit an Phil dachte, schlich sich Stephanos in ihre Gedanken. Er war so anders als ihr Verlobter. Ruhiger, zurückhaltender, bescheidener. Es war angenehm, mit ihm Zeit zu verbringen – wenn sie nicht gerade ein heikles Thema ansprach, worauf er den Raum verließ.

Die Sanduhr musste ein empfindlicher Teil seiner Geschichte sein. Ein Teil des Geheimnisses, das ihn umgab. Und das nicht nur ihn, sondern auch noch jemand anderen in Gefahr brachte. Einen Bruder? Eine Schwester? Oder eine andere Frau? Er hatte erwähnt, nicht frei zu sein. Was hatte er damit gemeint? War er verlobt, möglicherweise sogar verheiratet? Hatte er ein Kind? Oder hatte er … Schulden bei jemandem, sich jemandem gegenüber verpflichtet?

Egal wie oft sie die Bruchstücke, die sie erfahren hatte, drehte und wendete, versuchte aus einem anderen Blickwinkel zu betrachten oder ihr Wissen über die Mythologie zu Rate zu ziehen, sie kam nicht weiter. Auch wenn es nicht ihrem Naturell entsprach, sie musste die Zeit abwarten, bis Stephanos aus seiner Höhle kam oder ihr jemand anders Antworten lieferte – selbst wenn es die Bücher in der Bibliothek waren.

Die Stunden vergingen, doch Stephanos tauchte nicht auf. Entweder der Raum dahinter war durch dicken Stein geschützt oder Stephanos schlief. Nicht ein einziges Geräusch drang zu ihr, obgleich sie nicht für eine Sekunde einnickte. Aber schließlich hatte sie auch den ganzen Tag verschlafen und der Typ, der viel Schlaf brauchte, war sie noch nie gewesen.

Schon zu Studienzeiten war sie die erste morgens an der Uni gewesen und die letzte, die ging. Vielleicht hatte das auch daran gelegen, dass zuhause niemand auf sie wartete. Stattdessen waren die Bücher, die Kommilitonen, ja, selbst die Doktoranden und Professoren zu ihrer Familie geworden.

Umso glücklicher war sie gewesen, dass der Professor ihr nach dem Abschluss direkt eine Stelle angeboten hatte und sie darüber hinaus auch ihre Doktorarbeit bei ihm hatte absolvieren können. Wie viele Studenten standen nach dem Studium ohne eine solche Möglichkeit da? Und als die Bibliothek endlich auch sonntags ihre Pforten geöffnet hatte, war auch der letzte einsame Tag in ihrer kleinen Wohnung einem Studientag gewichen. Erst nachdem sie Phil kennengelernt hatte, war sie nicht mehr zu jeder Zeit an der Uni gewesen.

»Wir müssen los.«

Erschrocken fuhr sie hoch und hielt sich die Hand an die Brust. Stephanos stand vor ihr. Auf dem Kopf trug er die Tarnkappe von Hermes.

»Hast du mich erschreckt.«

»Bist du soweit?«

Sie nickte lediglich, unsicher, was sie sagen sollte. Immerhin war er es gewesen, der sich unhöflich verhalten hatte. Als sie aufblickte, schaute sie in seine zerknirschte Miene.

»Entschuldige, dass ich ohne Erklärung gegangen bin.«

Eine Entschuldigung, wenigstens, aber eine Erklärung lieferte er ihr nicht. Stattdessen sah er sie reumütig an. Verdammt, sein Lächeln war einfach zu charmant, sie konnte ihm keine Vorhaltungen machen. Aber das hätte sie vermutlich ohnehin nicht getan.

Sie stand auf, wickelte sich die Haare ihm Nacken zu einem Knoten, den sie behelfsmäßig mit einer Strähne feststeckte, und griff nach ihren Sandalen. Doch Stephanos hielt ihr die Flügelschuhe entgegen.

»Zieh bitte die an.«

Ehrfürchtig nahm sie das göttliche Paar Schuhe an sich und bestaunte es, bevor sie behutsam hineinschlüpfte. Ein Kribbeln wanderte über ihre Haut, hervorgerufen durch die Vorstellung, wem diese Halbschuhe gehörten. Entweder hatte Hermes sehr kleine Füße oder sie passten sich der Größe ihrer Träger an, denn sie schmiegten sich an Ellis Fußform, als wären sie extra für sie gefertigt worden.

Gespannt horchte sie in sich hinein, ob sie irgendetwas fühlte. Etwas Magisches, Übernatürliches, Göttliches. Immerhin trug sie die Schuhe eines olympischen Gottes! Doch dort war nichts. Kein Energieaustausch, kein Bitzeln, keine Wärme. Vielleicht, weil sie auf die Macht nicht zugreifen konnte.

Am liebsten hätte sie die Schuhe einmal ausprobiert, versucht zu fliegen oder in atemberaubendem Tempo herumzurennen, aber die Höhle war zu klein für derlei Experimente.

Stephanos blieb einen großen Schritt von ihr entfernt und hielt ihr die Hand entgegen. »Ich muss dich wieder berühren, wenn wir die Höhle verlassen. Ist das in Ordnung?«

Offenbar hatte er ein schlechtes Gewissen. Nicht ganz unberechtigt, wie Elli fand, dennoch riskierte er sein Leben, oder was auch immer, um ihr zu helfen, weshalb sie nicht kleinlich reagieren wollte.

»Na klar.« Sie reichte ihm die Hand. Ein warmes Gefühl strömte von seiner Handfläche in ihre oder von ihrer in seine. Sie konnte es nicht sagen, doch es fühlte sich an, als tauschten sie Energie aus, Wärme, Kraft. Das, was sie erwartet hatte, bei den göttlichen Schuhen zu fühlen, empfand sie nun, da sie Stephanos berührte.

Ungläubig blickte sie auf seine Hand und als sie den Kopf hob, sah sie, das er das Gleiche tat. Etwas zog sie zueinander hin. Etwas bestand zwischen ihnen beiden, ohne dass sie wusste, was das war. Unvermittelt standen sie dichter beieinander. Hatte sie den Schritt getan oder er? Oder sie beide?

Während er ihr sein Gesicht direkt zuwandte, schauten sie einander in die Augen. Sein Blick wanderte auf ihre Lippen, er beugte sich ein wenig vor und unweigerlich hielt sie die Luft an. Sie sehnte sich nach diesem Kuss. So sehr, als reiche diese Sehnsucht weiter wie die wenigen Tage zurück, die sie ihn kannte. Tief in ihr schlummerte ein Verlangen, für das es keine Erklärung gab. Mit den Gedanken nur im Hier und Jetzt beugte sie sich vor und schloss die Augen. Wissend, dass es ihm genauso erging.

Ein lautes Wiehern zerstörte den Moment, bevor sich ihre Lippen berührten, worauf sie wie ertappt auseinanderfuhren. Stephanos räusperte sich. »Wir müssen los.«

»Natürlich.« Ihre Hand verblieb in seiner, doch die Energie, die sie ausgetauscht hatten, war nur noch leicht zu spüren. Vielleicht, weil sie die Herzen wieder voreinander verschlossen hatten … weil er nicht frei war, was auch immer das bedeutete.

Stephanos drückte gegen die Tür, die sie vor der Außenwelt und vor Plutos' Blick geschützt hatte. Lautlos schwang sie auf. Ein Zauber musste auf ihr liegen, denn eine so schwere Steintür, die sich nahtlos an die Wand fügte, müsste doch wenigstens knirschen oder schaben, sobald man sie bewegte.

Philos trabte vor der Höhle unruhig auf und ab. Hatte er sie gestört, weil die Zeit drängte, oder weil er von den Ketten wusste, die Stephanos knechteten? Sein helles Fell war das einzige, das in der Finsternis zu sehen war. Es schimmerte matt, als bestünde es aus Perlmutt, und strahlte intensiver noch wie in der Nacht zuvor. Das Pferd sah so rein aus, wie Elli sich sein Herz vorstellte. Hatte jemand es frisch geputzt? Gestriegelt? Mit Heu abgerieben und ihm zu essen gegeben? Wer kümmerte sich um das Tier? Stephanos war schließlich die Nacht über in der Höhle gewesen. Wo hatte das Ross die Zwischenzeit verbracht?

»Hallo Philos«, begrüßte sie den Hengst und strich ihm über den Hals. Philos wieherte leise und stieß sie leicht mit dem Kopf an, worauf sie ihm durch die Mähne wuschelte. Anschließend hob sie die Hand, die mit Stephanos' verschränkt war. »Wie soll ich aufsteigen, wenn wir uns nicht loslassen dürfen?«

»Ich hebe dich hoch.« Er löste seine Finger von ihren und umfasste sie um die Hüfte. Schneller, als sie es für möglich gehalten hätte, hob er sie auf Philos' Rücken und saß hinter ihr auf. Er presste seine Oberschenkel gegen ihre und seine Brust ruhte an ihrem Rücken. Elli brauchte all ihre Konzentration, um mit ihren Gedanken auf Abstand zu bleiben, auch wenn sie die Berührung durchfahren wollte wie die schlichte Berührung ihrer Hände wenige Minuten zuvor.

Mit den Fersen stieß er sachte in den Bauch des Tieres und legte seine Hände an Philos' Hals, worauf der Hengst loslief. Das Pferd schritt den schmalen, unscheinbaren Trampelpfad hinauf, der sie aus der Senke führte. Keine Ahnung, wie er ihn erkennen konnte, aber hatte Stephanos nicht erwähnt, dass das Pferd in der Nacht zu sehen vermochte wie am Tag?

Elli hob den Kopf und schaute in den unendlichen Nachthimmel. Unzählige Sterne erstrahlten am nahezu schwarzen Firmament, der Mond selbst war lediglich eine schmale Sichel und spendete kaum Licht.

Es dauerte einen Moment, bis sich ihre Augen an die Dunkelheit gewöhnt hatten und sie schwach die Umrisse der Berge vor sich aufragen sah. Philos folgte einem Weg, von dem sie nur die Abschnitte erkannte, auf denen sie gerade liefen. Doch das Tier strömte eine unantastbare Selbstsicherheit aus, ebenso wie Stephanos, der sich an sie drückte.

Zusammen vermittelten sie ihr das Gefühl, dass alles so verlief, wie geplant. Hoffentlich war dem wirklich so. Hoffentlich gelangten sie unbemerkt bis an den Golf von Korinth. Und hoffentlich vermochte sie es, dem Gott des Reichtums zu entkommen.

KAPITEL 26

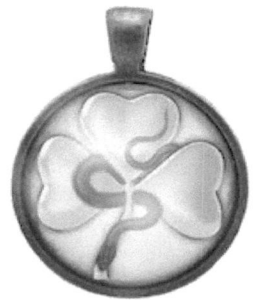

Die Reise verlief ruhig und sie sprachen die erste Zeit kein Wort miteinander. Elli versuchte gar nicht erst, Stephanos in ein Gespräch zu verwickeln. Er musste sich konzentrieren, um sie und das Pferd in den Schutz der Tarnkappe zu integrieren. Dabei wollte sie ihn gewiss nicht stören. Außerdem mussten sie aufpassen, dass niemand sie in der Stille der Nacht hörte, da sich der Schutz nur darauf auswirkte, unsichtbar zu sein, aber nicht unhörbar.

Das Schuhwerk an Ellis Füßen war bequem und sie ertappte sich dabei, wie sie immer darauf blickte. Sie trug die Flügelschuhe von Hermes. Wie unfassbar war das?

Hermes gehörte nicht zu den Göttern, über die sie sonderlich viel wusste – außer das, was alle wussten, die Klassische Archäologie studiert oder sich mit der griechischen

Mythologie befasst hatten: Dass er einer der großen zwölf olympischen Götter war, als Bote zwischen den Welten fungierte, die Grenzen der verschiedenen Welten passieren konnte, weshalb er an Wegkreuzungen verehrt wurde, und dass er angeblich einen üppigen Bart trug, wie sämtliche Hermen untermauerten. Im Gegensatz dazu standen allerdings die jugendlichen Statuen, die Bildhauer von ihm gefertigt hatten und auf denen er bartlos dargestellt wurde. Aber wer zum Beispiel seine geflügelten Schuhe gefertigt hatte, entzog sich ihrer Kenntnis.

Dafür wusste sie, in welchem Buch sie mehr über ihn nachlesen konnte und in welchem Regal das Nachschlagewerk stand – so wie es sich für einen Studierten gehörte. Bereits im ersten Semester hatte ihr Professor gepredigt, sie brauche nicht alles zu wissen, aber sie musste immer wissen, in welchen Büchern sie über sämtliche Themen der Klassischen Archäologie nachlesen konnte. Sie freute sich wie ein Kind auf Weihnachten darauf, endlich mal wieder ein paar Stunden in der Bibliothek zu verbringen und all ihren Fragen nachzugehen. Aber erst einmal musste sie dorthin gelangen.

Sie heftete ihren Blick auf die Schwärze vor ihnen, in der sich nur schwach die Ausläufer des Parnass' abzeichneten. Philos trabte seit einer Weile schon bergab. Sie hatte keine Ahnung, wie weit sie von dem Golf von Korinth entfernt waren, aber zumindest hatten sie die Gebirgshöhen hinter sich gelassen.

So entspannt, wie sich Stephanos und Philos verhielten, lief offenbar alles nach Plan. Nur, dass Stephanos vergessen hatte ihr zu erklären, was geschah, sobald sie am Wasser angekommen waren. Er hatte sie gefragt, ob sie schon einmal auf einem Delfin geritten war. Der Delfin galt unter anderem als Tier von Aphrodite. War etwa auch sie in ihre Rettung involviert? Oder deutete der Delfin auf Poseidon persönlich hin, den Herrscher der Meere, dessen goldener Wagen von diesen Meerestieren gezogen wurde? Schuldete einer der beiden Götter Stephanos einen Gefallen? Oder vermochten die Nereiden mit den Delfinen zu kommunizieren und sie waren es, auf deren Hilfe Stephanos sich verließ?

Ihre Aufregung stieg, je weiter Philos sie trug. Allmählich verfiel das Pferd in gemächlichen Galopp. Seine Fähigkeit, nachts zu sehen, musste außerordentlich sein.

Als in der Ferne der Boden zu glitzern begann, beschleunigte sich ihr Herzschlag. Dort vorne war Wasser. Der Golf von Korinth. In wenigen Minuten würden sie dort ankommen und dann … und dann?

Vorfreude und Aufregung erfüllten sie zu gleichen Maßen, während sie dem Meer entgegenritten. Moment, war dort nicht eine Bewegung? Sprang jemand aus dem Wasser? Oder tanzte jemand auf der funkelnden Oberfläche? Das konnte doch nicht wahr sein …

Ungläubig beugte sie sich vor, um die Gestalt zu erkennen, die sich im Wasser aufhielt. Oder vielmehr auf dem Wasser. Ja, tatsächlich, dort tanzte jemand auf dem Wasser. War das ein Naturgeist? Eine Nereide? Die Silhouette, die sich unter einem silbrig schimmernden Gewand abzeichnete, war weiblich. Lange Locken ergossen sich weit über den Rücken und schimmerten im Licht der Sterne.

Die weibliche Gestalt wirkte durchscheinend und weich, als könnte sie sich mühelos an jede Form anschmiegen und als bekäme man sie gleichzeitig nie zu greifen. Ihre Tanzbewegungen waren mindestens ebenso weich und fließend. Vermutlich hatte die Gestalt nie etwas anderes getan.

Etwas bewegte sich im Meer, streifte um die Frau herum. Sie war nicht alleine, tanzte mit jemandem, der sich im Wasser aufhielt. Dort. Eine Rückenflosse. War das womöglich der Delfin, von dem Stephanos gesprochen hatte?

Während sie ihre komplette Aufmerksamkeit auf die Wesen im Wasser richtete, stolperte Philos unvermittelt über etwas, das wie aus dem Nichts auf dem Trampelpfad auftauchte. Das Pferd taumelte, worauf Stephanos nach hinten rutschte und sie sich nicht mehr berührten. Nicht einmal für eine Sekunde verloren sie den Körperkontakt zueinander, bevor er vorrutschte und den Arm um sie schlang. Doch dieser kurze Moment reichte aus.

»Ich wusste, dass ich dich finde!« Die Stimme des Gottes hallte durch den Himmel, als wäre er nirgendwo und überall zugleich. Sie konnte ihn nirgends sehen, hatte es noch nie, dennoch wusste sie, dass er da war. Dass er wusste, wo sie sich befand. Eine Macht zerrte an ihr, wollte sie von Stephanos und Philos fortziehen, doch mit aller Kraft wehrte sie sich dagegen.

Sie klammerte sich mit einer Hand in Philos' Mähne, mit der anderen presste sie Stephanos' Arm um sich, der sie seinerseits so eng umschlungen hielt, dass nicht einmal ein Zyklop sie ihm hätte entreißen können.

Doch Plutos war stärker als ein Zyklop.

Ein flaues Gefühl zischte durch ihren Magen, eine unsichtbare Hand legte sich um ihr Handgelenk und zog an ihr.

»Du gehörst zu mir!«

Sie wollte aufschreien, doch sie riss sich zusammen, presste die Lippen aufeinander und duckte sich, auch wenn das vermutlich nichts brachte. Bildlich stellte sie sich den Schutz der Tarnkappe von Hermes vor und glaubte sich darunter verschwinden zu sehen, außerhalb der Reichweite des Gottes. Zugleich verschmolz sie gedanklich mit Philos und Stephanos, schmiegte sich an die beiden, als wäre sie ein Teil von ihnen, als wäre es unmöglich, sie voneinander zu trennen.

Ein überhebliches Lachen hallte durch den Himmel und kroch förmlich in sie hinein. »Du kannst mir nicht entkommen. Ich habe dich auserwählt, Helena, deshalb gehörst du mir!«

Dennoch wurde die Macht, die sie von Stephanos fortbringen wollte, schwächer. Erneut duckte sie sich, in Gedanken unter dem Schirm der Tarnkappe, mit angehaltenem Atem, damit ihr kein einziger Laut entfuhr. Vielleicht nützte es etwas. Vielleicht vermochte sie durch ihre Vorstellungskraft irgendetwas zu bewirken.

Hitze breitete sich in ihrer Handfläche aus, mit der sie Stephanos umfasste. Zunächst wärmte es lediglich in der Kühle der Nacht, doch dann wurde es heißer und heißer. Was hatte das zu bedeuten? Kam das von ihr? Zunächst glaubte sie es, doch als die Hitze beißend wurde, betrachtete sie ihre Hand, um den Ursprung ausfindig zu machen.

Ihr Blick fiel auf den Ring an ihrem Finger, der rot glühte. Das war es. Das Metall heizte sich auf und wurde stetig heißer. Erneut biss sie sich auf die Lippen und presste die Augen zusammen. Sie musste widerstehen laut aufzuschreien, auch wenn alles in ihr danach verlangte. Der Schmerz wurde stärker und stärker, war kaum mehr zu ertragen. Nicht mehr lange und ihr Finger würde in Flammen aufgehen oder zu glühen anfangen.

Stephanos drückte sie noch fester an sich. Spürte er, was in ihr vorging? Was Plutos mit ihr machte? Gegen welchen

Drang sie ankämpfte? Es schien so, denn er schenkte ihr Kühle, das Gefühl, als gleiche er die Hitze aus. Er öffnete sich ihr, ließ die unerklärliche Macht zu, die zwischen ihnen bestand, und sandte ihr helfende Kräfte. Es wurde leichter, der sengenden Hitze des Rings zu widerstehen. Dem Bedürfnis, den Schmerz fort zu schreien, nicht nachzugeben. Gleichzeitig drang Liebe zu ihr. Unvorstellbar große Liebe, der nichts zur Erklärung gereichte.

Es ging nicht um körperliche Anziehung, um das, was sie seit ihrem ersten Treffen empfand. Nein, vielmehr spürte sie Vertrauen, das durch und durch ging, Wärme, die ihr Herz einhüllte, und ein derart tiefes Glücksgefühl, das eine ungeahnte Kraft in ihr freisetzte.

Bevor sie sich über die Intensität der Gefühle wundern konnte, ebbte die Verbindung zwischen ihnen ab, doch ein Rest der Kraft verblieb in ihr, sodass sie die Hitze ertragen konnte. Den Mund fest zusammengepresst drang kein Schrei über ihre Lippen, nicht ein einziger erstickter Laut.

Ein Donner grollte durch den Himmel, Plutos fluchte. »Wer hilft dir? Wer auch immer es ist, ich werde ihn finden und bestrafen. Niemand stellt sich zwischen mich und meine Braut! Willst du das, schöne Helena, willst du, dass jemand bis in den Tod und darüber hinaus leiden muss, nur damit du nicht an meiner Seite bist, wo das Leben leichter ist als an jedem anderen Ort? Ist dein Widerstand das wert?«

Seine Worte verunsicherten sie, genau das, was Plutos bezweckte. Er wollte ihr Herz erweichen, indem er andere als Druckmittel einsetzte.

Konnte er in ihr Herz blicken? Oder ahnte er, dass sie wie so viele andere Menschen es nicht erduldete, wenn andere Qualen litten, nur damit sie es nicht tat? Sie wankte kurz in ihrer Entschlossenheit, doch sogleich presste sich Stephanos an sie.

»Gib ihm nicht nach«, schien er zu sagen, in ihren Gedanken, tief in ihr drinnen.

»Vertrau uns«, raunte Philos, der seltsamerweise ebenso wie Stephanos zu wissen schien, was in ihr vorging.

Und Elli vertraute ihnen. Sie verblieb unter dem Schutz der Tarnkappe. Vertraute sich den beiden an, auch wenn sie Angst um sie hatte, fürchtete, was Plutos mit ihnen anstellte, wenn herauskam, dass sie es waren, die ihr halfen.

Sie jagten über die Ebene. Philos galoppierte wie ein Rennpferd bei einem Wettkampf, das über eine ebene Bahn lief, die von der Sonne optimal beleuchtet wurde. Dabei war ihr Weg voller Löcher und Unebenheiten und noch immer konnte sie kaum weiter blicken als ein oder zwei Meter. Ihr wurde schwindelig, wenn sie in die Schwärze vor ihnen schaute, die nur durchdrungen wurde von dem Glitzern und der Gestalt auf dem nicht allzu fernen Meer. Moment, die glitzernde Gestalt war verschwunden. Niemand tanzte mehr auf den Fluten, keiner wartete auf sie.

Erschrocken richtete sie sich auf und suchte den Horizont ab. Vielleicht lag es an der Dunkelheit, sie musste sich nur auf das schimmernde Wasser in der Ferne fokussieren.

Doch egal wie intensiv sie ihren Blick auf den Golf von Korinth lenkte, wie lange sie die Wasseroberfläche absuchte, sie entdeckte die Gestalt nicht. Die Nereide war fort.

Plutos hatte mitbekommen, dass Elli auf der Flucht war. Und die Nereiden hatten Stephanos gesagt, ihm nur dann zu helfen, wenn der Gott des Reichtums nichts davon erfuhr. Doch dafür war es zu spät. Plutos war da, hatte womöglich sogar die Nereide auf dem Wasser tanzen sehen. Ihr war keine Wahl geblieben als zu fliehen, bevor er ihre Anwesenheit mit Elli in Verbindung brachte.

Nach und nach sickerte die Erkenntnis, was das bedeutete, in ihr Bewusstsein. Sie würden gleich am Golf von Korinth ankommen und niemand stand bereit, um Elli in ihre Zeit zu bringen. Der Plan war gescheitert. Dennoch preschte Philos auf das Wasser zu, als warte dort noch immer ein Ausweg.

»Die Wassergeister sind fort«, versuchte Elli per Gedanken zu sagen. Sie wollte denselben mentalen Kanal nutzen, über den die zwei mit ihr gesprochen hatten, doch die beiden reagierten nicht. Hörten sie sie nicht. Oder war es ihnen egal?

»Ich habe Zeit, Helena, ich habe Zeit.« Ein selbstsicheres Lachen schallte über das Gelände, worauf sie unwillkürlich den Kopf einzog.

Sie näherten sich dem Wasser, das keine Rettung mehr barg. Gleich gelangten sie ans Meer. Die Hitze des Rings war nicht mehr zu spüren. Entweder hatte Plutos aufgegeben oder Ellis Kraft reichte aus, um das Brennen zu überdecken. Das Pferd verlangsamte bereits seine Schritte. Das stete Rauschen der Wellen legte sich über ihre angespannte Nerven und beruhigte sie, obgleich sie nicht wusste, ob Stephanos einen Plan B in der Tasche hatte.

Bevor sie am Wasser angelangten, tauchte wie aus dem Nichts ein riesiger Baumstamm auf, der sich quer über die Ebene legte. Philos wieherte und versuchte darüber zu springen, doch er stieß mit einem Huf an die Rinde und strauchelte.

Elli hielt sich fest, doch das Pferd fiel zur Seite, sodass sie von seinem Rücken glitt. Sie streckte sofort die Hand nach Stephanos aus, doch sie verfehlte ihn ebenso wie er sie.

Gleichzeitig rutschte auch er von Philos und sie verloren den Körperkontakt zueinander.

Ein schauriges Lachen ertönte und vermittelte ihr eine beunruhigende Gewissheit. Elli befand sich nicht länger unter dem Schutz der Tarnkappe.

Plutos konnte sie sehen.

KAPITEL 27

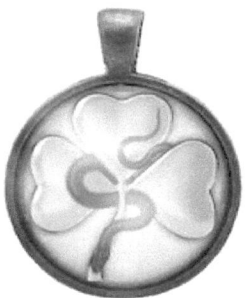

Elli war nicht fähig sich zu bewegen. Etwas zerrte an ihr, versuchte sie an einen anderen Ort zu bringen. Es war Plutos, der Gott höchstpersönlich, der sie mit seiner göttlichen Kraft zu sich holte.

Sie wollte sich dagegen wehren, verhindern, dass er sie fortbrachte, aber es schien aussichtslos. Dennoch gab sie nicht auf, biss die Zähne zusammen, spannte alle Muskeln an, als könnte sie sich allein durch ihre Willenskraft gegen den Gott wehren.

Sie entschwand der Welt, Plutos zog sie in seine. Aber kurz bevor ihre Füße den Bodenkontakt verloren, ebbte die Macht von jetzt auf gleich ab. Stattdessen stand sie mit den Flügelschuhen auf dem staubigen Boden und war Herr über ihren Körper, über ihre Glieder.

Wie war es ihr gelungen, die Macht des Gottes von sich zu schütteln? Hatte sie es ausschließlich durch ihre Willenskraft geschafft?

»Renn ans Wasser!«, schrie Stephanos, der sich vor sie gestellt hatte, und in dem Moment verstand sie. Er war es, der die Macht und damit den Sog, der sie fortbringen wollte, durchbrochen hatte. Sie konnte ihn nicht sehen, da er noch immer die Tarnkappe auf dem Kopf trug. Dafür spürte sie seine Präsenz, spürte, wie er sie vor Plutos' Zugriff abschirmte. Und seine Worte hallten über die dunkle Landschaft, wodurch er seine Anwesenheit verriet.

Plutos' selbstgefälliges Lachen verstummte von jetzt auf gleich. Hatte er Stephanos' Stimme erkannt?

»Wusste ich doch, dass es nur einer sein kann, der sich zwischen mich und meine Braut stellt. Zeige dich, wenn du dich traust!«

Und das tat Stephanos. Er riss sich die Tarnkappe vom Kopf, schleuderte sie Elli entgegen und hob gleichzeitig die Hände, um sie beide vor der überirdischen Macht des Gottes zu schützen.

Ein zorniger Schrei hallte über die dunkle Landschaft. Unvermittelt baute sich ein Erdwall vor Stephanos auf, der ihn unter sich zu verschütten drohte, doch Stephanos wehrte ihn ab. Sie wusste nicht, wie es ihm gelang, aber die Erde verblieb in der Luft, als wäre dort eine unsichtbare Wand, an der sie nicht vorbei kam.

Ungläubig blieb sie stehen und sah zu, wie er unerklärliche Kräfte wirkte. Seine Macht reichte aus, um sie vor dem Zugriff eines Gottes zu schützen? Fassungslos starrte sie ihn an, beobachtete, wie seine Muskeln spielten und wie er seine Macht scheinbar mühelos mit der von Plutos maß. Wer war er? Oder half ihm jemand? Stärkte ihm jemand den Rücken oder konnte er es tatsächlich alleine mit Plutos aufzunehmen?

»Auf, Elli! Renn!«, schrie er erneut.

Der Ruf holte sie aus ihrer Betrachtung in die Wirklichkeit zurück. Sie blinzelte und kam zur Besinnung, worauf sie die Umgebung im Bruchteil einer Sekunde analysierte. Philos lag am Boden, doch das Tier rappelte sich bereits auf. Es war nicht ernsthaft verletzt. Kurzerhand rannte Elli zur Tarnkappe, die wie etwas Bedeutungsloses auf der trockenen Erde lag, und zog sie sich auf den Kopf.

»Du entkommst mir nicht!«, schrie Plutos. Sie spürte, wie er seine Fühler nach ihr ausstreckte, doch unter dem Schutz des göttlichen Attributs vermochte er sie trotz des Rings nicht zu finden.

Sie rannte zum Wasser, so wie Stephanos es verlangt hatte, obwohl sie nicht wusste, wie ihr das Meer noch nutzte. Aber hatte er ihr nicht erklärt, dass sich Wasser ebenso wie Stein Plutos' Kräften entzog? Vielleicht war sie dort sicher, obwohl die Nereiden ihr die Hilfe verwehrten – auch wenn sie ohne die Macht der Naturgeister nicht in ihre Welt zurückkam.

Sie raste über die Erde, schneller, als sie es je zuvor vermocht hatte. Die geflügelten Schuhe beschleunigten ihre Schritte mit jeder Bewegung, beinahe wurde ihr schwindelig, so schnell rauschte die Umgebung an ihr vorbei. In wenigen Sekunden gelangte sie ans Meer.

Und jetzt? Sollte sie mit Tarnkappe und Schuhen ins Wasser springen? Aber was war mit Stephanos?

Sie wandte sich ihm zu, gleichzeitig drehte er sich nach ihr um. Konnte Stephanos sie sehen, obwohl sie unsichtbar war? Sein Verhalten erweckte den Eindruck, denn er blickte in ihre Richtung und als er sie am Wasser stehen sah, lief er ebenfalls auf das Meer zu.

»Rein, Elli, dort kann er dich nicht holen!«

Und das tat sie. Mit Flügelschuhen und mit Tarnkappe, ja, selbst mit ihrem griechischen langen Gewand. Sie watete in die Fluten. Die Kühle des Meeres umspülte ihre Knöchel und die Fühler von Plutos wurden mit jedem Schritt schwächer.

Das Wasser reichte ihr bereits bis zur Hüfte, die Stofflagen klebten an ihrer Haut und ihre Haarspitzen wurden nass. Hoffentlich verlor sie nicht die göttlichen Schuhe. Doch sie hafteten an ihren Füßen, als gehörten sie dorthin und als kämen sie gar nicht auf den Gedanken, sie im Stich zu lassen. Aber das war natürlich Unsinn. Es waren Schuhe. Auch wenn sie von einem Gott stammten, besaßen sie wohl kaum einen eigenen Willen, oder etwa doch?

»HELENAAAAA!« Plutos war außer sich. Er spürte, wie sie ihm entglitt. Die Macht, die gegen Stephanos drückte, wurde stärker. Sie hätte es eigentlich nicht fühlen dürfen, doch sie tat es. Stephanos' Muskeln waren zum Zerreißen gespannt, ebenso wie sein Willen. Hochkonzentriert hielt er dem Angriff des Gottes stand, während er auf das Meer zu-rannte. In wenigen Augenblicken gelangte er bei den Fluten an.

»Das wirst du bereuen! Das wirst du bereuen!«, erscholl Plutos' Drohung und fegte wie ein Orkan über sie hinweg.

Unbeeindruckt sprang Stephanos ins Wasser und von jetzt auf gleich war Plutos' Macht fort. Endlich vermochte Elli tiefer zu atmen. Ohne dass es ihr aufgefallen war, hatte sie gezittert, am ganzen Körper, und von jetzt auf gleich ließ das Zittern nach. Doch sie durfte sich nicht in Sicherheit wiegen. Der Gott stand bereit, wartete nur, dass sie wieder aus dem Wasser herauskam, egal, an welcher Stelle.

Mit klopfendem Herzen blickte sie sich um. Stephanos gelangte bei ihr an und zog sie weiter.

»Komm. Wir müssen tiefer hinein.«

»Aber ich fühle Plutos nicht mehr. Wir sind seiner Machtsphäre bereits entkommen. Wozu sollen wir tiefer ins Meer laufen?«

»Wir dürfen seine Macht nicht unterschätzen. Erst recht nicht, weil du noch diesen verfluchten Ring trägst. Unsere Beine befinden sich zwar im Wasser, doch unser restlicher Körper nicht.« Das traf vielleicht auf ihn zu, doch ihr reichte das Wasser bereits bis an den Bauch. Es war eiskalt, dennoch fügte sie sich.

Ein Stöhnen unterdrückend watete sie tiefer. Die Kälte drang in ihre Waden, ihre Kniekehlen, ihren Magen und entfachte ein erneutes Zittern. »Das nächste Mal klärst du mich früher auf, was ich aus der Erde ausgebuddelt habe. Dann werde ich auch nicht noch mal so einen dämlichen Ring an meinen Finger stecken wie eine verträumte Archäologin, die Wissenschaft von Mythologie nicht zu unterscheiden weiß.«

»Es wird kein nächstes Mal geben.«

Ein Stich durchfuhr sie und für einen Moment blieb sie stehen. Wieso würde es kein nächstes Mal geben? Weil er es verhinderte oder weil er aus ihrem Leben verschwinden und die Verbindung zu dieser Sphäre kitten würde, sobald sie in ihrer Welt angelangte? Die Frage hallte durch ihren Kopf und hinterließ einen bitteren Geschmack auf ihrer Zunge.

Elli, schalt sie sich innerlich, komm wieder zu Sinnen. Er gehört in diese Zeit und ist nicht frei, du gehörst in eine andere und wirst bald wieder frei sein. Fertig. Fertig! Trotzdem fühlte es sich nicht so an.

Eine Welle schwappte hoch und spritzte ihr ins Gesicht. Sie waren bereits so tief, dass ihr das Wasser bis über die Brüste reichte. Es wurde kälter und ihre Zähne klapperten aufeinander. Unglaublich, wie schnell man auskühlen konnte. Beinahe von jetzt auf gleich schien jegliche Körperwärme aus ihr gewichen zu sein.

»Schwimm, dann wird dir wärmer.«

»Aber wohin? Die Nereide ist fort. Sie wird uns nicht helfen, weil Plutos davon erfahren würde. Wie lange können wir schon durchs Meer schwimmen? Plutos wartet nur darauf, dass wir herauskommen. Ich weiß es.« Derart hoffnungslos kannte sie sich selbst nicht, aber andererseits sah sie keinen Sinn darin, weit aufs offene Meer hinauszuschwimmen und womöglich nicht zurück ans Ufer zu kommen. Wie viel Kraft würden sie verlieren, indem sie sich sinnlos durch die Fluten kämpften?

»Vertrau mir. Hilfe ist bereits unterwegs.«

Kam womöglich gleich eine Nereide, ein Wassergeist, der ihnen half? Oder Poseidon, der Herrscher der Meere, höchstpersönlich? Leider war die Sicht zu schlecht, um im Wasser irgendwelche Schatten auszumachen, und die Wellen ohnehin unruhig, weshalb auch sie nichts von der Unterwasserwelt preisgaben. Und die Spitzen des Dreizacks waren auch nirgends zu sehen. Aber vielleicht hatte er keine überirdische Hilfe gemeint.

Sie versuchte über die Meeresoberfläche in die Ferne zu blicken, hielt Ausschau nach einem Schiff oder einer einfachen Barke, doch es war so dunkel, dass sie selbst das Wasser von der Luft kaum zu unterscheiden vermochte.

Unendlich viele Sterne funkelten über ihnen. Ihr Licht reichte nicht aus, um weiter als einen Meter in die Ferne zu blicken, und die Sichel des Mondes war so schmal, dass auch sie kaum Licht spendete.

Dennoch vertraute Elli ihm und schwamm auf das Meer hinaus. Zwar wurde ihr dabei nicht wärmer, aber wenigstens kühlte sie nicht noch mehr aus. Die nassen Haare klebten in ihrem Gesicht, das Gewand an ihrer Haut und erschwerten jeden Schwimmzug. Zum Glück war sie eine Sportlerin, schon immer gewesen. Ihre Muskeln waren überdurchschnittlich ausgebildet und ermöglichten es ihr, über die Erschöpfung hinaus weiterzuschwimmen. Nicht zum ersten Mal biss sie die Zähne zusammen, um mehr Kraft aus ihrem Körper herauszuholen.

Wo war Philos? War er in Gefahr? Würde Plutos auch ihn bestrafen? Ihr Atem reichte nicht, um die Fragen laut auszusprechen. Jede Kraft, die noch in ihr ruhte, brauchte sie, um über Wasser zu bleiben, wodurch auch die Gedankenflut mit jedem zurückgelegten Meter abnahm.

Die Zeit verstrich und von nahender Hilfe war nichts zu sehen oder zu hören. Stephanos schwamm dicht bei ihr. Er blieb ihr so nah, dass sie seine Gesichtszüge im fahlen Licht der Gestirne erahnen konnte.

»Halte durch, Elli. Gleich haben wir es geschafft.«

Sie nickte knapp, auch wenn er das vermutlich nicht sah. Ihre Glieder wurden kälter, wodurch jeder Schwimmzug zur Zerreißprobe mutierte. »Ich muss weiterschwimmen. Ich gebe nicht auf«, dachte sie wie ein Mantra bei jeder einzelnen Bewegung.

Leises Plätschern ertönte. Sogleich schaute sie auf. Nichts war zu sehen. Hatte sie es sich nur eingebildet?

Nein, dort war es wieder. Ein leises Plätschern, das verschwand und wiederkam, in regelmäßigen Abständen. Hoffnung durchströmte sie und verlieh ihr zusätzliche Kraft, bis eine Armeslänge entfernt eine graue Rückenflosse auftauchte, eine lange Nase aus dem Wasser herausschaute und ein hohes Quieken ertönte.

Ein Delfin.

War das von Anfang an sein Plan gewesen? Immerhin hatte er sie gefragt, ob sie schon mal auf einem Delfin geritten war. Doch als die Nereide verschwunden war, hatte sie nicht mehr daran gedacht.

Das Meerestier blickte sie direkt an. Lächelte es?

»Klettere auf seinen Rücken«, ermutigte Stephanos sie.

Auch wenn sie nichts lieber täte, zögerte sie. »Was ist mit dir? Du musst doch auch erschöpft sein.«

Wie aufs Stichwort tauchte ein zweiter Delfin in den Fluten auf, der ebenso hoch und fröhlich quiekte und direkt auf Stephanos zu schwamm.

»Ich nehme den.«

Sie wartete keinen Moment länger und als spürte der Delfin, was sie vorhatte, schwamm er unter sie, sodass sie einen Augenblick später auf seinem Rücken saß, ohne großartig Kraft dafür gebraucht zu haben. Die Hände um die Flosse und den grauen Körper geschlungen, musste sie sich konzentrieren, um die Finger zu beugen und sich festzuhalten. Sie waren wie erstarrt vor Kälte. Auch ihre übrigen Glieder waren klamm, nahezu betäubt, weshalb sie sie nur schwer kontrollieren konnte. Es lag nicht nur an der Kälte des Wassers, der sie in den durchweichten Klamotten schutzlos ausgesetzt war, vielmehr an ihrer Erschöpfung. Es kam ihr wie Stunden vor, die sie durch das eisige Meer geschwommen waren. Nach einer Weile erst nahm sie die Wärme wahr, die der Delfin ausstrahlte. Wie Philos schien er ihr helfen zu wollen. Ihre erstarrten Muskeln lösten sich und das Zittern wurde weniger. Doch das lange Gewand und ihr Haar klebten noch immer klatschnass an ihr und würden so schnell nicht zulassen, dass sie sich behaglich entspannte – erst recht nicht in der eisigen Nachtluft. Das Polarmeer konnte sich nicht kälter anfühlen.

»Alles okay?«, rief Stephanos.

Nickend schaute sie zu ihm. Als hätte er es bereits unzählige Male getan, saß er auf dem Rücken des Delfins, hielt sich nur mit einer Hand fest und streckte ihr die andere entgegen. Die unterstützende Geste half, ihren Willen neu zu entfachen. Gemeinsam würden sie es schaffen. Gleichzeitig kehrte Energie in ihre Glieder zurück. Endlich ließ das Zittern nach, wodurch sie weniger Kraft brauchte, um auf dem Rücken des Meerestiers zu sitzen.

Die Tiere schwammen zunächst nur langsam. Da sie sich endlich mühelos oben hielt, nahmen sie allmählich Fahrt auf.

»Wo bringen sie uns hin?«

»Zunächst weiter fort.«

»Wozu? Plutos wird uns finden, egal wo wir aus dem Wasser steigen.«

»Das stimmt, aber falls wir unentdeckt bleiben, weiß er nicht, wer in den Weiten des Meeres geholfen hat, dich in deine Zeit zu geleiten.«

Elli horchte auf. »Gibt es einen Plan B zu den Nereiden?«

»Natürlich. Ich habe immer einen Plan B.«

»Dann erzähl es mir. Werden wir zu Poseidon persönlich gehen? Schuldet auch er dir einen Gefallen?«

Stephanos lachte leise.

»Mir schmeichelt es, für wie mächtig du mich hältst, doch ich fürchte, ich muss dich enttäuschen. Ich werde es tunlichst vermeiden, einen von Zeus' Brüdern in die Angelegenheit zu verwickeln.«

»Wieso? Ich meine, Hermes ist involviert, die Nereiden helfen dir, Asklepios steckt auch irgendwie mit dir unter einer Decke – wieso also nicht Poseidon?«

Er brummte. »Wollen wir einfach hoffen, dass die drei Brüder nicht bemerken, welches Spiel gespielt wird.«

»Spiel? Was meinst du damit?« Verständnislos sah sie ihn an.

Sein Blick wurde ernst. »Die Götter spielen immer Spiele, Elli, und wir befinden uns gerade mitten in einem drin.«

KAPITEL 28

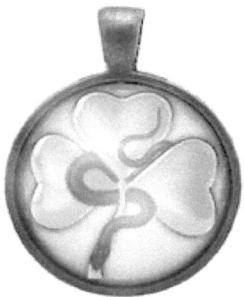

Ein Spiel der Götter? Elli wollte nachhaken, was er damit meinte, doch er wechselte sofort das Thema.

»In den Tiefen des Meeres weiß nicht jeder über die Auseinandersetzung von Plutos und mir Bescheid. Dort werden wir jemanden finden, der dir hilft, ohne dass derjenige fürchtet, von Plutos dafür bestraft zu werden.«

»Wer zum Beispiel, wenn nicht Poseidon selbst?«

»Andere Wassergeister. Außer den Nereiden gibt es weitere Nymphen, die im Meer leben.«

Stimmt. Das wusste sie natürlich, hatte mehrfach darüber gelesen. Die Nereiden waren die Töchter von Nereus und schützten Schiffbrüchige. Nicht alle im Wasser lebenden Nymphen gehörten zu ihnen. Die Okeaniden fielen ihr als erstes ein. Sie teilten sich mit den Nereiden die Meereswelt und waren die Töchter der Titanen Okeanos und Tethys. Darüber hinaus gab es weitere Wesen. Welchem von ihnen würden sie begegnen?

Die Welt, in die Plutos' Ring sie katapultiert hatte, war so magisch und außergewöhnlich, dass sie sie nicht immer mit ihrem Wissen über die Antike zu erklären versuchte – ja, es auch gar nicht konnte. Schließlich gab es offenbar unzählige Mythen und Wesen, über die in ihrer Zeit nichts überliefert war.

Eine helle Verfärbung zeichnete sich am Horizont ab und die ersten Strahlen der Sonne bahnten sich ihren Weg. Der Morgen war angebrochen. Auf den Rücken der Delfine sitzend konnten sie dabei zusehen, wie sich der Tag gegen die Nacht durchsetzte. Ob es Helios und seinen Sonnenwagen wirklich gab? Ritt er gerade den Horizont hinauf und Nyx, die Göttin der Nacht, legte sich schlafen?

Ein Lächeln spielte um ihre Lippen, ihr Blick wurde verklärt. Der Schrecken der Nacht verblasste angesichts der Schönheit des Augenblicks und endlich vermochte sie sich zu entspannen.

Mittlerweile war sie davon überzeugt, dass jemand unterwegs war, dass Stephanos etwas vorbereitet hatte. Würde gleich Amphitrite persönlich aus dem Wasser springen? Oder Triton, ihr gemeinsamer Sohn mit Poseidon, dessen Oberkörper der eines Menschen und dessen Unterleib halb Pferd, halb Delfin war? Innerlich lachte sie auf. Offenbar hielt sie inzwischen alles für möglich.

Sie schloss die Augen, atmete tief die salzige Meeresluft ein und öffnete die Lider. Als sie sich zu Stephanos drehte, betrachtete er sie mit einem leicht verklärten Gesichtsausdruck. Wie lange hatte er sie beobachtet? Sobald er ihre

Augen auf sich spürte, verschloss sich sogleich seine Mimik, das Staunende wich dem höflichen Interesse.

»Geht es dir besser?«

Sie nickte. »Ich weiß nicht, wie der Delfin es geschafft hat, aber mein Haar und mein Gewand sind trocken und mir ist warm. Nur die Füße und Unterschenkel sind noch nass, aber die hängen schließlich auch im Wasser.«

Wie zur Bestätigung quiekte der Delfin und entlockte ihr damit ein Lachen. Hatte er sie verstanden? Konnte sie mit ihm eine ebensolche Verbindung eingehen wie mit Philos zuvor? Aber wie kam das?

Nachdenklich schaute sie von den Delfinen zu Stephanos. »Sind die Tiere in dieser Zeit anders?«

»Was meinst du?«

»Ich habe das Gefühl, als könnte ich mit ihnen … reden. Nicht wirklich reden, aber ich habe den Eindruck, sie verstehen, was ich sage. Bei Philos hatte es sogar den Anschein, ich könnte in Gedanken hören, was er zu mir sagt.«

Stephanos betrachtete sie, als würde sie ihm etwas bestätigen, dass er bereits vermutet hatte. »Es ist auch in dieser Zeit ungewöhnlich. Nicht jeder ist dazu in der Lage.«

Nicht jeder war dazu in der Lage – war das eine Anspielung? Oder meinte er damit lediglich, dass sie Glück hatte? Sie klopfte dem Delfin zärtlich über den Rücken, worauf er erneut quiekte, als lache er.

»Du kannst es auch, richtig? Du hast die Tiere zu uns gerufen. Ich würde ja fragen, wie du das bewerkstelligst, aber du wirst mir darauf wieder einmal keine Antwort liefern, richtig?«

»Richtig, Dr. Achilles.« Er schmunzelte und ein warmes Gefühl wanderte durch ihren Bauch.

»Wieso kann ich es?«

»Es steht nicht in meiner Befugnis, dir eine Antwort auf diese Frage zu liefern.«

»Warum nicht? Ich frage dich und es geht um mich – weshalb sagst du mir nicht, was du weißt?«

»Weil auch ich mich an gewisse Regeln halten muss.«

»An Spielregeln, weil wir uns inmitten eines Spiels der Götter befinden?«

»An Spielregeln ebenso wie an die Regeln dieser Welt.«

Er durfte es ihr nicht verraten, aber durch gezielte Fragen bekam sie vielleicht trotzdem etwas aus ihm heraus – auch wenn seine Mimik der eines Pokerspielers in nichts nachstand.

»Kann ich es, weil ich Plutos' Ring an meinem Finger trage?«

Er antwortete nicht.

»Hat es etwas mit der Macht des Rings zu tun, auf die ich seltsamerweise zugreifen kann?«

Er warf ihr einen kurzen Blick zu. Aha. Jackpot.

Sie erinnerte sich, was Hephaistos gesagt hatte, als er sie in seine Schmiede geholt hatte. »Du sagst, du hast meine Wege verfolgt, nachdem ich von dir fortgesprungen bin. Dann weißt du auch, dass ich bei Hephaistos war, oder?«

Seine Mimik verfinsterte sich und er nickte knapp.

»Hephaistos hat angedeutet, dass ich aus dieser Welt stamme.«

»Hat er das?«

»Zumindest hat er auf meine Aussage, ich würde nicht aus dieser Welt stammen, mit der Gegenfrage reagiert: ›Tust du nicht?‹«

»Hat er das?«

»Du wiederholst dich.«

»Was hat er noch gesagt?«

»Ich solle meiner Familiengeschichte nachgehen. Weißt du, was er damit gemeint hat?«

»Hast du es gemacht?«

»Wie denn?«

Er antwortete nicht, aber sie wettete, er hatte eine Idee.

»War es reiner Zufall, dass ich den Ring gefunden habe?«

Sein Blick ruhte lange auf ihr, bis er langsam mit dem Kopf wackelte, so beiläufig, dass sie es sich vielleicht nur eingebildet hatte. War das ein Nein? Hatte er gerade eine Antwort angedeutet? Wenn das kein gutes Zeichen war. Womöglich war endlich der Moment gekommen, in dem seine Hartnäckigkeit bröckelte.

»Ist es Zufall gewesen, dass wir uns begegnet sind?«

Erneut verstummte er, doch in seinen Augen glaubte sie die Wahrheit zu erkennen. Nein, ihre Begegnung war kein Zufall.

»Wieso ...?«

Er seufzte auf. »El–«

Ein gleißend heller Blitz durchfuhr den Himmel und ein Donnergrollen folgte. »Helena, ich fühle, dass du noch hier bist. Und ich warte auf dich.« Es war Plutos. Seine Stimme war nur ein Flüstern, dennoch hörte sie sie klar und deutlich, als käme sie von überall her und kroch ungebremst in sie hinein. »Ich weiß, wer dir hilft. Ich kenne seine Beweggründe. Glaub mir, sie sind keineswegs uneigennützig. Du hast keine Ahnung, wer derjenige ist, dem du dein Leben anvertraust. Welch düsteres Geheimnis ihn dazu bewegt, dir angeblich zu helfen.«

Düsteres Geheimnis?

Ja, Stephanos verbarg definitiv etwas vor ihr, aber so, wie Plutos es formulierte, klang es, als wäre er ein Massenmörder. Mindestens. Dennoch glaubte sie dem Gott des Reichtums nicht. Und sie würde ihm auch nicht antworten. Nicht, dass er doch irgendwie dazu in der Lage war, sie zu sich zu holen.

»Was ist, Elli? Redet er mit dir?« Alarmiert schaute sich Stephanos um. Er spürte Plutos' Anwesenheit, konnte ihn aber offenbar nicht hören.

Unterdessen fuhr Plutos fort. »Er wird dich schon bald enttäuschen. Schon bald wirst du sein wahres Gesicht sehen. Und dann, Helena, werde ich da sein, um dich aufzufangen. Wir gehören zusammen. Du bist keine Braut wie jede, du bist anders. Besonders. Wir zwei gehören zusammen und gemeinsam werden wir unbesiegbar sein. Ich warte auf dich, Helena, ich warte auf dich, das verspreche ich dir.«

Seine Worte lösten zum ersten Mal keine Gänsehaut bei ihr aus. Woran das lag, vermochte sie nicht zu sagen, denn beunruhigend waren seine Worte wie eh und je.

Beiläufig schielte sie zu Stephanos, der nach Plutos Ausschau hielt, während sich der Gott des Reichtums unauffällig zurückzog. Sie fühlte es. Er war nicht mehr da. Versuchte nicht mehr sie zu finden. Auch Stephanos fühlte es, denn seine Muskeln entspannten und er sah sie fragend an.

»Alles okay? Er ist wieder weg, du brauchst keine Angst zu haben.«

Sie wollte sagen, dass sie das wusste und keinerlei Angst verspürte, doch kein Ton kam über ihre Lippen.

»Was hat er dir gesagt?«

»Dass …« Sie zögerte.

Stephanos runzelte die Stirn.

»Ja?« Er fixierte sie, abwartend, fordernd. Sie konnte dabei zusehen, wie er unruhig wurde, weil er nicht wusste, was vor sich ging.

Sie schmunzelte halbherzig. »Vertauschte Rollen, was?«

»Wieso willst du mir nicht sagen, was er dir zugeflüstert hat?«

Wieso wollte er so vehement wissen, wovon Plutos gesprochen hatte? Weil etwas dran war an dem, was der Gott des Reichtums behauptet hatte?

»Er hat gesagt, er wartet auf mich.« Sie wusste nicht, was sie dazu bewog, nicht die komplette Wahrheit zu sagen. Ein Gefühl? Instinkt?

Stephanos musterte sie misstrauisch. Er ahnte es, aber schließlich hatte sie das gleiche Recht wie er, Dinge für sich zu behalten. Ihm schien ein ähnlicher Gedanke durch den Kopf zu gehen, denn er drang nicht weiter in sie.

»Halt dich fest«, flüsterte eine hohe Stimme in ihrem Kopf. Einen Moment später ging ein Ruck durch ihren Körper und die Delfine beschleunigten das Tempo. In unvorstellbarem Tempo rauschten sie durch das Wasser, auf dessen Oberfläche sich der orangefarbene Morgenhimmel spiegelte.

Hatte sie den Delfin sprechen hören? Und wieso beschleunigten die Delfine gerade jetzt? Hatte Stephanos es ihnen aufgetragen oder wollten die Meerestiere nicht, dass sie weiter über das Thema sprachen?

Moment, Elli, nun bewerte mal nicht jedes Detail über.

Wahrscheinlich war es reiner Zufall – auch wenn die Erlebnisse der vergangenen Stunden sie daran zweifeln ließen, dass es so etwas wie Zufall überhaupt gab.

Durch das atemberaubende Tempo musste sie sich vorbeugen und sich konzentrieren, um die Balance auf dem glitschigen Rücken zu halten, weshalb sie die Gedanken auf später verschob. Schneller, als sie verstand, in welche Himmelsrichtung sie schwammen, pflügten die Tiere durch den Golf von Korinth. Sie wähnte die Sonne in ihrem Rücken, aber sicher war sie sich nicht. Der Wind pfiff ihr um die Ohren, ihr Haar flatterte hinter ihr her, ebenso wie die trockenen Teile ihres Gewandes. Als ihr die Tränen durch die Geschwindigkeit in die Augen schossen, kniff sie sie zu schmalen Schlitzen und beugte sich noch näher an den Kopf des Delfins.

»Hab keine Angst, ich beschütze dich.«

Elli lächelte. Es stand außer Frage, der Delfin sprach mit ihr.

»Danke«, flüsterte sie. Ihre Stimme wurde von dem rauschenden Wind übertönt, dennoch wusste sie, dass das Wassertier sie gehört hatte.

Die frühe Morgensonne glitzerte auf dem Wasser, die frische Salzluft war eine regelrechte Kur für ihre Lungen und die Fröhlichkeit des Delfins schwang auf ihr Gemüt über. Sie genoss den ungewöhnlichen Ritt, auch wenn es anstrengend war, sich aufrecht zu halten. Aber es wurde leichter, je länger die Reise andauerte. So langsam hatte sie den Winkel raus, in dem sie sich vorbeugen musste, um mühelos das Gleich-gewicht zu halten.

Sie suchte die Umgebung nach Landmassen ab, doch seltsamerweise sah sie keine, obgleich die Sicht nicht besser hätte sein können. Lag es an dem Wasser, das durch die rasanten Schwimmbewegungen des Delfins aufspritzte?

Als eine Insel vor ihnen auftauchte, stutzte sie. Um welche handelte es sich? Im Golf von Korinth gab es doch gar keine Inseln. Waren sie vielleicht aus dem Golf längst rausgeschwommen und befanden sich im offenen Mittelmeer? Anders ließ es sich nicht erklären.

Sie richtete ihre Aufmerksamkeit auf die Insel, die auf den ersten Blick unbewohnt schien. Die Blätter hoher Palmen wiegten sachte im Wind, eine Gebirgsformation zeichnete sich in der Ferne ab und der Strand bestand aus weißen Kieseln. Hohe helle Felswände rahmten den Strand ein und verliehen ihm eine geschützte Atmosphäre.

Gespannt hielt sie den Blick auf die Insel gerichtet, während der Delfin sein Tempo drosselte. Wenig später erreichten sie das Stück Land, das weitaus größer war, als es auf die Ferne den Anschein erweckt hatte. Die Tiere brachten sie so weit, wie es gefahrlos möglich war, an die Insel heran, dann sprangen Elli und Stephanos von ihren Rücken und wateten auf den Strand zu.

»Danke, ihr zwei«, rief sie den Wassertieren zu, bevor sie in den Wellen des klaren Wassers verschwanden. Doch seltsamerweise schien die Verbindung, die sie mit ihrem Delfin geknüpft hatte, fortzubestehen, denn sie spürte, dass sich das Tier nicht weit von ihr entfernte.

Das türkisfarbene Wasser reichte ihnen nur bis zu den Knöcheln, während sich der feine Kieselstrand vor ihnen ausbreitete. Es war ein Strand, so schön, wie sie ihn bislang noch nie gesehen hatte. Selig seufzte sie auf.

»Das sieht ja traumhafter aus wie in jedem Werbeprospekt. In meiner Zeit wäre der Strand von Touristenmassen bevölkert.« In ihren Gedanken schossen riesige Hotels aus dem Boden und unzählige Bars. Die Vorstellung schob sie sogleich beiseite und genoss die ungestörte Entfaltung der Natur.

»Wo sind wir?«

Er langte nach der Tarnkappe, die noch immer auf ihrem Kopf saß. Sie hatte gar nicht mehr daran gedacht. Da sie nun das schützende Element verließen, mussten sie sich wieder vor Plutos verbergen. Mit ausgebreiteten Armen deutete er auf die Insel. »Auf Kefalonia.«

Überrascht sog sie die Luft ein. Sie waren also wirklich in Rekordgeschwindigkeit aus dem Golf von Korinth hinaus in Richtung Westen geschwommen und befanden sich auf der Insel, die der Mündung gegenüberlag. Was taten sie hier? Wieso war die Insel das Ziel? Doch bevor sie ihre Frage stellen konnte, fiel ihr selbst eine Antwort ein.

»Willst du mich zum Melissani-See bringen?«

»Sehr gut, Frau Dr. Achilles.«

Vorfreude erfüllte sie bei der Vorstellung, den sagenhaften Höhlensee der Nymphen zu sehen. Selbst in ihrer Zeit hatte sie bislang nicht das Vergnügen gehabt – und wie würde ein solcher Besuch erst in dieser Zeit sein?

Der Sage nach erhielt der See seinen Namen durch die Nymphe Melissanthe, die in den See sprang und ertrank, nachdem der Hirtengott Pan sie abgewiesen hatte. Deshalb wurde sie auch die Höhle der gebrochenen Herzen genannt. Sie galt als Pans Kultstätte.

»Gehen wir wegen der Nymphe oder wegen Pan dorthin?«

Er warf ihr einen flüchtigen Blick zu. »Wegen der Nymphe.«

»Aber ich dachte, sie sei tot?«

»Nicht in dieser Welt.«

Interessant …

»Und Pan? Lebt er auch dort?«

Erneut musterte er sie nachdenklich. »Manchmal …«

Sie näherten sich dem Strand und bevor sie die Füße aus dem Meer hinaus auf die glatt geschliffenen Kiesel setzte, setzte Stephanos die Tarnkappe auf und streckte ihr die Hand entgegen. »Nimm bitte meine Hand, damit ich dich vor Plutos' Blick schützen kann.«

Er war nicht hier, würde wahrscheinlich nicht mehr versuchen, sie gegen ihren Willen zu sich zu holen. Nein, er wartete, bis sie freiwillig kam, auch wenn sie sich nicht vorstellen konnte, wie es je dazu kommen sollte. Wieso war sich Plutos seiner Sache so sicher?

Zweifelnd blickte sie auf Stephanos' Hand, bis sie ihre in seine legte. Sie würde die Scharade aufrechterhalten. Er würde ihr ohnehin nur kryptische Antworten liefern, sollte sie ihn nach Plutos' Anspielung befragen. Nein, die Antworten, die sie wollte, musste sie sich selbst beschaffen.

Gemeinsam stiegen sie aus den Fluten, die in regelmäßigen Wellenbewegungen auf den Strand schäumten, bis sie den Schutz des Meeres verlassen hatten. Die Flügelschuhe saßen nach wie vor an ihren Füßen, auch sie hatte Elli völlig vergessen.

Ein Adler kreiste über ihnen, worauf sich Stephanos' Griff verstärkte. Gehörte der Greifvogel zu Zeus? Suchte er nach ihnen? Vermochte Hermes' Tarnkappe sie auch vor dem Blick des Göttervaters zu verbergen?

Der Adler zog einen letzten Kreis, bevor er gen Osten davonflog. Sein Schrei verhallte in der Ferne, als sie eine steinerne grob behauene Treppe erreichten, die den Felsen hinauf in das Gebirge führte, von dem die Insel dominiert wurde. Hand in Hand stiegen sie die endlos erscheinenden Stufen hinauf, ohne dass sie jemand daran hinderte.

Gleich würden sie die sagenumwobene Höhle betreten.

Gleich würde Elli die Nymphe Melissanthe treffen.

Und gleich würde sie die Nymphe in ihre Zeit zurückbringen. Gänsehaut wanderte unwillkürlich über ihre Arme, während sie die Wärme von Stephanos in ihrer Hand wahrnahm. Verstohlen blickte sie zu ihm. Würden sie sich je wiedersehen?

KAPITEL 29

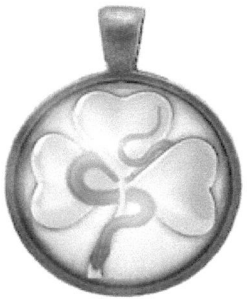

Sie wanderten über die Insel, die malerisch schön war. Auf hohen Bergen wuchsen schwarze Tannen, die Täler waren üppig mit grün leuchtenden Wiesen und großen Obstbäumen bewachsen und in der Ferne entdeckte Elli ein Küstenörtchen, dessen Alltag sie zu gerne beobachtet hätte. Doch wie erwartet, hielten sie sich davon fern.

Als sie eine Anhöhe erreichten, in deren Spitze ein tiefes Loch prangte, hielt sie unweigerlich die Luft an. Sie schielte über den Rand in den Abgrund und blickte in glasklares türkisfarbenes Wasser. Überwältigt von der Magie des Ortes blieb sie stehen und sog jedes Detail in sich auf. Lebte dort unten wirklich die Nymphe Melissanthe? Und war Pan ebenfalls anwesend?

»Die Höhle der Melissani …«

Stephanos wartete unterdessen, bis sie den Anblick von oben genügend bestaunt hatte, ein kaum merkliches Schmunzeln auf dem Gesicht.

Der Höhlenzugang, über den man die Grotte in ihrer Zeit besuchte, war noch nicht gebaut. Wie waren die alten Griechen zu dem See hinabgekommen? Zu der Insel, auf der Pan verehrt wurde?

Suchend blickte sie sich um, als Stephanos sie ein paar Schritte weiter führte, wo sich schmale Trittstufen an der Höhlenwand abzeichneten. Sie waren so unscheinbar, dass Elli sie nicht bemerkt hätte, wenn er nicht direkt davor stehen geblieben wäre.

»Dort geht es hinunter?« Ihre Stimme war nur ein Flüstern, vielleicht, weil sie die Wesen, die in der Tiefe ruhten, nicht wecken wollte.

Er nickte. »Hab keine Angst. Ich lasse deine Hand nicht los und der Weg ist befestigt.«

Trotzdem war es verdammt steil und die Stufen nur kurz. Wie für kleine griechische Frauenfüße gemacht – aber Elli hatte große Füße, zumindest für diese Zeit, weshalb sie seitlich aufsetzen musste. Hoffentlich halfen ihr zusätzlich die Flügelschuhe, damit sie von keiner Stufe abrutschte.

Stephanos tat den ersten Schritt und zog sie sachte hinter sich her. Ehrfürchtig lief sie die in die Steine gehauene Treppe hinunter. Als sie mit dem Oberkörper an der Wand entlangschrappte, drehte sie sich, sodass sie vollends seitlich hinunterlief. Stephanos nahm Rücksicht und schritt in einem Tempo voran, dem Elli folgen konnte, ohne das Gleichgewicht zu verlieren. Obwohl er groß und breit gebaut war, nahm er die Stufen, ohne auch nur einmal die Balance zu verlieren.

Je tiefer sie kamen, desto dunkler wurde es, obgleich das Tageslicht durch das große Loch in der Höhlendecke hineindrang und der See türkis leuchtete. Doch die Höhle streckte sich so weit in die Tiefe, dass ein Großteil davon im Dunkeln verblieb.

Ihr Herz schlug mit jeder Stufe, die sie hinabtrat, schneller. Noch war niemand aufgetaucht. Noch war das Wasser klar und frei von jeder Welle oder Blase. Noch hatte niemand ihre Anwesenheit bemerkt. Aber sie spürte, dass dieser Ort voller Magie war, voller göttlicher Kraft, und das dort unten, in den undurchdringlichen Tiefen, bereits jemand auf sie wartete.

Als ein leises Platschen ertönte und sich kleine Wellen bis in ihre Sichtweite fortbewegten, verspannte sie sich.

»Mach dir keine Sorgen, wir sind hier sicher«, raunte Stephanos und der ruhige tiefe Klang seiner Stimme vermochte ihre Nervosität zu dämpfen.

Leise Worte waren zu hören, ein Flüstern, ein Tuscheln. Der See breitete sich weiter in der Dunkelheit der Höhle aus, als sie es auf den ersten Blick vermutet hatte. Und dort hinten, in der Finsternis, war jemand.

»Beruhig dich.«

Woher wusste er, wie aufgeregt sie war? Ihr Blick fiel auf ihre verschränkten Hände. Ihre Fingerknöchel stachen weiß hervor, so fest drückte sie seine Hand. Sofort lockerte sie ihren Griff, doch bevor ihre Hand der seinen entglitt, schloss er seine Hand um ihre.

»Wir sind gleich außerhalb von Plutos' Reichweite. Die Nymphen, die diesen See bewohnen, werden uns helfen.«

Dankbar lächelte sie ihn an. Es war anständig von ihm sie zu beruhigen, ihr die Angst zu nehmen. Er konnte nicht schlecht sein, was auch immer Plutos versucht hatte ihr einzureden. Stephanos half ihr. Von Anfang an.

»DIR HELFEN?«, erscholl ein markerschütternder Ruf durch die Höhle. Der hohe Schrei hallte von den Wänden hin und her und es dauerte, bis das Echo verklang.

»Es geht nicht um mich«, rief Stephanos in die Tiefen, die Stimme ruhig, »es geht um sie.«

»DIR HELFEN???«, drang der erneute spitze Schrei durch die Finsternis. Diesmal war die Stimme so hoch, dass sie ihr Gänsehaut über den Rücken jagte.

»Scher dich fort aus meiner Höhle, sofort, sonst wirst du es bitter bereuen!«

Elli verkrampfte, suchte nach derjenigen, die sprach, nach der Frau, die in der Höhle wohnte. War es die Nymphe Melissanthe?

»Es geht nicht um mich«, wiederholte Stephanos. »Elli ist in großer Gefahr. Sie muss fort von hier, so schnell wie möglich.«

»Du wagst es, eine andere Frau herzubringen?«

Die Höhle erbebte, Erdbrocken lösten sich von den Seiten und platschten in den unterirdischen See. Das Wasser spritzte bis zu ihnen hoch, doch das war es nicht, vor dem sie sich fürchtete. Vielmehr war es der Fischschwanz, der im glasklaren Wasser schimmerte und der so aggressiv auf die Oberfläche platschte, wieder und wieder, als wartete jemand mit seiner Peitsche darauf, sie zu verprügeln.

Platsch, platsch!, hallte es durch die Höhle, als Stephanos die Hand erhob, die er nicht mit ihrer verschränkt hatte.

»Schau doch nur! Melissanthe, schau!«

Und das tat sie. Die Nymphe schoss mit dem Oberkörper durch die Wasseroberfläche und starrte Elli und Stephanos hasserfüllt an. Die weit aufgerissenen Augen schimmerten grünblau, die grazilen Hände hatte sie zu Fäusten geballt und ihre langen Haare blähten sich wie Peitschen um ihren Kopf.

Elli entfuhr ein spitzer Schrei, während die Nymphe direkt auf sie zusprang, den Mund geöffnet, als wolle sie sie beißen. Doch im letzten Moment drehte sie ab. Ihr Fischschwanz traf Stephanos im Gesicht, wie eine saftige Ohrfeige klatschte es, bevor sie wieder in die Tiefen des Wassers eintauchte.

Was hatte er getan, weshalb die Nymphe derart außer sich war?

Alles in ihr schrie nach Flucht. Sie zog an Stephanos. »Komm, wir müssen weg. Sie will uns nicht helfen«

Doch Stephanos stand still. »Sie ist unsere letzte Chance.«

Der Schreck durchfuhr sie wie die Schneide eines Messers, worauf sie zögerte. Zeit genug für die Nymphe, den Kopf aus dem Wasser zu strecken. Sie sah nicht minder angriffslustig aus als vorher und wie sie Elli aus ihren runden Augen musterte, stand sie einer alptraumhaften Figur in nichts nach. Die seegrünen Glubschaugen, die fahle Haut, das grünblonde Haar … Gänsehaut wanderte über Ellis Arme, während die Augen der Nymphe über sie wanderten, bis sie einen erneuten spitzen Schrei ausstieß.

»Geh, du darfst meine Höhle nicht betreten! Hau ab, bevor du es für immer bereust!«

Trotz der unbändigen Wut blieb Stephanos ruhig. »Elli braucht deine Hilfe. Sie muss fort, bevor Plutos sie zu sich holt!«

»Plutos? Schon wieder der alte Kampf?« Hasserfüllt betrachtete sie Stephanos, spannte den Körper an und sprang erneut auf sie los. Er musste sich ducken, um nicht erneut von ihrer Schwanzflosse geschlagen zu werden, dabei riss er Elli mit in die Knie, die strauchelte. Ihr Fuß rutschte ab, doch Stephanos packte sie und zog sie zurück auf die Stufen. Erbost blickte er die Wasserfrau an, doch die Nymphe schien genau das zu wollen. Sie sollten endlich ihre Höhle verlassen – denn kaum dass sie im Wasser untergetaucht war, sprang sie wieder hoch, um anzugreifen.

Stephanos zog Elli ein paar Stufen tiefer und nur um Haaresbreite entwischten sie der Flosse, die kraftvoll gegen die Höhlenwand klatschte, bevor die Nymphe ins Wasser abtauchte.

»Geh, Stephanos, und lass sie hier«, erscholl eine sanftere, aber nicht minder ablehnende Stimme aus der Dunkelheit der Höhle.

Elli sah sich nach der Stimme um, zugleich umfasste Stephanos ihre Hand fester. »Aber ich habe ihr versprochen, ihr zu helfen!«

Erneut tauchte Melissanthe aus den Tiefen auf und setzte zum Angriff an, worauf Elli Stephanos die Stufen hinaufzerrte. Es hatte keinen Sinn. »Wir werden einen anderen Weg finden.«

»Das werdet ihr nicht«, erscholl die zweite Stimme aus der Höhle. »Bleib, Helena, wir werden dir helfen, aber er muss gehen. Er ist hier nicht erwünscht.«

»Aber …« Elli blickte erschrocken von Stephanos zu Melissanthe, die erneut in den See platschte, sodass sich eine Wasserfontäne bildete und sich gezielt über sie beide ergoss. Klatschnass suchte Elli in der Höhle nach derjenigen, die gesprochen hatte, aber sie konnte niemanden sehen. »Wer bist du?«

Ein Kopf tauchte aus dem türkisfarbenen Wasser auf, fließend langes Haar ergoss sich über die Schultern und den Rücken. Mehr ließ sich von der Frau nicht erkennen, die auf einem Delfin saß. Moment, war das … ihr Delfin? Elli versuchte mit ihm zu kommunizieren und erhielt ein hohes Quieken zur Antwort. Er war es. Aber wer war sie, dass sie auf dem Tier ritt, dass Stephanos und ihr zu Hilfe gekommen war? Eine Nymphe, das war wahrscheinlich. Und da sie auf dem Delfin ritt, war sie möglicherweise Amphitrite, die Gemahlin des Meeresgottes Poseidon. Ihr Antlitz war entspannter, ebenmäßiger, die Augen nicht von Hass zerfressen. Erhaben wie eine Königin thronte sie auf dem Meerestier und blickte wissend zu ihr hinauf.

»Amphitrite?«, fragte Elli, doch die schöne Frau antwortete nicht. Stattdessen richteten sich ihre meergrünen Augen auf Stephanos und starrte ihn unerbittlich an.

»Geh sofort!« Ihre Stimme war so gewaltig, dass sie Stephanos damit gegen die Wand zu drücken schien. Er presste die Lippen aufeinander, blickte von der Frau auf dem Delfin hin zu Elli, bevor er den Blick senkte.

Schuldbewusst …?

Aber wieso? Was hatte er getan? Wieso war er an diesem Ort unerwünscht? War etwa doch etwas dran an dem, was Plutos angedeutet hatte? Wie hatte er den außerordentlichen Zorn der beiden Nymphen auf sich gezogen?

»Ich gehe, wenn ich euer Wort habe, dass ihr sie heimbringt.«

»Heimbringt?« Fragend legte die Nymphe den Kopf schräg. Dabei hätte Elli schwören können, dass sie wusste, worum es ging.

»In die Zeit, aus der sie kommt.«

»Du hast mein Wort, wenn du sofort gehst und dich nie wieder in unserer Höhle blicken lässt.«

Stephanos zögerte, drückte Ellis Hand beinahe verzweifelt. Dann senkte er den Kopf und hob zugleich ihre Hand. Für einen Moment hielt er inne, dann hauchte er ihr einen zarten Kuss auf den Handrücken, worauf ihr ein Kribbeln über den Nacken strich. Nur flüchtig hob er den Blick, kaum eine Sekunde sah er sie an, bevor er ihre Hand losließ, sich dezent vor ihr verneigte und dann, schneller als sie seinen Bewegungen zu folgen vermochte, verschwand.

Suchend sah sie auf. War er wirklich gegangen? Ohne sich mit ihr zu besprechen? Sie reckte den Kopf, um ihn ausfindig zu machen, während sie noch immer die zarte Berührung seiner Lippen auf ihrer Hand spürte. Das Kribbeln haftete an ihr, es wärmte ihr Herz und zugleich ließ es ihren Puls in die Höhe schnellen. Es war nicht richtig, dass er fort war, sie fühlte es.

»Komm, Helena, komm näher zu uns.«

Erneut schoss ihr Puls in die Höhe, doch diesmal vor Aufregung. Sie heftete den Blick auf die erhabene Frau, deren strenger Blick geschwunden war. Sie schaute Elli zwar nicht freundlich an, aber zumindest auch nicht feindselig, wie sie Stephanos betrachtet hatte.

Fragend musterte Elli sie, ihr langes seidiges Haar, ihre anmutigen Lippen, die perlweiße Haut, unsicher, ob sie davonlaufen oder dem Urteil von Stephanos glauben sollte, dass diese Frau in der Lage war, sie vor dem Schicksal an Plutos' Seite zu bewahren. »Wer bist du?«

»Ich bin diejenige, die dich zurückbringen wird.«

»Wieso darf Stephanos nicht bleiben? Was hat er getan, weshalb Melissanthe ihn angegriffen hat?«

»Stephanos?« Sie lachte.

Was hatte das zu bedeuten?

»Wieso lachst du?«

Die schöne Meeresfrau betrachtete Elli, als sei sie ein dummes Kind. »Kannst du dir das nicht denken?«

»Klar kann ich mir etwas zusammenreimen, aber ich will die Wahrheit wissen. Was ist geschehen? Was hat er getan?«

»Dafür bleibt keine Zeit. Wir müssen dich zurückbringen, das ist für alle am besten.«

»Warum? Und woher kennst du meinen richtigen Namen? Stephanos hat ihn nicht erwähnt.«

»Ich bin nicht befugt, dir die Antworten auf deine Fragen zu liefern. Und jetzt komm.«

Elli hatte sich noch nicht entschieden, ob sie der Aufforderung folgen sollte, doch der Wille der Schönheit legte sich über sie und ließ sie die Stufen hinabschreiten, ohne dass sie es war, die ihren Füßen den Befehl dafür gegeben hatte. Welch machtvolles Wesen war sie? Wenn sie Amphitrite war, warum gab sie es nicht zu? Aus welchem Grund stellte sie sich nicht vor?

»Lauf die Treppe bis zur letzten Stufe und tauch ins Wasser, bis dein Kopf in Gänze bedeckt ist.«

Sie wollte nachfragen, innehalten, aber nicht einmal zu zögern vermochte sie. Wie in Trance schritt sie die Stufen hinab, bis sie das Wasser erreichte. Die Treppe hörte an der Oberfläche des Sees nicht auf, sondern führte tiefer. Sie warf einen prüfenden Blick in die Finsternis der Höhle, doch Melissanthe schien verschwunden. Wartete sie nur darauf, Elli unter Wasser anzugreifen? Elli konnte nicht einmal überlegen, ob sie deshalb lieber nicht ins Wasser gehen sollte, denn erneut drängte sie der Wille der Nymphe voran.

Sie spürte, dass sie nicht gegen die Kraft der schönen Wasserfrau ankam, weshalb sie aufhörte Widerstand zu leisten. Die Kühle des Wassers umspielte ihre Knöchel, während sie in den See stieg. Das Wasser war so klar, dass sie ihre Beine noch immer erkennen konnte, obwohl ihr das Wasser bereits bis zu den Hüften reichte, ja, selbst die Flügelschuhe zeichneten sich klar ab. Sie lief weiter, tiefer und tiefer.

Bevor sie komplett untertauchte, hob sie den Kopf und blickte in den Himmel. Sie glaubte, Stephanos' Gesicht zu sehen, daneben das Gesicht eines anderen Mannes. Sein Antlitz war derart verschwommen, dass sie seine Gesichtszüge nicht erkannte. Es erinnerte sie an ein Bild, das Gemälde in der Bibliothek. Wieso nur war ihr nicht mehr Zeit vergönnt gewesen, um mehr darüber zu erfahren?

Doch auch wenn ihr unzählige solcher Fragen durch den Kopf schossen, vermochte sie es nicht, ihre Füße zum Stillstehen zu bewegen. Sie lief, weiter und weiter, tauchte immer tiefer in das glasklare Wasser.

Die Männer beobachteten, wie Elli ein letztes Mal Luft holte und dann im Wasser eintauchte, hielten ihre Blicke unablässig auf sie gerichtet und schienen einander gar nicht zu bemerken.

Ihre Antlitze verschwammen, während sich das Wasser über Elli schloss. Lag es an der Bewegung des Wassers oder verschwanden die Männer, die über ihr Fortgehen gewacht hatten? Sie wusste es nicht, doch sie spürte, wie etwas in sie eindrang. Wärme, Macht, unvorstellbar große Kraft. Sie hörte einen Schrei, hell und klar, und vermochte doch nicht zu sagen, ob er von einem Mann oder einer Frau herrührte. Er folgte ihr, folgte ihr durch die Stille des Wassers, durch die

Dunkelheit, die sich über sie legte, und verklang erst, als sie die Augen schloss.

Ein letztes Mal zog etwas an ihr, jemand hielt sie zurück, oder war sie selbst es, die sich versuchte festzuklammern? Sie wusste es nicht, doch im nächsten Augenblick verstummte der Schrei, die Dunkelheit verschluckte sie und die übermenschliche Energie, die in sie eingedrungen war, entwich ihr, worauf sie kraftlos zu Boden sank.

KAPITEL 30

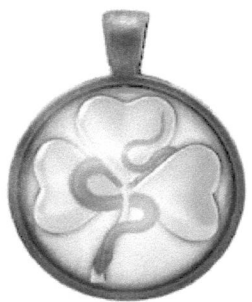

»Elli? Elli? Da ist sie. Kommt her!«

Rufe hallten durch die Ebene und drangen schrittweise in ihr Bewusstsein, bis sie vollends zu sich kam. Sie blinzelte. Ihre Lider fühlten sich schwer an, als hätte sie sie tagelang nicht geöffnet.

Die Umgebung war verschwommen, doch mit jedem Lidschlag wurde sie klarer, bis sie erkannte, dass sie auf dem Boden lag, direkt vor der Nase einen großen Stein. Sie blinzelte mehrmals und wollte sich aufrichten, aber ihre Kraft reichte nicht. Schon sackte sie zurück in den Staub, als jemand sie hochzog, die Arme um sie legte und sie auf den Scheitel küsste.

»Elli, endlich. Ich habe mir solche Sorgen um dich gemacht.«

Sie kannte diese Stimme. Aber … wie…?

Jemand bedeckte ihr Gesicht mit Küssen. »Elli …« Die Stimme klang erstickt.

»Phil?« Ungläubig horchte sie auf, blinzelte erneut, bis sie sein Antlitz erfasste. Er war es. Ihr Verlobter hockte vor ihr, die feine Anzugshose verstaubt, das weiße Hemd derangiert und schief zugeknöpft, die ordentlich geschnittenen Haare zerzaust.

Ihre Stimme war rau. »Was tust du hier?«

»Was ich hier mache? Ich habe Tag und Nacht nach dir gesucht!«

Träge löste sie die Augen von ihm, von seinem besorgten Blick, seinen zärtlichen Händen, die über ihren Arm strichen, und richtete sich benommen auf. Ihre Glieder schmerzten, ihr Kopf tat weh, ihre Kehle war wie ausgedörrt, doch wenigstens konnte sie sich aufrecht halten.

Benommen schaute sie sich um. Sie lag an einem Hang, um sich herum dornige Sträucher. Und sie trug die Joggingklamotten, in denen sie laufen gewesen war, als sie Stephanos zum ersten Mal getroffen hatte. Ihr Haar war zu einem unordentlichen Zopf gebunden, ihre Kleidung verstaubt.

»Was ist passiert?«

»Du warst zwei Tage verschwunden. Nora hat gesagt, sie hat dich morgens losjoggen sehen, aber du bist nicht wiedergekommen. Sie hat mich sofort angerufen und wir haben mitsamt der kompletten Grabungsmannschaft die ganze Gegend nach dir abgesucht. Ich kann mir nicht erklären, wie wir dich hier haben übersehen können. Ich könnte schwören, ich bin mindestens zwanzig Mal an genau dieser Stelle vorbeigelaufen, aber ich habe dich nicht bemerkt.«

Klar hatte er sie hier nicht finden können. Schließlich war sie zwei Tage in einer anderen Zeit gewesen.

»Mach dir keine Vorwürfe, Phil, wir haben sie auch nicht gesehen«, drang Noras Stimme bis zu ihr, worauf ihre Freundin hinter ihrem breitschultrigen Verlobten auftauchte. »Elli, ich bin so froh, dass du wieder da bist. Geht es dir gut?«

»Ich denke schon. Ich bin nur so durstig.«

Phil lachte. Es klang so herzlich und liebevoll, wie sie ihn ewig nicht hatte lachen hören. Rasch löste er eine Flasche von seinem Gürtel und reichte sie ihr. Dankbar trank Elli. Mit jedem Schluck, den sie nahm, fühlte sie, wie sie mehr in dieser Welt ankam. Als würde das Wasser bekräftigen, dass sie nicht mehr in der anderen Sphäre, sondern wieder in ihrer weilte.

Wie selbstverständlich schlang Phil die Arme um ihren Rücken und unter ihren Knien durch und hob sie hoch. Sie wollte protestieren. Elli war nicht die Art Frau, die sich tragen ließ. Doch die Erschöpfung war so stark, dass sie den Protest verschluckte und sich dankbar an seine Brust lehnte.

Nie hätte sie damit gerechnet, dass sie einmal so liebevoll und fürsorglich von ihm begrüßt werden würde. Oder war er früher auch so gewesen? Sie wusste es nicht.

Mühelos trug er sie den Hang hinauf, bis das Grabungshaus in der Ferne auftauchte. Und mit dem Grabungshaus traten auch die Ruinen in ihr Blickfeld. Die Säulen des Apollontempels, die von keinem Dach bekrönt wurden, und der partiell wiederaufgebaute Rundtempel, der dem Original nicht im Mindesten das Wasser reichen konnte. Sie bestätigten ebenso wie die nur grob aufgebauten und nahezu schmucklosen Schatzhäuser, dass sie sich wieder in ihrer Zeit befand.

Obwohl all das schon seltsam genug war, wunderte sie sich noch mehr, als sie ihren alten Clio auf dem Parkplatz stehen sah. Hatten die Freunde ihn abgeschleppt oder war sie nie fortgefahren?

»Elli? Bist du es wirklich? Endlich!«, schallten ihnen die Rufe ihrer Kollegen entgegen. Müde lächelnd drehte sie den Kopf und sah Kerstin und Manuel, Thomas und Maren. Ja, selbst Anthea, die Köchin, und Georgios winkten ihnen entgegen.

Maren kam angerannt, die normalerweise so blassen Wangen hochrot vor Aufregung, während Phil die Terrasse ansteuerte. »Elli, ich habe mir solche Sorgen gemacht. Was ist passiert?«

»Lasst sie erst einmal durchatmen!«, forderte Phil, doch als sie abwinkte und sich von ihm zu lösen versuchte, setzte er sie auf einen Stuhl an den großen Tisch, um den sich sogleich alle anderen drängten.

»Ich bin mir nicht sicher«, fing sie an. Was konnte sie sagen? Wenn sie erzählte, was ihr passiert war, würde es ihr doch niemand glauben. Nein, vielmehr würden sie Elli sofort ins Auto stecken und ins nächstgelegene Krankenhaus fahren, um ihren Kopf durchchecken zu lassen.

»Sie braucht ein paar Tage«, wiegelte Phil sogleich ab. »Vermutlich steht sie unter Schock oder ist dehydriert oder so. Möchtest du noch mehr Wasser, mein Schatz?« Hingebungsvoll schmachtete er sie an. Sie wusste kaum, wie ihr geschah.

»Wasser wäre fantastisch, Phil.«

Während Anthea sofort aufsprang, um eine Kanne zu holen, begann Nora zu erzählen. »Du bist joggen gegangen und weil du nach zwei Stunden nicht zurück warst, habe ich mir Sorgen gemacht. Manchmal läufst du länger, aber zwei Stunden alleine durch den Parnass? Ich habe angefangen, nach dir zu suchen. Als ich dich nicht finden konnte, habe ich Phil angerufen. Ich dachte, vielleicht hat er dich spontan auf einen Trip abgeholt, weil du doch in wenigen Tagen Geburtstag hast, und ich habe es nicht mitbekommen. Aber weder er noch die anderen hatten etwas von dir gesehen oder gehört. Daraufhin haben wir dich gesucht, Tag und Nacht. Phil auch, er kam, so schnell es ihm möglich war. Er hat sogar die Polizei alarmiert und sie dazu gebracht, mit einer Hundestaffel nach dir zu suchen, aber selbst die konnten uns nicht weiterhelfen.«

Elli lächelte in sich hinein. Wie hätten sie sie auch finden sollen, wo sie doch gar nicht da gewesen war …

»Was ist das letzte, an das du dich erinnern kannst?«, wollte Nora wissen.

»Ich war joggen und bin …« Sie überlegte fieberhaft, was sie sagen konnte, ohne den Argwohn der anderen zu wecken, bis ihr eine Lösung einfiel. »Mir ist ein wilder Hund begegnet. Er war unglaublich aggressiv, weshalb ich wegrennen musste. Vielleicht bin ich dabei gestolpert und den Abhang runtergerutscht oder so … An mehr kann ich mich nicht erinnern.«

Skeptische Blicke ruhten auf ihr, doch Phil legte schützend den Arm um sie. »Lasst sie ausruhen. Sie braucht ein paar Tage Pause, um sich zu regenerieren. Am besten, ich nehme dich mit nach Athen, bis du dich erholt hast.«

Sie wollte protestieren, aber dann fiel ihr ein, dass sie unbedingt recherchieren wollte, welche Mysterien ihr begegnet waren. Wie verzweifelt hatte sie sich eine gut sortierte Bibliothek herbeigesehnt …

Wenn nicht in Athen, wo sonst wäre der geeignete Ort für ihre Nachforschungen?

»Das klingt gut.« Bei Athen fiel ihr die kleine Statue von Athena ein, in der sich Plutos' Ring befunden hatte. Waren die Kollegen aus der Fundbearbeitung schon dazu gekommen, sie zu öffnen? »Kerstin, sag mal, hast du schon die kleine Statuette unter die Lupe genommen, die ich in der Nähe des Rundtempels gefunden habe?«

»Ja, wirklich ein schönes Stück. Sie ist bereits gereinigt. Mehr habe ich nicht geschafft, weil ich mit den anderen nach dir gesucht habe.«

Seltsam, wieso erzählte sie nichts von der Nahtstelle?

»Bist du schon dem Geheimnis auf den Grund gegangen, weshalb sie so leicht ist?«

»Leicht?« Kerstin runzelte die Stirn und schüttelte den Kopf. »Hast du sie leichter als gewöhnlich empfunden? Das war sie nicht. Ihr Gewicht stimmt mit dem vergleichbarer Größen überein.«

»Was? Aber …« Sie zögerte. Was hatte sich in ihrer Welt alles verändert, damit der Zugang zu der anderen Zeitsphäre verschlossen blieb? Unwillkürlich fiel ihr Blick auf ihre Hand, an der ein Ring steckte. Im ersten Moment durchzuckte es sie, Plutos' Fluch lag noch immer auf ihr, doch dann musterte sie ihn mit zusammengekniffenen Brauen, bis sie erstaunt die Augen aufriss.

Es war nicht der Ring von Plutos, den sie die letzten Stunden an ihrem Finger getragen hatte. Stattdessen prangte Phils Verlobungsring samt des großen Steins an ihrem Ringfinger. Aber hatte sie ihn zum Joggen nicht abgezogen? Wie war das möglich?

Innerlich winkte sie ab.

Wahrscheinlich war auch das Detail durch die göttlichen Kräfte verändert worden, ebenso wie das Gewicht der Statue, damit der Ring mitsamt seines Mythos' ein Geheimnis blieb.

»Ich packe schnell deine Sachen und dann fahren wir los, Elli. Ich freue mich auf unsere Pause in Athen. Sie wird uns beiden gut tun.«

Sie nickte bloß, zu nichts weiter in der Lage. Hatte sich noch mehr in ihrer Zeit verändert? Und was bedeutete das für die andere Welt? Wo befand sich der Ring? Welche Frau musste an ihrer statt die Zwangsheirat über sich ergehen lassen? Und wie reagierte Plutos darauf? Wusste er überhaupt davon?

Schneller, als sie sich versah, war Phil mit ihrem Reiserucksack zurück. Er trug ihn, wollte Elli ebenfalls auf den Arm nehmen, doch sie hob abwehrend die Hand.

»Ich laufe selbst, danke.«

Phil schmunzelte. Wärme lag in seinen Augen. »Ich sehe, es geht dir bereits besser. Ich bin sehr erleichtert, Elli, sehr erleichtert.« Unter seinem zärtlichen Blick schoss ihr die Röte in die Wangen. So kannte sie ihn gar nicht ... War es der Schreck um sie gewesen, der ihm seine Gefühle für sie verdeutlicht hatte?

»Aber sie muss noch etwas essen!«, protestierte Maren und warf aufgebracht die Hände in die Luft. »Du kannst sie doch nicht ausgehungert auf eine mehrstündige Fahrt mitnehmen!«

»Ich habe für alles gesorgt«, betonte Phil. Wie aufs Stichwort kam Anthea angelaufen, in der Hand einen großen Korb, der mit Sicherheit die fantastischsten griechischen Köstlichkeiten enthielt. Bereits bei der Vorstellung lief ihr das Wasser im Mund zusammen.

»Komm, meine Schöne.« Er streckte ihr die Hand entgegen. Für einen kurzen Moment dachte sie an Stephanos. Wie oft hatte er ihr in den vergangenen zwei Tagen seine Hand hingehalten …

Wie mochte es ihm gehen? Und was hatte er getan, weshalb die Nymphen ihn nicht in ihrer Höhle geduldet hatten?

Bevor erneut die Fragen auf sie niederprasselten, schob sie sie beiseite. Sie erhob sich und lief auf Phils Porsche Cayenne zu. Er öffnete ihr die Fahrertür und wartete, bis sie eingestiegen war. Anthea wollte den Korb voller Essen auf die Rückbank stellen, doch Phil nahm ihn ihr ab und reichte ihn Elli. Er zwinkerte der Köchin zu.

»Sie wird sofort mit dem Essen anfangen.«

Er kannte sie verdammt gut.

Als sie ihre Beine in das Innere verfrachtete, tauchte gegenüber auf dem Parkplatz eine Gestalt auf. Elli sah sie nicht. Ob es daran lag, dass sie nicht aufblickte, oder daran, dass sie sie ohnehin nicht zu sehen vermochte, ist nicht gewiss. Die Gestalt war männlich, überdurchschnittlich groß und breitschultrig und trug auf dem Kopf eine Kappe.

Der Mann beobachtete, wie Elli in den Wagen einstieg, und ein tiefer Seufzer entfuhr seiner Brust. Er würde nicht eingreifen, würde sie nicht zurückholen, obwohl alles in ihm danach schrie. Er wollte sich abwenden, nicht länger dabei zusehen, wie sie in ihrer Welt ankam und mit ihrem Verlobten glücklich wurde, als ihr Zukünftiger sich umdrehte und er sein Gesicht sehen konnte. Er erschrak so sehr, dass seine Gestalt, für alle sichtbar, kurz aufflackerte.

Elli hatte ihn gesehen und sprang auf. Doch in dem Moment warf Phil die Tür zu. Und als zerstöre die Tür lediglich ein Trugbild, war der Mann, sobald Elli durch das Beifahrerfenster blickte, verschwunden.

Das war Band 1 meiner neuen Götter-Saga. Wenn du wissen willst, wie es weitergeht, tauche ein in Band 2 »Götterflüstern – Verfluchte Liebe«!

Die Götterflüstern – Saga:
Band 1: Gefundene Liebe
Band 2: Verlorene Liebe
Band 3: Verfluchte Liebe

Liebe Leser,

eine neue Welt nimmt ihren Anfang, neue Figuren, Mythen, eine neue Geschichte wird erzählt. Wie lange ich euch schon von Elli erzählen wollte, kann ich kaum sagen.

Ich selbst habe Klassische Archäologie studiert, weshalb schon lange in mir der Drang lag, über die griechische Antike zu schreiben, über die Mythologie, die Götter und vor allem die Tempel und Statuen. Und natürlich über eine Ausgrabung selbst, denn die birgt ihre ganz eigenen Reize. Mein erster Roman, den ich je geschrieben habe, widmete sich bereits dieser Zeit. Es war ein magieloser historischer Roman, der in der Schublade liegt und nicht veröffentlicht wurde. Ob er noch einmal hervorgeholt wird, weiß ich nicht, doch schon damals hieß die Hauptfigur Helena.

Da ich mittlerweile die Welt der Wunder und Magie, der Liebe und Fantasie für mich entdeckt habe, wusste ich, dass in eine griechische Antike ebenfalls diese Dinge gehören können. Die Mythologie bietet es regelrecht an.

Dass es eine Trilogie wird, war schnell klar, denn Ellis Geschichte ist zu groß, um sie in nur einem Buch zu erzählen. Deshalb könnt ihr euch mit mir auf zwei weitere Bände der Saga freuen.

Ich hoffe, euch hat der Auftakt gefallen und ihr fiebert den nächsten Bänden entgegen. Natürlich wird es im Anschluss an Band 3 wieder eine Zusatzstory geben in meiner Lesergruppe, für meine treuesten Leser. Wenn du sie lesen möchtest, melde dich gerne auf meiner Website www.jennyvoelker.com dazu an. Außerdem freue ich mich immer über Rückmeldung von euch zu meinen Romanen, gerne direkt an info@jennyvoelker.com.

Ich wünsche euch von Herzen Magie und Liebe, auf dass eure Träume in Erfüllung gehen. Glaubt an euch und daran, dass auf uns alle mindestens ein persönliches Wunder wartet.

Bis zur Fortsetzung
Eure Jenny

Götterflüstern – Verlorene Liebe

Werden sie sich wiedersehen?

Elli ist zurück in ihrer Zeit. Eigentlich wollte sie die Auszeit in Athen nutzen, um sich zu erholen, doch sie kann die Erlebnisse nicht vergessen. Akribisch recherchiert sie, um herauszufinden, was hinter all dem steckt.

Plötzlich geschehen merkwürdige Dinge. Als sie dann auch noch jemanden sieht, mit dem sie nicht gerechnet hat, weiß sie, dass es nur ein Ziel geben kann. Sie muss einen Weg finden, einen Weg zurück in die Antike.

Band 2 der Götterflüstern-Saga, einer Trilogie über griechische Götter, antike Mythen und eine Archäologin, die unerwartet zwischen die Fronten gerät.

Begleite Elli auf ihrem geheimnisvollen Abenteuer voller Magie, Liebe und Spannung und finde gemeinsam mit ihr heraus, was sich hinter all den Geschehnissen verbirgt!

Die Weltenfalten – Saga!

Was würdest du tun, wenn du erfährst, dass du eine Hexe bist?

Mayla arbeitet in einer Werbeagentur und geht ihrem geregelten Alltag nach. Eines Morgens beginnen ihre Hände zu kribbeln und Gegenstände explodieren vor ihrer Nase. Als sie auf ihrem Nachhauseweg durch die City auf einmal mitten in einem Wald steht, ist ihr Leben in Gefahr und sie muss sich ihren neuen Fähigkeiten stellen. Aber woher kommen sie? Und was hat der geheimnisvolle Fremde mit all dem zu tun, der ständig bei ihr auftaucht?

Sei an Maylas Seite und finde gemeinsam mit ihr heraus, was es mit ihren mysteriösen Kräften auf sich hat.

Die abgeschlossene Weltenfalten-Saga:
Band 1 "Wenn Feuer erwacht"
Band 2 "Von Wind getragen"
Band 3 "In Eisen verewigt"
Band 4 "Von Wasser geschützt"
Band 5 "Mit Erde verbunden"

Kennst du schon die Geschichte von Ani und Chris?

Die gefallene Fee

Anna arbeitet in einem Baumarkt in der Gartenabteilung und findet nichts schöner, als sich tagtäglich um die Pflanzen zu kümmern. Eines Nachts wird sie von Piraten aus ihrer Wohnung entführt und landet in einem verborgenen Land, in dem Magie zum Leben dazugehört.

Plötzlich ist sie nicht mehr eine Entführte, sondern die einzige Hoffnung, die magische Welt zu retten. Wird ihr das gelingen? Und was hat es mit dem Käpt'n der Piraten auf sich, vor dem sie alle warnen?

Ein spannender Märchenroman voller Magie, Liebe und Abenteuer, in dem es um so viel mehr geht als den Glauben an sich selbst.

Kennst du schon das Märchen von Goldröschen?

Goldröschen

Würdest du einer Fremden in ein geheimes Königreich folgen?

Noah lebt zurückgezogen und als eine Art Schreiner restauriert er alte Möbel. Auf einem Antikflohmarkt entdeckt er einen Schminktisch und in dem Spiegel erscheint nicht sein Abbild, sondern das einer schlafenden Frau. Schneller, als er sich versieht, landet er in dem Märchen, das ihm seine Mutter als Kind erzählt hat, und soll die Königin erlösen. Aber wieso er? Und wird ihm das gelingen?

Erlebe ein magisches Märchenabenteuer und finde heraus, was es mit der Schlafenden in dem Spiegel auf sich hat.

Würdest du gerne mit einem Prinz auf einem Ball tanzen?

Im Bann der verwunschenen Zeit

Hannah hat als Alleinerziehende kaum Zeit für sich. Sie muss ohne Hilfe sämtliche Arbeiten stemmen, um sich und ihre Kinder finanziell über Wasser zu halten. Eines Morgens flattert eine Einladung zu einem königlichen Ball in ihre Wohnung. Von der Königsfamilie hat sie noch nie etwas gehört. Und der Ort, an dem der Ball stattfinden soll, ist nicht mehr als eine verfallene Ruine.

Als am Abend eine Kutsche mit sechs weißen Pferden vor ihrem Haus erscheint, muss sie sich entscheiden. Soll sie ihren Alltag durchbrechen und dieser mysteriösen Einladung auf den Grund gehen? Wird sie mit dem Prinzen tanzen? Aber was, wenn er ein unglaubliches Geheimnis hütet?

Begleite Hannah auf ihrer magischen Reise und erlebe ein spannendes Abenteuer!

Weißt du schon von der Magie der Sterne?

Sternmarie

Als es mitten in der Nacht an Maries Schlafzimmerfenster klopft, ergreift sie die Gelegenheit, ihr Leben zu verändern, und folgt einem Unbekannten in ein uraltes Königreich. Der Unbekannte bezeichnet sie als die Auserwählte, die die Sterne beschützen und den Menschen Hoffnung schenken soll – plötzlich befindet sie sich auf der Flucht und steckt mitten in einem lebensgefährlichen Abenteuer.

Eine magische Reise voller Elfen, Zwergen und Hexen, die auf Besen reiten, beginnt. Folge Marie in ein fantastisches Abenteuer und lass dich verzaubern von der Magie der Hoffnung.

Ein Scheidungsanwalt und eine Fee?

Verwünschung

Eine alte Liebe, die nicht sein darf. Ein todbringender Fluch, der angeblich auf seiner Familie lastet. Und ein unbekanntes Königreich, das auf keiner Landkarte existiert.

Als der erfolgreiche Scheidungsanwalt Kai Lenz bei seinem morgendlichen Dauerlauf im Wald einer Fee begegnet, traut er seinen Augen nicht. Die kleine Fee braucht sofort seine Hilfe und schon bald steckt er in einem lebensgefährlichen Abenteuer – doch was hat seine Familie mit all dem zu tun?

Komm mit auf Kais Reise in ein verborgenes Märchenreich, und entdecke alte Geheimnisse, die nicht nur sein Leben bedrohen.

Glaubst du noch an Wunder in der Weihnachtszeit?

Wunder, die vom Himmel fallen

Anne ist Bäckerin und schuftet hart im Familienbetrieb. Ihr Ofen geht allmählich kaputt und sie braucht dringend einen neuen. Da sie wieder keinen Stand auf dem Weihnachtsmarkt bekommen hat, weiß sie allerdings nicht, wie sie den bezahlen soll.

Wie gut, dass der Engel Gabriel durch ein Missgeschick auf sie aufmerksam wird. Schon bald wird ihm klar, dass er Anne helfen will. Doch als er verbotenerweise auf die Erde hinabsteigt, ahnt er nicht, welchen Preis er dafür zahlen muss.

Begleite Anne und Gabriel auf ihrer außergewöhnlichen Reise, lass dich verführen vom Duft frisch gebackener Plätzchen und finde heraus, ob es sie noch gibt: die Wunder in der Weihnachtszeit!

Weitere magische und spannende Romane warten auf Euch. Ihr wollt keine Neuerscheinung verpassen? Außerdem freut Ihr Euch über Bonuskapitel und exklusive Gewinnspiele?

Dann kommt in meine Lesergruppe!

Ein- bis zweimal im Monat erhaltet Ihr via Email Märchenpost von mir. Ihr bekommt die ersten Kapitel meiner Neuerscheinungen früher als alle anderen zum Lesen, seht die Cover als erstes, erhaltet Zugang zum Geheimen Märchenbereich auf meiner Website und könnt, wenn Ihr möchtet, fernab von Social Media näher mit mir in Kontakt treten.

Dafür brauche ich eure Email-Adresse. Mehr nicht. Nicht einmal euren Namen müsst ihr mir verraten, wenn ihr das nicht möchtet. Selbstverständlich könnt ihr euch jederzeit wieder abmelden.

Habe ich euch überzeugt? Dann erhaltet ihr mehr Infos auf: www.jennyvoelker.com / lesergruppe-anmeldung / Ich freue mich auf Euch!